江苏大学专著出版基金资助出版

中小企业电子商务

采纳-实施-评价
影响因素及方法研究

冯缨 梅强 著

U0105727

化学工业出版社

·北京·

本书综合运用系统科学、管理科学、计算机技术及行为科学的基本理论与研究方法，结合中小企业的实际情况，以采纳决策-成功实施-效果评价作为研究思路，构建了中小企业电子商务采纳-实施-评价影响因素的概念模型。通过因子分析、结构方程模型等统计工具与方法，研究了中小企业电子商务发展的采纳决策因素、成功实施因素和效果评价因素及其三者之间的关系，并提出了政府、企业、技术三个层面的对策措施。

　　本书在理论分析与实证研究的基础上，构建了中小企业电子商务效果评价指标体系和采纳决策指标体系，提出应用灰色关联度分析及综合模糊评判两种方法分别对单企业及多企业的电子商务实施效果进行评价，提出应用 EOWA/LHA 算子及投影寻踪分类模型两种方法对中小企业电子商务应用进行采纳决策。本书为中小企业提供了具体的切实可行的电子商务效果评价方法及采纳决策方法的指导。

　　本书可作为相关中小企业管理人员的工具书，也可作为相关电子商务从业人员及相关高校、研究院所电子商务研究人员的参考书。

江苏大学专著出版基金资助出版

图书在版编目（CIP）数据

中小企业电子商务采纳-实施-评价影响因素及方法
研究/冯缨，梅强著. —北京：化学工业出版社，2012.4
ISBN 978-7-122-13597-1

Ⅰ. 中…　Ⅱ. ①冯…②梅…　Ⅲ. 中小企业-电子
商务-研究　Ⅳ. F276.3

中国版本图书馆 CIP 数据核字（2012）第 028445 号

责任编辑：袁俊红　　　　　　　装帧设计：张　辉
责任校对：边　涛

出版发行：化学工业出版社（北京市东城区青年湖南街 13 号　邮政编码 100011）
印　　刷：北京永鑫印刷有限责任公司
装　　订：三河市万龙印装有限公司
710mm×1000mm　1/16　印张 11　字数 225 千字　2012 年 6 月北京第 1 版第 1 次印刷

购书咨询：010-64518888（传真：010-64519686）　　售后服务：010-64518899
网　　址：http://www.cip.com.cn
凡购买本书，如有缺损质量问题，本社销售中心负责调换。

定　　价：48.00 元

近年来，电子商务的众多特点促使其在广大中小企业中得到广泛应用，一是它是一种全新的商业运作模式，打破了地域限制，实现了在广泛的地域范围内开展商务活动；二是它为企业和客户搭建了一种新型的供需平台，以更快的速度、更高的效率推动各项商务活动的开展，改变了传统的商务模式；三是它可以在更广的范围内整合资源，降低企业开展商务活动的成本，提高企业效益与核心竞争力。

当前，我国众多中小企业正处在转型升级和调整的重要时期，面临着营销渠道窄、营销成本高、融资能力低和抵御危机风险能力差等瓶颈问题。应用电子商务是解决这些问题的有效途径，对提升中小企业核心竞争力具有十分重要的意义。运用电子商务已经成为中小企业的迫切需要。

近年来，国家商务部和各级地方政府制定了一系列的鼓励应用电子商务的政策，极大地改善了中小企业实施电子商务的网上支付环境以及物流环境，电子商务市场需求一直保持旺盛增长的态势，第三方电子商务服务外包企业也应运而生，中小企业应用电子商务变得越来越便捷和容易。但是，目前我国中小企业应用电子商务的比例还不高，已经实施电子商务的企业也大都处在网站宣传、线下交易、线下支付的状态。特别值得关注的是，有些企业应用电子商务获得了很大利益，但是也有不少企业应用电子商务不见成效，更有甚者，投入大量资金后陷入危机。在我国，为什么中小企业实施电子商务的过程相对缓慢？什么原因影响着电子商务的广泛深入应用？是一个迫切需要研究和回答的问题。当前，研究中小企业电子商务发展各个阶段的影响因素，既可以进一步丰富中小企业电子商务理论，又可以更科学地指导企业应用电子商务，具有重要的理论和现实意义。

本书较系统地分析了我国中小企业电子商务发展现状，在相关文献综述的基础上，综合运用系统科学、管理科学、计算机技术及行为科学的基本理论与研究方法，以采纳决策-成功实施-效果评价作为研究思路，构建了中小企业电子商务采纳-实施-评价影响因素的概念模型。通过因子分析、结构方程模型等统计工具与方法，研究中小企业电子商务发展的决策因素、成功因素和效果评价因素三者之间的关系，提出政府、企业、技术三个层面的对策措施。纵观全书，作者在诸多方面进行了有益的探索并形成了自己的研究特色。

第一，构建了中小企业电子商务采纳-实施-评价影响因素的概念模型。国内外相关研究多将电子商务采纳决策因素、成功实施因素和效果评价因素作为独立命题分别讨论，本书将创新推广理论、计划行为理论等管理学前沿理论及平衡积分卡原理等应用于中小企业电子商务的研究，结合中小企业电子商务发展的实际状况，以采纳决策-成功实施-效果评价作为研究思路，先分别研究各自的影响因素，再将三者结合起来，研究中小企业电子商务的采纳决策、成功实施因素及效果评价之间的关系，在概念模型建构上有所创新。

第二，研究了中小企业电子商务采纳-实施-评价的影响因素。本书在对概念模型进行验证的基础上，实证分析了各类因素对中小企业电子商务的采纳-实施-评价所带来的影响。研究结果表明，中小企业的组织规模、经济实力等客观条件对其电子商务的成功实施影响并不大。只要企业性质适合发展电子商务，再加上理想的外部环境、企业管理者的支持等，中小企业可以选择第三方平台等模式用较低的投入成本获得电子商务的成功实施，这不仅为中小企业电子商务的采纳-实施-评价影响因素提供了实证结论，而且丰富了现有理论研究。

第三，构建了中小企业电子商务效果评价指标体系和采纳决策指标体系，提出了相应的采纳决策方法。一方面拓展了灰色关联度分析、综合模糊评判方法、投影寻踪分类模型等方法的应用领域，另一方面为中小企业提供了可行的电子商务效果评价和采纳决策方法的指导。

当然，该专著还存在一些尚待完善之处。如调查未遵循随机抽样的原则，而是采用便利抽样的方法，并且样本量有限，这在一定程度上影响了研究数据的解释能力。同时，所得出的结论，还需要采用案例研究等定性方法进一步深入地纵向研究。再有，电子商务在我国中小企业应用的影响因素会随着地域分布的不同而有所差别，今后还可以针对不同地域的中小企业电子商务发展影响因素做进一步的研究。

总体来说，瑕不掩瑜，本书具有较好的理论水平和应用价值，研究成果对支持我国中小企业成功应用电子商务具有积极的参考价值。

2012 年 3 月

前言
FOREWORD

在网络经济时代的全球化竞争中，中小企业走向电子商务是生存和发展的必然。在当前经济全球化和激烈的市场竞争环境下，中小企业应更加重视和大力发展电子商务，围绕增强企业的核心竞争力和获利能力寻找适合的电子商务发展策略。

本书通过详细的理论分析和实证研究，探讨中小企业电子商务在采纳决策、具体实施、效果评价三个方面的影响因素、相互关系和应用方法，具有较强的理论意义和实践价值。

本书调查问卷的设计、发放与回收得到了江苏大学工商管理学院何有世教授、宋丁伟老师、胡桂兰老师、江苏大学财经学院王海军老师及 MBA 中心曹珊珊老师、杨生绅老师的大力支持，研究生徐占东、陈彩霞，本科生黄露娴、宋沫儒等多位同学也帮忙做了很多工作，此外，江苏大学管理学院领导和多位教授均对本书提出了指导和帮助，在此一并表示衷心的感谢！

在本书调研期间，得到了多家中小企业经理的大力支持，他们提供了大量企业电子商务发展的有用信息，使作者受益匪浅。在此，感谢所有填写问卷并对本书的研究提供帮助和启迪的企业经理！

本著作出版由江苏大学专著出版基金及江苏省教育厅高校哲学社会科学研究基金（2011SJB630006）资助，在此表示感谢。

限于著者水平有限，书中不妥之处，敬请读者不吝指教。

著者
2012 年 3 月

第4章 中小企业电子商务影响因素研究模型与理论假设　38

第5章 中小企业电子商务影响因素实证研究　56

第6章　中小企业电子商务采纳决策及效果评价方法研究　**101**

第7章 中小企业发展电子商务的对策研究   **125**

第1章

绪论

1.1　问题的提出和研究意义

改革开放三十年以来，随着我国社会主义市场经济的发展和完善，我国中小企业（Small and Middle Sized Enterprises，SMEs）迅速发展壮大。到2006年底，在各级工商部门注册的中小企业达430多万户，包括个体工商户，我国中小企业总数已达到4200多万户，占企业总数的99％以上。随着市场竞争的加剧及2008年底开始的金融危机的巨大影响，有的中小企业面临发展壮大的机遇，而也有不少中小企业面临生存的困境。在此背景下，我国应大力发展电子商务（Electronic Commerce，EC），运用其开放性和全球性特点，为企业创造更多贸易机会。

电子商务的发展必将对传统企业的组织结构产生巨大影响，并引起企业管理方式的变革。在这样一个巨大的潮流和机遇面前，美、德、日等发达国家已经站立潮头，我国的大型企业也开始奋起直追，中小企业也同样如此。电子商务对中小企业发展的积极意义是十分显著的，开展电子商务活动已经成为中小企业的迫切需要。国内多位学者的研究表明，中小企业发展电子商务具有机遇和优势。

电子商务有利于中小企业扩大商机，发现更多的市场机会。中小企业以网页方式在网上发布商品及其他信息、在网上做广告等，可以树立自己的企业形象，扩大企业的知名度，宣传自己的产品和服务，寻找新的贸易合作伙伴[1]。

中小企业应用电子商务可以缩小与大企业的差距。电子商务突破时间和地域的限制，为中小企业和大企业在一个平等的条件下竞争创造了良好的条件。尤其在信息技术广泛普及、技术成果转让加快的情况下，中小企业借助电子商务可以比大企业更快地将新产品投放市场。

电子商务有利于提高中小企业经济效益。电子商务通过使中小企业更快地掌握市场与顾客需求、降低业务处理差错、缩短业务运转时间、降低贸易管理成本、改善顾客服务质量、降低库存成本、加快资金流动等方式，使企业成本降低，明显提高企业的经济效益。学者冯华[2]从结构学派和能力学派两个视角分析中小企业发展电子商务是重要的竞争战略。他认为发展电子商务可以提高中小企业的竞争优势，是中小企业的成本领先战略，能为中小企业节省成本开创新的途径，同时发展电子商务可以提高中小企业的核心竞争力。

电子商务有利于中小企业提高信息化水平。中小企业不一定是有了信息化基础才能发展电子商务；相反，部分企业是由于应用了电子商务而带动了企业内部信息化。企业可以直接从在网上寻找商机开始，通过外部市场的电子商务应用拉动内部企业的信息化水平的提升[3]。

电子商务有利于中小企业开拓国际市场。中小企业可以通过 Internet 开展与国际市场的对话，可以使企业的资本、产品和贸易国际化，开拓国际市场。中小企业在互联网上发布信息，能较容易地为企业的发展带来国际机遇。

中小企业应用电子商务能充分收集商业信息、提高市场反应速度。在电子商务模式下，通过 Internet 的资讯、资源分享，中小企业可以获得在传统商务环境下无法获得和收集的市场信息，这样，中小企业能够更加及时地了解全行业的竞争动态，从而进行正确的企业战略定位[4]。

综上所述，中小企业具有发展电子商务的必要性。同时，中小企业也具备开展电子商务的条件。

（1）近几年来，我国互联网发展迅速。据中国互联网信息中心（CNNIC）于 2011 年 7 月发布的《第二十八次中国互联网络发展状况统计报告》数据显示，我国网民数量逐年增长，截至 2011 年 6 月 30 日，中国网民规模达到 4.85 亿人，普及率达到 36.2%，超过全球水平[5]（图 1.1）。信息技术、网络技术、通信技术和各类服务市场的不断成熟，为电子商务发展提供了良好的条件。

图 1.1　2007～2011 年中国网民数量与增长率

数据来源：第二十八次中国互联网络发展状况统计报告（中国互联网络信息中心 2011 年 7 月）。

（2）我国政府很早就已经开始制定政策推动电子商务发展。2000 年 1 月 22 日信息产业部通过了《中国电子商务发展战略纲要》，国务院于 2005 年初颁布了《关于加快电子商务发展的若干意见》，从政策、法规、财税、投融资、信用、认证、标准、物流、支付等多个层面明确了国家推动电子商务发展的具体措施[6]。2004年国家科技部出台了"科技型中小企业成长路线图计划"，从多个方面支持中小企业发展电子商务。国家发展改革委还通过组织重大专项项目，支持了一批大型骨干企业的电子商务应用，扶持了几十家面向中小企业的电子商务服务平台发展，在电子认证、在线支付、网上信任、现代物流等领域开展了一大批示范工程的建设[7]。

（3）电子商务的市场需求一直保持旺盛增长的态势。电子商务是与网民生活密切相关的重要网络应用，网络购物市场的增长趋势明显（见表 1.1）。2011 年

6月，网络购物用户规模达 1.73 亿人，使用率提升至 35.6%，半年增长 7.6%[5]。据 iResearch 发布的 2008 年度中国互联网年度核心数据，2008 年互联网经济市场规模达 540 亿元，年度增长至 49.2%[8]。

表 1.1　2010～2011 年电子商务类用户对比

项目	2010.12		2011.6		半年增长率（%）
	使用率（%）	网民规模（万人）	使用率（%）	网民规模（万人）	
网络购物	35.1	16051	35.6	17266	7.6
网上支付	30.0	13719	31.6	15326	11.7
网上银行	30.5	13948	31.0	15035	7.8
团购	4.1	1875	8.7	4220	125.0
旅行预订	7.6	3613	7.9	3686	2.0

数据来源：《中国互联网络发展状况统计报告》（中国互联网络信息中心 2011 年 6 月）。

（4）电子商务服务平台、信用保障、电子支付、物流配送和电子认证等电子商务服务业持续快速发展。2010 年，我国电子商务信息、交易和技术服务企业达到 2.5 万家，第三方支付额达到 1.01 万亿元人民币，社会物流总额达到 125.4 万亿元人民币，全国规模以上快递服务企业业务量达 23.4 亿件，有效电子签名认证证书持有量超过 1530 万张[9]。

（5）中小企业往往认为由于电子商务的成本较高，在构建系统和运营管理等环节上存在资金方面的困难，因此失去信心而放弃电子商务的应用。实际上，中小企业可以根据自己的实际情况，对实施电子商务所发生的各种成本认真分析研究，尽可能地降低各种成本。而第三方电子商务平台更能帮助广大中小企业降低电子商务应用成本，提高经营效率。

（6）电子商务是信息与技术的结合体，技术是推动电子商务发展的强大引力。电子商务相关的网络技术、多媒体技术、数据库技术、安全技术、支付技术等已经逐步发展成熟与完善，电子商务真正进入到了大规模的发展阶段。相关技术的进步与成熟，也使 IT 相关产品与服务的成本大大降低，同时也降低了中小企业应用电子商务的技术风险。为初步形成有关电子商务安全认证的标准，商务部启动了《电子商务应用标准建设与发展研究项目》，积极探索构建中国电子商务的标准体系。面向中小企业的第三方电子商务平台为中小企业提供专业化的电子商务应用服务，使广大中小企业在自身技术力量较为薄弱的情况下也能利用第三方电子商务平台开展电子商务。

（7）中小企业的组织结构相对灵活，信息在企业内部传递速度快，可以更加及时地对顾客的要求做出反应，生产出个性化产品，满足顾客需求。因而，在具有相同的技术、产品的情况下，中小企业较大企业能更加有效地利用电子商务，发挥出产品优势[10]。

然而，中小企业发展电子商务也面临着很多困惑。根据国家发改委所发布的《2007 中国中小企业信息化发展报告》显示，9% 的中小企业已经使用电子商务。

根据亿邦动力网发布的《2007~2008中国中小企业电子商务应用调查报告》显示，依托电子商务实现销售额在10%以下的占40.93%，11%~30%之间的占28.63%，31%~50%的占11.29%，51%~70%的占6.85%，71%~90%的占1.41%，90%以上的占2.82%[11]。从中我们可以直观地得出三个方面的初步判断：一是中小企业发展电子商务已经具有较大的可行性；二是我国中小企业发展电子商务速度较快；三是我国中小企业电子商务化的总体比例仍然不高。

中小企业的决策者往往认为自身企业在信息化建设的规模、资金和管理方面的实力比较弱小，因而在是否发展电子商务的决策上持观望态度；有的中小企业决策者虽然有开展电子商务的意向，却苦于明确的方向和思路。一方面有些企业通过电子商务获得了很大利益，另一方面很多企业在应用电子商务后不见成效，更有甚者，投入大量资金后陷入危机。因此企业面临着应用电子商务的三个困惑：一是本企业是否要实施电子商务，电子商务应用采纳决策的因素有哪些；二是企业电子商务成功实施的影响因素有哪些，它们之间又有怎样的关系；三是如何衡量企业电子商务的实施效果，电子商务的效果评价因素有哪些。要回答企业面临的这些困惑，迫切需要理论上的探索与研究。

1.2 相关基本概念

1.2.1 中小企业的界定

中小企业一般是指规模较小，或处于创业阶段和成长阶段的企业。它不是一个绝对的概念，而是一个相对大企业而言的概念。要界定中小企业就需要界定企业规模，从而判定在怎样规模范围内为中小企业。国际上一般依据雇佣员工的多少把企业划分为：雇员在1~9名的为微型企业，雇员在10~99名之间的为小型企业，雇员在100~499名之间的为中型企业，雇员在500名以上的为大型企业。但是在实际运作中，中小企业在不同国家或地区有着不同的标准，在同一国家或地区不同的历史时期也有着不同的标准。如中小企业在美国是指职工500以下的企业，在日本指员工不满300人的企业，在欧盟成员国指人员在250人以下的企业[12]。

表1.2 《中小企业标准暂行规定》内容

行业	职工人数	销售额	资产总额	备注
工业	300~2000	3000万~3亿	4000万~4亿	
建筑业	600~3000	3000万~3亿	4000万~4亿	
批发和零售	100~200	3000万~3亿		中型企业须同时满足两项指标下限，其余为小型企业
	100~500	1000万~1.5亿		
交通运输和邮政业	500~3000	3000万~3亿		
	400~1000	3000万~3亿		
住宿和餐饮业	400~800	3000万~1.5亿		

2003年国家经济贸易委员会、原国家计划委员会（现为国家发展和改革委

员会）、财政部、国家统计局联合发布了《中小企业标准暂行规定》（表 1.2），企业规模的确认以国家统计部门的法定统计数据为依据，具体解释见附录 A。

1.2.2 中小企业的特点

（1）中小企业的经营者表现为有权力欲望，有机动性、成本意识和担当风险的勇气，有强烈的责任感和富有开拓精神。

（2）中小企业的可利用资本少，不要求外部资本的筹措能力很强，其活动领域仅限于用中小资本能胜任的范围。无视这些而过于扩大规模会遇到极大的风险。

（3）大部分中小企业的生产率普遍较低，技术水平落后，经营不稳定。

（4）环境变化对中小企业的刺激或冲击是很大的，因而各企业对环境变化的适应性的差距正在扩大。

（5）中小企业多数为劳动密集型产业，产品或企业性质带有很浓的地方和民族色彩；管理机制简单、灵活多变、适应性强，没有过多条条框框，但其抵御风险的能力较低。

1.2.3 电子商务的概念

起源于 20 世纪 90 年代中期的电子商务，作为一种新型的商务活动形式，是信息技术尤其是因特网发展所催生的产物。美国前总统克林顿在 1997 年发表的《全球电子商务框架》文件中认为，电子商务将在 21 世纪成为全球经济的一个重要组成部分。1999 年我国政府提出了"中国电子商务框架"。该框架包含四个部分，第一部分，阐明我国政府非常重视电子商务的应用和发展；第二部分，我国电子商务发展原则，指出我国电子商务的发展既要符合我国国情，又要与全球接轨；第三部分，是开展电子商务应注意的问题，包括税收、专利知识产权等；第四部分，特别强调鼓励企业参与电子商务。2007 年 6 月 26 日，我国发布《电子商务发展"十一五"规划》，明确提出中小企业要加强应用电子商务平台，并提出电子商务服务业将成为新产业。

电子商务作为一种新的概念、新的理论，对于其定义和理解，专家学者有着各自不同的观点，各国政府、学者、企业界人士都根据自己所处的地位和对电子商务的参与程度，给出了许多表述不同的定义。最早由 IBM 公司提出的电子商务概念不仅仅是指通过因特网进行的商业交易，还包括了从销售、市场到信息管理的全过程；经济合作与发展组织（Organization for Economic Co-operation and Development，OECD）（1999）认为电子商务是利用数字化技术进行商务活动的总称；按照世界贸易组织电子商务专题报告的定义，电子商务就是通过计算机网络进行的生产、经营、销售和流通等活动，它不仅指基于因特网进行的交易活动，而且指所有利用电子信息技术来解决问题、扩大宣传、降低成本、增加价值和创造商机的商务活动[13]。

不同的研究人员从不同的角度和层面分别对企业电子商务应用的性质进行了描述。刘璞（2007）[14]通过对大量文献的总结发现，虽然也有学者认为企业应用互联网主要是实现商务交易，但是也有不少学者倾向于电子商务应用不仅仅是交易的实现，还包括企业管理职能的整合；不仅有与客户的交流沟通，还包括与渠道伙伴，尤其是供应商的连接合作。

与传统商务相比，电子商务的主要特征是：①因特网技术的应用是其实现的基本依托；②它要充分运用数字化技术和工具。因此电子商务具有虚拟化、跨时空、低成本、高效率等优势。

企业电子商务可分为 B2B 与 B2C 两类：B2B 即企业对企业（Business to Business）类型的电子商务，是企业或商业机构相互之间利用因特网或商务网络进行的商务活动；B2C 即企业对消费者（Business to Customer），是企业或商业机构利用因特网向消费者提供商品和活动[13]。

1.2.4　中小企业电子商务的主流应用模式

大量的资料表明，第三方电子商务服务平台的发展促进了我国中小企业电子商务的应用，第三方电子商务平台在很大程度上已经成为我国中小企业电子商务应用的主流方式。

乐奕平等（2004）[15]提出的中小企业新的电子商务模式是：中小企业将电子商务网站的建设和管理业务以及供应链管理业务外包给新的电子商务服务商。而电子商务服务商一方面建立公用信息平台，为中小企业提供电子商务网站的技术和管理服务，解决电子商务中的信息流、商流、资金流的问题；另一方面为中小企业提供第四方物流服务，优化物流配送方案，从根本上解决电子商务中的物流问题。王辉（2005）[12]以制造业为例，根据我国中小企业制造业的特点，提出了电子商务发展模式的选择，比如采用电子商务采购、第三方平台模式等，并分析了企业运用这些模式的优缺点。鲍务英等（2008）[16]认为，我国中小企业因资金、技术和人才等方面的局限，需要社会提供低成本、高性能、平台化的电子商务普遍服务，外包将成为中小企业电子商务发展的主流，其核心是电子商务服务平台的构建和发展。以电子商务服务平台——特别是中小企业电子商务服务平台为核心的电子商务服务业将成为促进电子商务应用、创新和发展的重要力量。

1.2.5　中小企业电子商务的特点

由于中小企业具有以上不同于大企业的特点，因此在中小企业电子商务方面，与大企业相比既有共性，也有其特点。中小企业电子商务与大企业电子商务相比，具有以下特点。

（1）对于大企业而言，电子商务发展是必然的，往往在信息化建设中已经完成了电子商务发展的初级阶段。随着大企业信息化水平的逐步提高，逐渐促进其信息化程度的向外扩展，自然而然就能逐步实现网上信息发布、网上交易、网上支付，最终实现内部信息化与对外商务交易的全部集成，从而达到电子商务发展的最高阶段。而对于中小企业，信息化基础没大企业那么强，电子商务的起步可能会有阻力。中小企业在是否采纳电子商务这个问题上，决策层起到重要的作用。有的中小企业可以在较短时间内采纳电子商务，即决策层能较快达成发展电子商务的一致意向。这类企业有可能是决策成员年富力强、思想活跃，对信息行业及电子商务技术比较了解；也有可能是行业内竞争激烈，同行、供应商电子商务应用广泛，客户的网上订货需求也很高，因而决策成员有压力需要尽快发展电子商务。有的企业决策层成员暂时没有发展电子商务的意向，这类企业发展电子商务的阻力较大，要经过较长时期的观望等待。只有当所在行业发展电子商务的大环境发生变化，决策层成员自身素质得到了提高，且所在企业自身实力加强，这种状况才能改变。

（2）大企业经济实力与技术力量雄厚，一般会在电子商务应用方面投入大量的资金，自行购置相关硬件设备与软件，根据自身企业的需求构建自己的电子商务系统平台，而此平台也具备较理想的性能，如可扩展性、安全性等。中小企业一般经济实力与技术力量不强，难以像大企业那样投入大量的资金。中小企业电子商务的发展往往要借助第三方电子商务平台。第三方电子商务平台可以同时为多个中小企业提供全方位的服务，大大降低了广大中小企业开展电子商务的成本，且风险也小，但是其电子商务应用的功能、速度、安全性等方面会受到限制。

（3）大企业发展电子商务的目标是多方面的，除了希望电子商务能给企业带来经济效益外，还非常重视电子商务所带来的企业管理信息化和经营管理现代化，包括其组织结构、组织管理、工作流程等方面的创新。而中小企业开展电子商务所追求的目标比较朴实，强调以较少的整体投入，在较快的时间内获得较高的经济效益方面的回报。因此不少中小企业希望实现跳跃式发展。使用第三方电子商务平台是实现跳跃式发展的有效途径，第三方电子商务平台（如阿里巴巴等）功能较为完善，技术较为成熟，中小企业企业借助第三方电子商务平台可以实现以较少投入而较快获取经济效益的需求。

1.3　本书研究体系

一个中小企业开展电子商务的步骤一般是三步：第一步，实施前先要进行采纳决策，即是否要采纳电子商务，具体采纳哪些电子商务应用；第二步，具体实施；第三步，实施一段时间后进行实施效果的评价，然后再根据效果决定下一步实施的采纳决策。这也是一个循环的过程。本书的研究也是从这三个方面进行的（见图1.2）：①中小企业电子商务实施前进行采纳决策的因素，以及根据这些因素如何进行采纳决策；②中小企业电子商务的成功实施因素，由此分析具体对策；③中小企业电子商务实施后进行效果评价的因素，以及根据这些因素如何进行效果评价。

本书的研究体系如图1.3所示。

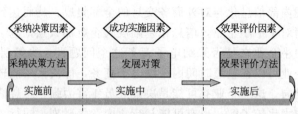

图 1.2　本书的研究思路

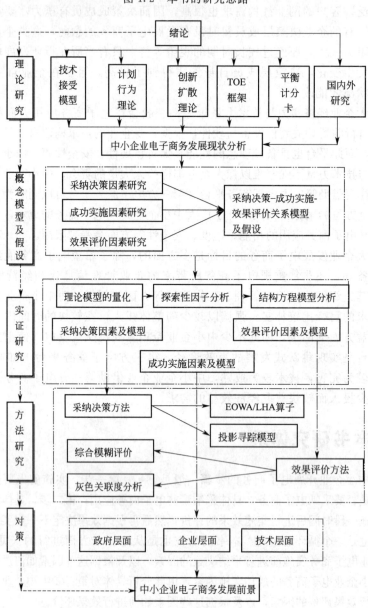

图 1.3　研究体系

国内外研究及相关理论

本章重点：①回顾和总结关于中小企业电子商务的基本概念和研究进展；②回顾和评述国内外关于中小企业电子商务发展因素的研究；③对中小企业电子商务的相关理论及其应用进行梳理，包括计划行为理论、创新扩散理论、平衡积分卡原理等，从而为后面针对中小企业电子商务采纳决策因素、成功实施因素、效果评价因素的分析与假设提供理论基础。

2.1 国内外研究

依据企业电子商务实施的整个过程，可以将中小企业电子商务发展的因素分成三个部分：第一是实施前的采纳决策因素；第二是实施中的成功实施因素；第三是实施后的效果评价因素。下面就介绍这三个方面国内外的相关研究。

2.1.1 中小企业电子商务的采纳决策因素研究

电子商务的实施势必要投入大量的资金和人力，我国仍有很多中小企业尚未开始电子商务的实施，其中的决定因素有哪些？电子商务从技术层面上讲是信息技术的创新，从管理层面上讲是组织变革和商务模式的创新，它的采纳与扩散必然受到诸多因素影响。国内外专家从不同的视角加以分析与研究。

熊焰（2009）[17]用回归分析验证了效率动机、关系动机以及合理性动机对于中小企业电子商务采纳决策的正向影响关系。他通过两阶段聚类法，把样本企业分为"压力型"、"效率驱动型"、"探索型"以及"专家型"企业，并发现效率动机在采纳电子商务后的作用逐渐显现；关系动机在采纳前对采纳决策影响很小，但随着知识积累其影响作用越来越大；合理性动机在采纳前对采纳决策的影响相对更大。

王飞（2008）[18]基于"电子商务价值创造过程模型"构建了面向电子商务决策的指标体系，并在此基础上提出了两种决策分析的方法——两两变量的决策规则挖掘方法和基于整体模型的变量指标灵敏度分析方法。

蔡斌（2006）[19]将 B2B 电子商务分成两类——基本 B2B 和深度 B2B，并分析了这两类 B2B 电子商务采纳意图的影响因素差异。

马庆国等（2009）[20]在技术接受模型、情绪心理学、神经科学等理论的基础上，以一个电子商务推荐系统为例，通过情景实验的方式考察积极情绪对用户信息技术采纳行为的影响。对实验数据的统计分析表明，积极情绪既直接提高采纳意向，也同时通过感知风险、感知有用性和感知易用性作为不完全中介变量提高采纳意向（图2.1）。

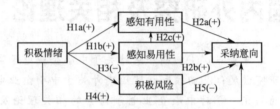

图 2.1　马庆国等提出的研究假设模型

注：H1a（＋）表示积极情绪对感知有用性有正影响；H1b（＋）表示积极情绪对感知易用性有正影响；H3（－）表示积极情绪对积极风险有负影响；H2a（＋）表示感知有用性对采纳意向有正影响；H2b（＋）表示感知易用性对采纳意向有正影响；H2c（＋）表示感知易用性对感知有用性有正影响；H4（＋）表示积极情绪对采纳意向有正影响；H5（－）表示积极风险对采纳意向有负影响。

朱镇等（2009）[21]综合技术接受模型、社会认知以及战略管理相关理论，从组织行为和战略整合视角研究组织电子商务的采纳行为。研究发现，决策群体交互仅对电子商务价值认知具有显著性影响，组织战略意图受到价值认知、风险控制以及群体交互的综合影响（图2.2）。

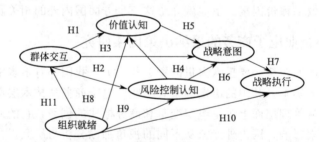

图 2.2　朱镇等提出的假设模型

注：H1表示群体交互对价值认知有正影响；H2表示群体交互对风险控制认知有正影响；H3表示群体交互对战略意图有正影响；H4表示风险控制认知对价值认知有正影响；H5表示价值认知对战略意图有正影响；H6表示风险控制认知对对战略意图有正影响；H7表示对战略意图对战略执行有正影响；H8表示组织就绪对价值认知有正影响；H9表示组织就绪对风险控制认知有正影响；H10表示组织就绪对战略执行有正影响；H11表示组织就绪对群体交互有正影响。

何哲军等（2009）[22]以创新扩散理论与文献为依据构建了企业电子商务采纳与应用关键影响因素模型，并以长三角地区企业为主体进行了问卷调查，实证研究结果认为电子商务投资对企业电子商务的采纳与应用影响最显著，企业规模对电子商务投资具有显著影响。

Elizabeth等（2009）[23]使用结构方程模型，通过对210家智利中小企业的数据分析，比较计划行为理论和理性行为理论二者之中哪一个能更好地预测电子商务的采纳意图。虽然两个结构方程模型均能拟合，但基于理性行为理论构成的模型的有效性更好。同时数据表明，高管的态度和主观规范是显著的预测指标。

Nabeel 等（2007）[24]基于技术-组织-环境理论框架，调查研究了新西兰中小企业电子商务采纳的 10 个因素，包括高管的创新精神和参与、竞争压力、技术供应商的支持等。

Elizabeth E. Grandona 等（2004）[25]针对美国中西部地区中小企业战略价值的确定因素和电子商务采纳因素进行研究。影响信息系统战略价值的因素包括执行上的支持、战略决策辅助、管理生产率，而影响电子商务采纳的因素包含组织意愿、外部压力、可感知的易用性和有效性。研究表明中小企业战略和电子商务的采纳之间有一定的关系。

Ka-Young Oh 等（2008）[26]依据理性行为模型，运用因子分析、回归分析等方法，对韩国 160 家中小企业进行问卷调查及实证研究，研究发现创新的有效性对电子商务采纳是有预见性的。虽然电子商务对企业而言有相当大的竞争优势，但电子商务的采纳还需要成熟的基础设施。

Ya-Wen Yu 等（2008）[27]通过对若干企业的深度访谈，分析得出结论：影响电子采购的驱动因素包括将其作为一个降低成本工具、实时竞价与相应的机会、竞价过程的透明度、降低周转时间等。

"采纳"一词英文即"adoption"，国内外学者针对该领域的研究比较多，但其中部分文献并不是仅研究采纳决策的影响因素，实际上部分包括采纳后在实施中的影响因素。表 2.1 为其中部分针对"采纳决策"的研究的简要概括。

表 2.1　部分学者对中小企业电子商务采纳因素研究

作者	依据理论	研究方法	样本来源	研究结果说明
JingTan 等（2007）[29]	创新扩散理论、制度理论、资源基础理论	描述统计,定性分析	中国 134 家企业	抑制采纳电子商务的因素包括使用计算机的限制、缺乏内部的信任、缺乏企业间的信息共享、不能容忍失败和不能使用快速变革
Thompson 等（2008）[30]	TOE 框架	回归分析	新加坡 141 家企业	企业的规模、高层管理人员的支持、可感知的福利和商业合作伙伴的影响与电子采购的采纳间呈显著的正相关；行业类型没有表现出与电子商务采纳有任何关系
Chian-Son Yu 等（2008）[31]	技术接受模型、创新扩散理论	假设检验、回归分析、相关性分析	中国 202 家企业	可感知的有效性、主管规范可感知的易用性和企业自身的特征在电子商务采纳前是重要因素
Sherry 等（2006）[32]		深度访谈	中国台湾地区 20 家中小企业	组织因素、行业因素、政府因素、文化因素是影响 B2B 电子商务采纳决策的影响因素，而其中文化因素是通过企业条件来转化的
Suzanne 等（2007）[33]	计划行为理论	分层回归和相关性分析	智利 212 家中小企业	高管的支持态度、外界压力对中小企业电子商务的决策有正面影响，可预见的行为控制有负面影响

总结上述国内外研究成果，可以从中得到以下借鉴：

（1）正如密甲成（2008）[28]所概括的，目前该领域的研究主要依据创新扩散理论、组织行为同化理论等从个体理性主义、制度主义和综合分析三个视角展开，这为本书的进一步研究提供了重要借鉴。

（2）近几年国内外学者针对该领域的研究方法已经从单纯的定性分析到定性分析与定量分析相结合，大都通过问卷调查获取数据，并采用回归分析、相关性分析、假设检验、因子分析等传统的统计方法，以及结构方程模型。

（3）国内研究大都针对所有企业，专门针对中小企业的并不多。相对而言，国外的研究更有针对性。但因为各国国情不同，其在中小企业电子商务发展的状况也就会有很大的差别，因而依据上述理论与方法所得出的结论也不尽相同，其因素主要包括高管对电子商务的态度、外界压力、制度环境、企业自身特征等多个方面。

本书依据相关理论与国内外文献，提出中小企业电子商务采纳决策因素，通过问卷调查获取数据做实证分析。在此基础上，本书将结合多属性、多目标的决策方法，探讨中小企业决策层如何进行电子商务应用的决策。

2.1.2 中小企业电子商务的成功实施因素研究

对中小企业而言，如何成功实施电子商务是一个必须引起高度关注的重要问题。到目前为止，人们已经对电子商务成功实施因素进行了许多研究。

李杰等（2008）[34]从大量的中外文献中筛选出相关资料，经过进一步的分析，建立了战略导向-组织运营（不同层面）和人员-技术（不同属性）分析框架，对中外文献中所列的电子商务成功要素做了分类（表2.2）。在此基础上，作者建立了电子商务实施模型——SCOT模型，即战略要素（Strategy）、客户要素（Customer）、运营要素（Operation）、技术要素（Technology），如图2.3所示。

表2.2　李杰等提出的电子商务成功因素的划分

纵向划分	人员	技术
战略导向因素	高层领导支持 战略技术 关心客户	合作 成本 产品
组织运营因素	服务 营销 物流	信息技术 网站设计 网络

王友（2007）[35]采用电子问卷方式调查了国内29个省市的140家电子商务企业，并运用结构方程模型等方法对调查数据进行了分析，发现领导重视与支持、战略规划与实施、技术支持与保障、系统与信息质量、服务质量与管理等因素对中国企业电子商务成功实施有显著的正面影响。

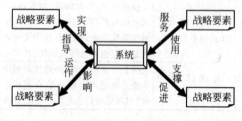

图2.3　李杰等提出的电子商务成功实施模型

任泽峰（2007）[36]对50家国内中

小企业样本做了访谈，通过对问卷的数据作统计分析和重点因素比对，分析出 B2B 电子商务成功六要素：领导者重视、目标规划、第三方推广、人员培训、管理制度与职能部门。

学者 Tien-Chin Wang 等（2009）[37]采用了一致性模糊偏好关系来预测中小企业 B2B 电子商务实施成功依据。分析结果表明，管理层的支持、行业特点和政府的政策比其他因素更为重要。与此同时，预测六个因素影响失败的概率是：管理支持（0.413），企业规模（0.434），IT 集成（0.587），组织文化（0.469），政府政策（0.381）和行业特点（0.424）。

2006 年 6 月澳大利亚 Sensis 机构发布的《中小企业网上商务应用体验》中，通过对成功企业的调查研究和统计分析，得出了以下七条关键成功因素：所有者或管理者的参与程度、对于管理者或使用者的训练、成功的电子商务系统实施、克服畏惧心理与干扰因素、企业内部的 IT 能力水平、使用者对于电子商务规划与实施的参与程度、电子商务厂商的推动与服务[36]。

Angappa Gunasekaran 等（2009）[38]研究泰国南部中小企业的电子采购当前状态，构建了电子采购的应用概念框架，包括当前组织状态、可预见的利益、可预见的障碍、关键成功因素、组织绩效，并通过实证分析加以验证。

K. Karjalainen 等[39]对芬兰中小企业发放调查问卷，研究电子商务与政府采购之间的关系。经统计分析验证了电子商务对政府采购的影响基本上是正面的，政府可以通过电子采购获益，并能降低成本。而企业规模、IT 能力、可获得的资源程度等是其中的重要因素。

Tom R. Eikebrokk 等（2007）[40]运用偏最小二乘法，对欧洲 339 个中小企业调查数据进行分析，表明战略规划、信息技术管理、信息来源与协调对电子商务成功均具有显著的影响。

表 2.3 列出了更多学者对中小企业电子商务成功实施因素的研究。

表 2.3　部分学者对中小企业电子商务成功实施因素研究

作者	依据理论	研究方法	样本来源	研究结果说明
Yu-Hui Tao 等（2007）[41]		回归分析、因子分析	51 个中国台湾地区钢铁企业	影响因素:内部管理的有效性、市场竞争优势、安全性、电子交易的障碍、电子市场趋势、商业资源、支付、可信的文本
Juan Gabriel Cegarra-Navarro 等(2007)[42]	组织学习理论	multinomial logistic model,因子分析	西班牙 130 个中小企业	中小企业实施电子商务,前期需要提供知识的获得、解释和存储,然后需要支持知识的分发
Chi Shing Yiu 等（2007）[43]	技术接受模型	T 检验和 Pearson's 相关性分析	中国香港 150 个中小企业	可感知的用处、可感知的易用性、可感知的风险和个人的信息技术方面的创新性与网络银行的应用之间有正向的关系
Echo Huang 等(2004)[44]	组织创新理论	假设检验、回归分析	中国台湾地区 82 家中小企业	企业的 Internet 战略、国际化战略、竞争压力、商业的复杂性对电子商务有影响;行业类型、企业规模和历史对电子商务的影响不大

作者	依据理论	研究方法	样本来源	研究结果说明
Byung Gon Kim 等(2008)[45]		因子分析	217家韩国企业	分散性、标准、技术兼容性、供应商的技术支持、参与者的教育和培训等影响电子数据交换的应用
Sherah Kurnia 等(2009)[46]		描述统计、因子分析	马来西亚125个中小企业	主要影响因素:可感知的组织 readiness(微观层)、可感知的行业 readiness(中间层)、可感知的国家 readiness(宏观层)、可感知的环境压力(驱动层)
Abdolmotalleb Rezaei 等(2009)[47]		多元回归分析	伊朗132个中小企业	七个系统成功的影响因素:信息部门结构、高管的支持、管理风格、科技知识、目标一致、资源调配、基础设施
Wei Yinhong 等(2006)[48]	技术扩散理论	多元回归分析	美国和加拿大1036个中小企业	内外部组织系统的兼容、网站功能、网站的开销等是影响电子商务扩散的重要因素,而企业规模、合作伙伴的惯例对电子商务扩散有影响,可感知的障碍等对电子商务扩散有负面影响

通过对国内外电子商务关键成功要素研究的比较分析,可以得出以下结论。

(1)国外学者针对中小企业电子商务成功因素这个领域的研究情况与采纳决策因素领域的研究类似,大都通过问卷调查获取数据,并采用统计方法进行分析。所依据的理论包括创新扩散理论、理性行为理论、技术接受理论、计划行为理论等。

(2)国内学者针对该领域的研究存在两点不足:一是大多研究对象是所有企业,针对中小企业的研究还不多;二是单纯的定性分析较多,定量分析还比较缺乏,还需要有翔实的调查数据和统计数据做支撑;三是理论深度还不够,特别是在结合当前比较前沿的理论方面还比较欠缺。

本书依据管理科学及行为科学的基本理论与前人研究成果,建立了中小企业电子商务成功实施因素的概念模型,并对问卷调查数据做了相应的验证与数据分析。

2.1.3 中小企业电子商务的效果评价因素研究

由于电子商务几乎影响到企业内外部各方面的运作,对电子商务成功的评价必须考虑多方面的因素。

曲丹(2007)[49]使用平衡记分卡(Balanced Score Card,BSC)创建一个可以适用于任何实施电子商务企业的绩效评价方法,整个框架是以最一般的企业目标——获得更多的利润为最终的战略目标来设计平衡记分卡的指标体系,从战略目标的角度设立平衡记分卡因果关系,采用模糊认知图工具对 BSC 进行计算与预测分析,根据绩效当前的状态,可以回答系统在未来可能出现的绩效状态。

何建民等(2007)[50]运用企业关键因素模型的思想,设计一组用以评价电子商务系统绩效的指标，并将这些指标运用神经网络的方法来评价电子商务系统绩效。

张倩倩（2008）[51]以平衡计分卡为框架，依据 B2C 企业的关键成功因素及竞争能力进行指标设计，构建了 B2C 企业的绩效评价指标体系，进而介绍了使用灰色关联评价方法对所选指标进行综合评价的过程。

刘凯（2006）[52]总结了电子环境下 E-Service 质量测度的六大维度：易用性、可靠性、安全性、沟通性、个性化/定制化、一致性，构建了感知质量测度模型和计算方法。

王友（2007）[35]探索了电子商务成功实施的评价要素（系统质量、信息质量、服务质量）；并将电子商务关键成功要素与成功评价要素研究相结合，探讨了二者之间的关系及共同对电子商务成功的影响关系。

国内学者的研究偏重于电子商务效果的评价指标体系及评价方法，如上述前四项研究均是运用某些理论或思想构建电子商务效果的评价指标体系，然后选择某种方法（如灰色关联度分析、专家评估法[53]、三角模糊数[54]等）进行评价，并对结果作出分析。上面王友的研究与国外学者的研究思路类似，即构建电子商务成功实施的评价模型，运用数据分析工具来对此模型进行验证和修正。但国内学者的研究范围大都针对所有企业，而非针对中小企业电子商务实施评价的研究。

国外在企业信息系统成功评价研究领域，最具有里程碑意义的是美国学者 DeLone 和 McLean 提出的信息系统成功模型，包含六个主要的维度：系统质量、信息质量、系统使用、用户满意、个人影响、组织影响[55]。很多研究都遵循上述模型所确立的指标体系和思路来考察电子商务的成功。

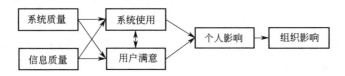

图 2.4　DeLone & McLean 的信息系统成功模型

Molla&Licker（2001）对 DeLone&McLean（1992）信息系统成功模型进一步拓展，首先提出了电子商务成功模型[35]，如图 2.5 所示。

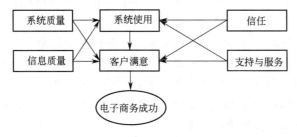

图 2.5　Malla & Licker 的电子商务成功模型

澳大利亚 Sensis 机构发布的《中小企业网上商务应用体验》指出，澳大利亚中小企业在评价电子商务实施的成功标准有以下四点：投资回报率，利用程度即电子商务本身功能的发挥程度，对于组织绩效的影响和使用者满意程度[35]。

Judith Redoli 等（2008）[56]提出中小企业基于互联网的信息通信技术（ICT）服务的 3C 分析评价模型：Content（提供关于企业的基本信息和雇员及客户能够下载的产品和服务信息）；Community（合作，也包含信息的上载和查询），Commerce（商务活动）。ICT 的投资和行动细节依赖于企业的竞争战略，包括降低成本、产品差异化和特别能力，ICT 的评估也可以从价值链来分析，包括使基本供应服务更有效、优化制造流程、提高服务质量、更好地管理客户关系等。

Pather（2006）[57]用典型案例的研究方法进行了电子商务成功研究，确定了电子商务成功评价的指标体系。他综合传统市场空间、虚拟的信息空间、虚拟的分销空间、虚拟的沟通空间以及虚拟的交易空间这五个空间的各个维度构成了电子商务系统成功评价的指标体系。

Shaaban Elahi 等（2009）[58]总结前人成果后提出，评价企业电子商务可以用技术维度、组织维度和组织间维度。他们通过对伊朗 27 个样本企业调查数据的分析，来获取每个维度下各个因素的权重。技术维度下的评价因素包括安全性、足够的计算机、网络速度等；组织维度下的评价因素包括财务影响、组织文化、人力资源等；组织间维度下的评价因素包括供应商的评价、客户的评价、竞争对手的评价等。

Pedro Soto-Acosta 等（2009）[59]通过对 1010 个企业的问卷调查，用结构方程模型验证电子商务与企业绩效之间的关系。其中潜在变量"互联网技术应用"包含网站情况、内部网情况、外部网情况等；潜在变量"顾客影响"包含信息共享、电子采购情况、电子订单情况等；潜在变量"内部流程"包含文档共享、人力资源、产品在线跟踪等；潜在变量"贸易有效性"包含网上贸易额、网上顾客数量、网上顾客服务等。

国外学者的研究偏重于电子商务成功的评价因素，一种思路是基于对 DeLone&McLean 信息系统成功模型的改进，另一种思路是依据电子商务本身的特征。其中不足的是更多地把电子商务作为一种信息技术进行评价，而较少考虑将电子商务对企业管理、销售等方面的影响程度作为评价指标。另外针对中小企业特点的评价因素和评价方法研究也比较欠缺。

本书认为，DeLone&McLean 信息系统成功模型虽然最具有里程碑意义，但更适用于对大企业电子商务效果的评价。根据我国中小企业电子商务的特点，我国中小企业大都借助第三方电子商务平台，对中小企业电子商务效果的评价不应该过多专注于系统本身的质量，而应结合 DeLone&McLean 信息系统成功模型及国内部分学者的研究思路，从电子商务对企业经济效益的影响、用户满意度以及对企业组织管理的影响等方面综合考虑。

2.2　相关电子商务研究理论

因为电子商务涉及企业间的关系，Galaskiewiez（1985）[60]认为，任何一种单一理论都难以解释如此复杂的涉及企业间关系的现象。从前一节的综述也可以发现，在已有的关于企业电子商务影响因素的研究中，研究者所依据的基本理论视角都是多种多样的。本节从本书的研究视角，对所涉及的相关基本理论进行梳理，这些理论包括理性行为理论、技术接受模型、计划行为理论、技术-组织-环境框架、创新扩散理论、平衡积分卡原理。其中，理性行为理论和计划行为理论是研究个人行为意向的理论，技术接受模型是研究信息系统接受因素的模型，本书将这三个理论模型应用于中小企业电子商务采纳决策因素的分析研究；创新扩散理论和技术-组织-环境框架是研究某项技术扩散推广的因素，本书将这两个理论模型应用于中小企业电子商务成功实施因素的分析研究；平衡计分卡是一种战略性绩效评价方法，本书将该理论应用于中小企业电子商务效果评价因素的分析研究。

2.2.1　理性行为理论

理性行为理论（Theory of Reasoned Action，TRA）又译作理性行动理论，是由美国学者菲什拜因（Fishbein）和阿耶兹（Ajzen）于 1975 年提出的，主要用于分析态度如何有意识地影响个体行为，关注基于认知信息的态度形成过程，其基本假设是认为人是理性的，在做出某一行为前会综合各种信息来考虑自身行为的意义和后果[61]。TRA 的理论模型如图 2.6 所示。

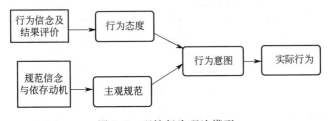

图 2.6　理性行为理论模型

该理论认为个体的行为在某种程度上可以由行为意向合理地推断，而个体的行为意向又是由对行为的态度和主观准则决定的。人的行为意向是人们打算从事某一特定行为的量度，而态度是人们感知到的关于该行为的结果及其对这些结果的评价的函数。主观规范（主观准则）指的是个体的规范性信念以及个体服从规范性信念的倾向的函数，是由个体对他人认为应该如何做的信任程度以及自己对与他人意见保持一致的动机水平所决定的。这些因素结合起来，便产生了行为意向（倾向），最终导致了行为改变[62]。

理性行为理论是一个通用模型，它提出任何因素只能通过态度和主观准则来间接地影响使用行为，这使得人们对行为的合理产生有了一个清晰的认识。该理论有一个重要的隐含假设：人有完全控制自己行为的能力。如果行为需要技能、资源或者没有自由机会实现则被认为是理性行为理论应用之外的地方，或者很难用理性行为理论预测[63]。在组织环境下，个体的行为要受到管理干预以及外部环境的制约。因此，需要引入一些外在变量，如情境变量和自我控制变量等，以适应研究的需要。

利用理性行为理论可以预测不同的行为或是在不同的文化背景下验证理性行为理论。例如：冯秀珍等（2009）以该理论基础，构建了虚拟团队信息共享行为的基础模型，在深入研究虚拟团队文献的基础上，总结并归纳了影响虚拟团队信息共享行为的重要因素[64]；石舒娅等（2009）在该模型基础上研究影响品牌形象对汽车购买行为的不同影响作用[65]。随着互联网时代的到来，人们的社会行为已经广泛地延展到网上，已经有不少学者研究理性行为理论预测网上行为的作用。Hansen 在他的研究中指出，理性行为理论完全可以用于预测消费者网上行为[66]。近年来该理论也常常用来分析企业电子商务的采纳行为，如 Chatterjee（2002）基于 TRA 的研究结果是：高层的态度作为企业对目标技术的态度风向和话语权代表，对企业电子商务的采纳有重要影响作用[67]。

2.2.2　技术接受模型

技术接受模型（Technology Acceptance Model，TAM）是 Davis 于 1989 年运用理性行为理论研究用户对信息系统接受时所提出的一个模型，提出技术接受模型最初的目的是对计算机广泛接受的决定性因素做一个解释说明（图 2.7）。

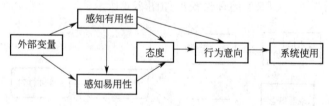

图 2.7　技术接受模型

技术接受模型提出了采纳新技术的两个主要的决定因素：①感知的有用性（perceived usefulness），反映一个人认为使用一个具体的系统对他工作业绩提高的程度；②感知的易用性（perceived ease of use），反映一个人认为容易使用一个具体的系统的程度[68]。

技术接受模型特点是：①将社会规范和感知行为控制对行为意图的影响排除在外；②两个信念因素——感知有用性和感知易用性决定了对行为意图的态度；③感知有用性和态度直接影响行为意图；④许多外部因素，如信息系统设计的特点、用途特点、促进性的支持和培训等可通过两个信念因素影响行为意图[69]。

随着 TAM 在技术接受领域的广泛应用，一些实证研究从不同角度说明了感知有用性和感知易用性这两个主要因素对系统使用行为意愿的影响[70]。基于 TAM 的研究工作主要集中在两个方面：一是从理论角度对 TAM 模型的结构进行丰富和扩展[71]；二是结合不同目标技术、不同应用环境考察 TAM 模型的效力[72]。Venkatesh 和 Davis（2000）[73] 提出了扩展的技术接受模型：社会影响（主观规范、自愿性、印象）和认知结构（工作适用性、输出质量、结果论证的可能性、感知易用性）是感知有用性和使用意愿的决定因素。

由于 TAM 结构简单和各种实证研究对其价值的证实[74]，技术接受模型被广泛地用于研究对各种信息技术的接受，从早期的个人计算机、电子邮件系统、字处理软件，以及电子制表软件到目前的知识管理系统、ERP 应用系统、电子商务方面的各种复杂的应用系统，应用范围越来越广[75]。Enkatesh（2000）认为，TAM 在预测和解释终端客户行为和系统使用方面是最有影响力的理论，TAM 提供了消费者行为、意图、态度和行为之间的理论联系。

近期有很多学者利用 TAM 研究人们对企业信息系统、WWW 和 Email 等的接受程度[76]。张楠等（2007）在 TAM 以及有关信息技术采纳方面的其他研究成果基础上，提出了一个在中国环境下针对使用者信息技术初期接受的扩展模型[77]（图 2.8）。王保林等（2008）[78]在该 TAM 模型基础上，提出了 B2B 电子商务系统的技术接受模型，并进行了实证分析和检验（图 2.9）。研究发现，主管规范、工作相关度、系统响应时间是影响用户对 B2B 电子商务系统的有用认知、易用认知和可靠认知的重要因素。

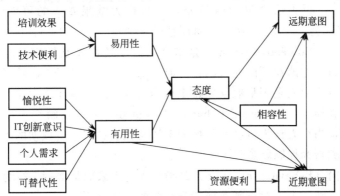

图 2.8　张楠等提出的技术接受扩展模型

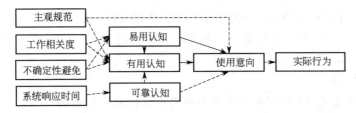

图 2.9　王保林等提出的 B2B 电子商务系统的技术接受模型

注：实线表示 TAM 模型已有的路径，虚线表示待验证的路径。

2.2.3　计划行为理论

计划行为理论（Theory of Planned Behavior，TPB）是由多属性态度理论（Theory of Multiattribute Attitude）与理性行为理论（Theory of Reasoned Action）所结合发展出来的（图 2.10）。Ajzen 于 1985 年将理性行为理论加以延伸，增加了知觉行为控制变量，提出了计划行为理论。Ajzen 认为，所有可能影响行为的因素都是经由行为意向来间接影响行为的表现。而行为意向受到三项相关因素的影响：态度、主观规范和知觉行为控制[79]。

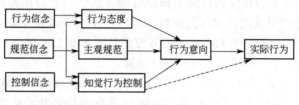

图 2.10　计划行为理论模型

计划行为理论有以下五个要素。

态度（Attitude）是指一个人对人、事、物或行为所抱的正面或负面的评价，反应了个人对人、事、物或行为的好恶感觉[60]。依据 Fishbein 和 Ajzen 的态度期望价值理论，个体拥有大量有关行为可能结果的信念，称为行为信念[80]。行为信念包括两部分，一是行为结果发生的可能性，即行为信念的强度；另一个是行为结果的评估[80]。

主观规范（Subjective Norm）是指个人对于是否采取某项特定行为所感受到的社会压力，亦即在预测他人的行为时，那些对个人的行为决策具有影响力的个人或团体对于个人是否采取某项特定行为所发挥的影响作用大小[81]。

知觉行为控制（Perceived Behavioral Control）是指反映个人过去的经验和预期的阻碍，当个人认为自己所掌握的资源与机会愈多、所预期的阻碍愈少，则对行为的知觉行为控制就愈强[81]。

行为意向（Behavior Intention）是指个人对于采取某项特定行为的主观机率的判定，它反映了个人对于某一项特定行为的采纳意愿[81]。

行为（Behavior）是指个人实际采取行动的行为。

目前，计划行为理论广泛地被研究者应用来探讨对于个人某一特定行为的预测。例如：分析中国文化背景下影响创业意愿的因素[82]，提取影响考生舞弊行为的道德观念、制度规范、学风考风等因素[83]，分析影响项目成员知识共享行为的因素[84]等。

TPB 也经常用于研究电子商务中对消费者行为产生影响的因素，利用 TPB 来影响消费者对网上商店的态度和看法，提高他们对行为的控制力，从而提高他们对电子商务的信任[85]。尹世久等（2008）[86]利用计划行为理论构建了网上购物意愿的 Logit 模型，并运用对样本数据进行 Logit 回归处理，研究了影响消费者网上购物意愿的主要因素和影响程度。Pavlou（2006）[87]同样将计划行为理论进行扩展用来解释和预测消费者的电子商务行为。Chin-Shan Lu 等（2008）基于 TPB，提出了班机航运中互联网应用的目的评价因素，应用结构方程模型来研究安全防护、使用便利性、有效性和应用意图这四个因素之间相互作用的关系及其因素载荷量[88]。

2.2.4 创新扩散理论

创新扩散理论（Diffusion of Innovation technology，IDT），又译作创新传播理论、创新推广理论等，最早是将创新推广理论作为传播学内容进行研究的。在这方面的研究中最负盛名的当首推传播学家罗杰斯（Everett M. Rogers）及其著作《创新推广》（Diffusion of Innovation）[80]。罗杰斯在书中认为，创新扩散是指一项新事物通过特定的传播通道，逐渐为某些特定社群成员所了解与采用的过程，也是推广作用的应用。所谓创新或新事物（Innovation）是指相对于某一个人或某一特定社群的新想法、做法或新发明等，可以是观念、技术，也可以是物体，只要采用的个人或组织认为它是全新的、从来未接触过的事物。例如电脑、手机、互联网发明时，总有一些人率先使用，然后越来越多的人使用，这个过程就是创新扩散的过程。创新扩散理论归纳了创新扩散过程的五个阶段：探索理解、说服、决策、实施、确认（Rogers，1995）[89]。

罗杰斯的研究认为[90]，分析影响组织采用创新的因素涉及三个方面的内容：创新特性、采用创新的组织特性及组织所在的环境。这三个方面及其所属的因素共同决定了一项创新在组织中的扩散。

人们对新事物的接受程度与创新本身的特征有关，罗杰斯认为创新事物具有以下特征：一是相对优越性，一项创新优越于它所取代的旧观念的程度；二是兼容性，一项创新与现有价值观、以往经验、预期采用者的需求相一致的程度；三是复杂性，一项创新理解和运用的难度；四是可试用性，一项创新在有限基础上可被试验的程度；五是可观察性，创新结果能为他人看见的程度。

组织本身的特性也会影响到创新的扩散程度和成功。组织的特性包括组织的管理机制（集权化和正规化）和组织的复杂性[91]。集权化是指系统的指挥权和控制权集中在相对少数人手中的程度；正规化是指一个组织强调其职员在工作中遵守既定的规章制度的程度；组织复杂性是指组织成员掌握相对高水平的知识和专业的程度。

组织环境特性也会对创新的扩散程度有影响，它是由企业外部会影响其管理决策的物理和社会因素构成，这些因素主要是指供应商、客户、政府部门和竞争者。Fichman（1991）确定了竞争压力是一个能够影响组织创新整体效果的环境变量。

由于影响创新扩散和接受过程的因素众多，对创新扩散的研究形成了许多不同视角。组织学习理论和潮流理论对创新扩散过程就有着较为独特的解释。Ttewell（1992）认为，可以从组织学习、技能开发和知识障碍的角度重新对技术扩散概念化。

Eveland 和 Tornatzdy 两学者认为，创新的扩散和接受取决于特定的情景和模式，不存在普遍适用的模型，并提出五个情景要素：技术本身的特征、使用者特征、传播者特征、传播与交易机制的特征、传播者与使用者各自的以及他们之间的边界[92]。

自从 20 世纪 60 年代后，创新扩散理论被应用到各学科领域，如教育学、公共卫生、通信、市场、社会学和经济学等，在信息技术及电子商务发展因素分析方面尤其应用广泛。翁丽贞（2006）[91]从创新扩散的角度通过实证方法分析验证了 ERP 在中国企业扩散过程的关键影响因素。李艾（2005）[92]根据创新扩散理论和从嘉兴市传统制造企业收集的数据，对影响电子商务技术扩散的影响因素进行了实证研究。D. Pontikakis 等（2006）[93]通过对希腊 100 个中小企业的问卷调查，运用技术扩散理论和 Logit 模型，确定了影响电子商务技术的若干因素。研究表明如果某项技术的早期形式已经被采用过，那么该技术当前也易于被决策层采用，财政因素同样也有很大作用。Hsiu-Fen Lina 等（2008）[94]基于技术扩散的理论和技术的组织环境框架，开发出研究模型来研究决定电子商务扩散的影响因素。研究模型分析了影响的因素中技术方面（即基础设施和 IT 专长），组织环境（组织相容性和预期效益）和环境背景（竞争压力和贸易伙伴等）。

2.2.5 技术-组织-环境框架（TOE）

技术-组织-环境框架（Technology-Organization-Environment，TOE）是 Tornatzky 和 Fleischer 于 1990 年首次提出来的，他们将技术创新采纳的影响因素有效地归纳到技术面、组织面、环境面三大类，即对技术、组织以及环境的感知是促进企业新技术采纳的重要驱动力[95]。其中技术包含企业的内外部技术，即包括现有技术和市场上尚未被企业引进利用的技术；组织包括企业范围及规模、管理结构特性、人力资源状况等；环境指所在行业以及与合作者、竞争对手、政府的交易行为[96]。

TOE 框架尽管并非一种严格意义上的理论，但它却是一种有效的因素分类方法，在技术创新采纳相关的研究中出现的大多数影响因素均可落入 TOE 框架[96]。早期 TOE 被广泛应用于电子数据交换（Electronic Data Interchange，简称 EDI）技术的采纳研究中。如 Iacovou（1995）[97]通过七个案例研究，将 EDI 的采纳因素归纳为：可感知的利益（技术因素）、组织准备度（组织因素）、外部压力（环境因素）。

近十年来，国外很多研究都是关于基于 TOE 对电子商务影响因素的。除上节中列出的部分外，较为典型的研究如：Zhu 等（2002）基于 TOE 框架，对欧洲各国企业采纳电子商务进行了研究，发现技术能力、企业规模、业务范围、外在竞争压力等因素是采纳行为的主要驱动因素，而伙伴准备度的缺乏是障碍因素[98]；Zhu（2003）利用 TOE 模型对金融行业的电子商务采纳决策进行研究，研究结果是技术准备、财务资源、企业大小和环境是影响决策的重要因素[99]；Chen（2003）对 Web 技术的企业间电子商务应用进行了研究，认为伙伴特征、组织特征、技术特征决定采纳行为[100]。2006 年以来国内也出现了一些有关于基于 TOE 对信息系统及电子商务影响因素的研究，如：田野（2008）[101]将 TOE 分析框架应用于 ERP 系统在后实施阶段同化的因素分析，检验了 TOE 框架对分析 ERP 系统在后实施阶段同化影响因素研究的适用性，拓展了 TOE 分析框架的应用范围；王文涛[96]利用 TOE 框架，结合产业集群特点，构建了适用于产业集群企业的电子商务采纳的 TOE 模型，探索集群企业在电子商务采纳决策中的影响因素。

2.2.6　相关理论总结

国外不少学者结合 TAM 和 TPB 两个理论，研究中小企业电子商务采纳与实施的影响因素，除前面列出的部分研究外，还有 Hajiha 等（2008）基于 TAM 和 TPB 提出一个集成的中小企业电子商务采纳模型，且通过对伊朗 226 个中小企业的数据分析进行了实证研究[102]等。

虽然 TRA、TAM、TPB 和 IDT 理论来源于不同的研究领域，但是它们之间存在一定的联系，一些实证研究表明 TRA、TAM、TPB、IDT 等理论可以结合起来提高其预测能力[103]。孙杨（2005）[104]将 TRA 和 IDT 相结合，从消费者的认知角度出发，对网上购物渠道进行了深入的分析和评价。刘枚莲等（2006）在对电子商务环境下的消费者行为特点进行分析的基础上，利用 TAM 理论和态度-意图-行为之间的关系，结合 IDT 和 TPB 理论，构建了电子商务环境下的消费者决策行为模型[105]。Chian-Son Yua 等（2008）[106]将计划行为理论延伸于电子商务创新技术的采用。实证结果表明，认知、规范、知觉这三个方面中，公司本身对电子商务技术的态度是非常重要的影响因素，而且这种影响是多变的、复杂的。Chi Shing Yiua 等（2007）[107]基于计划行为理论并纳入个人创新和预计风险两个额外因素，使用 T 检验和 Pearson 相关，研究表明电子商务的采用和金融服务部门（即网上银行）这个因素也有正相关。

TRA、TAM、TPB、IDT、TOE 这五个理论模型结合起来应用，可以较全面地分析某项行为（特别是新技术）的采纳-实施影响因素，主要包括人的态度、外界压力、该技术自身特征、组织特征和外部环境等几个方面。表 2.4 是对它们的总结。

表 2.4　相关理论总结

理论	概　　述	行为采纳-实施影响因素				
		态度	外界压力	该技术自身特征	组织特征	环境特征
TRA	个体的行为意向是由对行为的态度和主观准则决定的	√	√			
TAM	采纳新技术的两个主要的决定因素:感知的有用性和感知的易用性	√		√		
TPB	行为意向受到态度、主观规范和知觉行为控制的影响	√	√	√		
IDT	分析影响组织采用创新的因素涉及创新特性、采用创新的组织特性及组织所在的环境			√	√	√
TOE	将技术创新采纳的影响因素有效地归纳到技术面、组织面、环境面三大类			√	√	√

2.2.7　平衡计分卡

平衡计分卡是 20 世纪 90 年代初 Kpalan 和 Norton 共同提出的一种战略性绩效评价方法。它在重视企业短期财务指标的同时，引入了一系列基于企业长期发展的非财务指标。平衡计分卡是一个全面、综合的体系结构，它从四个层面来衡量企业的经营绩效：财务、客户、内部业务流程、学习与成长[108]。平衡计分卡与传统绩效评估方法最大的差别在于落实联结组织策略与目标，是同时重视结果与过程的全方位绩效管理制度[109]。

财务层面。其目标是最大限度的实现企业的经济利益。Kpalan 等 (1996)[110]认为企业应针对其所处不同阶段的生命周期，制定不同的财务策略，由此决定适合的财务衡量尺度。

客户层面。其目标是最大限度的实现顾客满意。该层面从质量、性能、服务等方面评价企业的绩效，顾客对产品的满意度和市场占有率的情况是完成公司财务目标的主要途径[111]。

内部业务流程层面。其目标是发掘企业竞争优势，实现企业内部效率的最大化。该层面的指标包括生产率、生产周期、成本、合格品率、新产品开发速度、出勤率等[111]。

学习与成长层面。其目标是提高企业学习与成长能力。该维度显示如何营造使组织不断创新和成长的环境与氛围[111]。

因为平衡计分卡具有很强的科学性、灵活性，并且十分重视企业长期绩效，其自诞生以来就一直备受青睐。随着国内外研究的不断深入，平衡计分卡在各行各业中的应用也越来越广泛，其应用领域也由最初的管理会计发展到战略管理、人力资源管理等领域[112]。

1992 年学者 Gold 提出（信息技术 IT）能够用平衡计分卡来衡量其绩效，并探讨了其功能。信息技术平衡计分卡（即 IT 平衡计分卡），是信息技术（IT）和平衡计分卡（BSC）的结合，它主要由四个层面组成：IT 价值贡献度量、IT 用户满意度、IT 内部过程、IT 学习与创新层面[113]。IT 平衡计分卡作为信息化绩效管理体系，核心是要根据企业的总体目标确定信息化的发展战略和目标[114]。国内外学者将 IT 平衡计分卡应用到企业资源计划管理、知识管理和信息技术审计等方面的管理活动中。由于 BSC 是适合信息时代商业需求的一种评价方法，所以对开展电子商务的企业构建平衡记分卡绩效评价体系，将有助于企业从管理效益、长远战略目标层面正确评估电子商务的投入和企业的绩效[115]。

中小企业电子商务的现状

本章总结了中小企业电子商务发展的现状与不足：一是系统总结相关机构与学者对中小企业电子商务发展现状的研究与调查结果；二是对组织的调查数据进行统计分析，从而得出关于当前我国中小企业电子商务现状；三是在对若干家典型中小企业深度访谈的基础上，进行典型案例分析。

3.1 中小企业电子商务发展的总体现状

3.1.1 中小企业电子商务发展迅速

（1）中小企业电子商务交易量增长迅速。根据艾瑞咨询公司数据显示，2006年我国 B2B 电子商务总体市场规模为 1.28 万亿元，2006 年我国中小企业的 B2B 电子商务交易额为 4809 亿，占总体中小企业 B2B 贸易额的 4.2%[115]。艾瑞咨询公司认为，经过了初期的市场培育和积累后，随着 B2B 电子商务商务功能的加强，未来 B2B 电子商务将会更多的围绕中小企业的 IT 信息化服务展开，我国中小企业的 B2B 电子商务市场在未来几年将保持 50% 以上的年增长率，在 2012年将达到 7.5 万亿[116]，发展潜力较大（图 3.1）。

（2）发展中小企业电子商务能促进国民经济发展。据工业和信息化部中小企业司发布的《中国中小企业电子商务发展报告（2009）》数据显示，2009 年中小企业通过电子商务创造的新增价值占我国 GDP 的 1.5%，拉动我国 GDP 增长0.13%；中小企业电子商务对就业拉动的效果明显，2009 年中小企业通过开展电子商务直接创造的新增就业超过 130 万[117]。

（3）中小企业电子商务应用普及率迅速提高。2010 年，应用网上交易和网络营销的中小企业比例达到 42.1%。2010 年，全国网络零售交易额达 5231 亿元人民币，约为社会消费品零售总额的 3.3%，并呈现出加速增长态势，成为拉动消费需求、优化消费结构的重要途径[9]。

（4）发展电子商务确实使广大中小企业受益。据亿邦动力网调查数据[11]显示，2007 年 22.37% 的上网企业已经实现了超 30% 的年销售额依托电子商务完成的（表 3.1）。电子商务明显给被调查企业带来了显著的促进，59.48% 的企业增加了客户，51.61% 的企业实现了销售量增长，49.80% 的企业扩展了销售区域，45.97% 的企业实现了品牌提升，46.57% 的企业降低了营销成本，35.08%

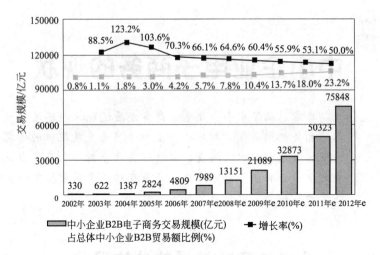

图 3.1　B2B电子市场交易规模

注：图中横坐标中 e 表示该年数据为预测数据。

数据来源：中国中小企业 B2B 电子商务研究简版报告（艾瑞咨询公司发布）。

的企业降低了运营成本，27.62％的企业更加注重诚信。《中国中小企业电子商务发展报告（2009）》数据显示，在金融危机的背景下，经常使用电子商务的中小企业 2009 年总营业额同比增速平均为 7％，使用电子商务的中小企业人均产能比不使用电子商务的中小企业高出 10.9％[117]。

表 3.1　2007 年通过电子商务完成的交易额占企业总销售额比例

交易额占企业总销售额	百分比（%）	交易额占企业总销售额	百分比（%）	
拒答	8.06	31%～50%		11.29
		51%～70%	总计 22.37%	6.85
10%以下	40.93	71%～90%		1.41
11%～30%	28.63	90%以上		2.82

注：表中数据包括在网络上认识的客户后来在线下达成交易。

数据来源：中国中小企业 B2B 电子商务研究简版报告（亿邦动力网发布）。

3.1.2　多数中小企业具备开展电子商务的条件

（1）多数中小企业具备开展初步电子商务的信息化基础。据国家统计局发布的《2007 全国中小企业信息化调查报告》，80.4％的中小企业具有互联网接入能力，52.3％的中小企业已经开展信息化应用，9％的中小企业已经开展电子商务[118]。据本书所组织的调查问卷数据显示（问卷构成及样本情况详见第 5 章），超过一半的中小企业信息化已经取得一定的规模，见图 3.2。

（2）电子商务已经开始在中小企业得到重视。这表现在两个方面：一是电子商务投入，二是中小企业管理者的支持。据亿邦动力网于 2008 年 3 月 24 日发布的《中国中小企业电子商务应用调查报告（2007～2008）》[11]数据显示（表

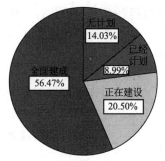
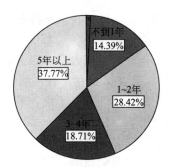

图 3.2　本次问卷调查显示的中小企业信息化建设基础状况

3.2)，上网企业电子商务年均投入 11.84 万元（投入额百万元以上的企业未纳入统计）。41.72% 的企业由总经理（或副总经理）直接担任电子商务主管，说明中小企业对电子商务的重视程度较高。

表 3.2　中小企业电子商务投入金额

金　　额	百分比（%）	金　　额	百分比（%）
拒答	7.26	30 万～50 万元	6.45
5 万元以下	44.15	50 万～100 万元	3.43
5 万～10 万元	20.97	100 万元以上	4.84
10 万～30 万元	12.90		

数据来源：《中国中小企业电子商务应用调查报告（2007～2008）》（亿邦动力网发布）。

3.1.3　中小企业电子商务应用模式多样

中小企业急需拓展对外市场，但又缺乏大企业那样的资金实力和技术力量。他们不能像大企业一样，可以凭借自己的实力建立以自己为主导的，服务更贴切的电子商务系统。中小企业电子商务方面的资金投入主要在加入综合性第三方平台、加入行业网站、自身网站建设、购买竞价排名这四类模式上。中小企业电子商务应用的渠道如表 3.3 所示。中小企业很难有实力在每个方面都投入大量的资金，且对于每个企业而言，这四类模式的重要性是各不相同的。因此每个企业决策层有必要根据具体情况对此作排序，以便合理地分配资金及人力投入。做出何种决策不仅取决于既定的限制因素，也受到决策者个人偏好的影响。

表 3.3　中小企业电子商务应用渠道

主　要　渠　道	百分比（%）	主　要　渠　道	百分比（%）
利用搜索引擎	71.98	利用行业网站	45.97
利用企业网站	63.71	利用综合网站	40.32
利用论坛（包括行业网站）	57.06		

数据来源：《中国中小企业电子商务应用调查报告》（亿邦动力网发布）。

3.1.3.1　第三方 B2B 电子商务平台

由第三方建设的电子商务平台是为多个买方和多个卖方提供信息和交易等服

务的电子场所，其特性包括：保持中立立场以得到参与者的信任、集成买方需求信息与卖方供应信息、撮合买卖双方、支持交易以便利市场操作。第三方电子商务平台可以为企业提供全方位的服务，如网上签订合同、网上结算、配送服务、客户管理等[119]。加入这些平台一般需要每年缴纳数额不等的会员费。

中小企业加入第三方电子商务平台后，其作用表现在两个方面：一是作为卖方通过在平台上发布信息，从而增加其商业机会；二是作为买方在平台上进行电子采购。通过第三方平台电子商务进行竞价采购，可以提高采购效率、缩短采购周期，节约大量的采购成本，优化采购流程。

第三方电子商务平台包含两大类：一是综合性第三方电子商务平台，二是第三方行业网站。综合性第三方电子商务平台涉及面广，种类齐全。行业网站又称为垂直型 B2B 电子商务平台，是针对某一个行业的 B2B 网站，因而更专业、更细化。

中小企业在线交易大多是通过第三方的 B2B 电子商务平台进行。2002～2006年，中国中小企业使用第三方电子商务平台的企业占比逐年递增，越来越多的中小企业开始使用第三方电子商务平台开展商贸活动[11]，如图 3.3 所示。根据中国 B2B 研究中心的调查数据显示，截止到 2009 年 6 月份，国内使用第三方电子商务平台的中小企业用户规模已经突破 1000 万[120]。

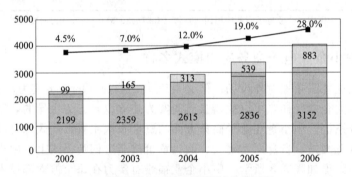

图 3.3　2002～2006 年中国使用第三方 B2B 电子商务平台中小企业数量

数据来源：中国中小企业 B2B 电子商务研究简版报告（2007 年，艾瑞公司发布）。

目前中国的电子商务的模式中，虽然以阿里巴巴、慧聪网、环球资源为代表的综合类平台仍旧占据着 B2B 电子商务市场的绝大部分份额，但垂直型和行业联盟式平台凭借差异化的服务和资源优势在抢占市场份额。第二阵营中买麦网、中国供应商、金银岛、中国制造网等都以差异化的服务和资源优势在各自市场上耕耘着。垂直行业 B2B 电子平台大多都具有在传统行业服务的经验、人才和资源。中国化工网、中国服装网、全球五金网、建材第一网等行业垂直类 B2B 电子商务企业在各自行业和领域逐渐成为主导行业态势的电子商务平台[116]。中国第三方 B2B 电子商务平台竞争现状如图 3.4 所示。

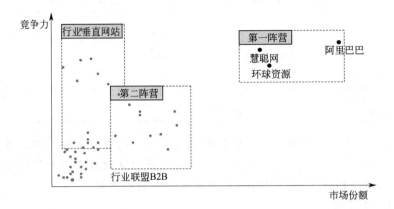

图 3.4　中国第三方 B2B 电子商务平台竞争现状

数据来源：中国中小企业 B2B 电子商务研究简版报告（艾瑞公司发布）。

表 3.4 为本书问卷调查关于企业所加入的综合第三方平台的频率分布，从中可以看出，阿里巴巴占有巨大份额，慧聪网、环球资源网、中国制造网也有一定的比例。值得一提的是淘宝商城作为新兴的第三方 B2C 平台，也已经得到不少中小企业的关注。

表 3.4　企业所加入的综合第三方平台的频率分布

第三方 B2B 电子商务平台	回　　答		个案百分比（%）
	数量（个）	百分比（%）	
阿里巴巴	105	47.7	80.2
慧聪网	26	11.8	19.8
环球资源网	12	5.5	9.2
中国海商网	5	2.3	3.8
中国制造网	36	16.4	27.5
网盛生意宝	6	2.7	4.6
淘宝商城	27	12.3	20.6
金银岛网交所	2	0.9	1.5
敦煌网	1	0.5	0.8
总计	220	100.0	167.9

3.1.3.2　行业网站

据亿邦动力网调查数据显示，截止到 2008 年底，企业化运营 B2B 网站超过 5100 家，营业收入约 190 亿。B2B 行业网站主要是服务制造商、供应商和分销商，B2B 行业网站覆盖整个制造和流通环节。行业网站在帮中小企业寻找更多机遇的同时，也帮助大企业优化采购流程等[121]。

表 3.5　问卷调查关于企业所加入的 B2B 行业网站数与网上贸易额的交叉表

| 数量 | 网上贸易额占全部销售额的百分比 | | | | | 合计 |
	10%以下	10%~19%	20%~29%	30%~39%	40%以上	
0	107	5	0	2	2	116
1个	62	8	7	1	4	82
2个	21	10	5	0	2	38
3个	5	5	3	2	0	15
4个	0	0	1	2	1	4
5个及以上	10	1	7	1	4	23
总计	205	29	23	8	13	278

（注：B2B 数目为左侧纵列标题）

表 3.5 为本书问卷调查关于企业所加入的 B2B 行业网站数与网上贸易额的交叉表，从中可以看出，企业所加入的 B2B 行业网站数对其网上贸易额有一定的正相关，但仍有超过一半中小企业未加入 B2B 行业网站。

3.1.3.3　竞价排名

一个网站的命脉就是流量，而网站的流量可以分为自然流量和通过搜索引擎而来的流量。目前百度、谷歌等搜索引擎网站都针对企业推出了竞价排名等服务产品。中小企业如果投入资金购买这类产品，从一定程度上可以增加其网站的访问量，从而加大企业及其产品的宣传力度。

竞价排名方式是现在搜索引擎的主流商务模式（如百度的竞价排名、Google的 AdWords 等）。从问卷调查数据显示，百度和谷歌两大搜索引擎占有大部分份额，广大中小企业已经开始利用通过搜索引擎提高商务网站的知名度，见表 3.6。

表 3.6　问卷调查关于搜索引擎的调查数据

| 搜索引擎 | 回　答 | | 个案百分比（%） |
	数量（个）	百分比（%）	
百度	133	33.6	49.1
谷歌	78	19.7	28.8
新浪	24	6.1	8.9
网易	20	5.1	7.4
搜狐	22	5.6	8.1
无	119	30.1	43.9
总计	396	100.0	146.1

3.1.3.4　自身网站建设

中小企业商务网站的主要作用有：通过网站介绍其基本背景，展示、推广企业的产品与服务，提供技术支持资料及其他宣传与推介内容，并且体现企业的管理理念、组织文化及品牌形象。

目前除少数中小企业尚无网站外，大部分中小企业已经有了自己的网站，但在版面设计、运行速度、后期维护与更新方面还很欠缺，需要进行深层次的网站建设，在硬件设备、软件环境、网站开发、后期维护方面加大投资。是否要在网站建设上投资或追加投资，是这些中小企业为之困惑的问题。

3.2 中小企业电子商务发展存在的问题

对大多数中小企业而言，与几年前相比，"电子商务"已不再是一个新名词，但真正理解其含义，能准确把握其特征的却为数不多，对电子商务这一新兴事物的认识基本仍停留在表层。部分企业虽然意识到电子商务代表着未来趋势，但对其具体操作和实施后的效益仍然心存疑虑。

3.2.1 我国中小企业电子商务应用尚处于初级阶段

（1）中小企业开展电子商务的总体比例仍不高。《中国中小企业电子商务发展报告（2009）》数据显示，通过互联网寻找过供应商的中小企业达 31%，通过互联网从事营销推广的中小企业达 24%。在采购和营销等环节中，能熟练使用电子商务进行采购的中小企业占全部中小企业的 15%，能熟练使用电子商务进行营销推广的中小企业占全部中小企业的 13%。在物流等其他环节中能熟练使用电子商务的中小企业占比低于 10%。这说明中小企业在各环节的电子商务应用水平差异较大，同时均有较大的提升空间[117]。

（2）具有明显的买方市场特征。当前中小企业的电子商务应用水平相对较低，而且多数停留在将 B2B 电子商务理解成网络推广和网络营销的初级层面上。亿邦动力网数据显示，54.44% 的被调查企业电子商务应用为网上销售，而只有 31.25% 的企业在网上采购，这说明传统商务中的买方市场特征同样影响了互联网[11]。

从问卷调查数据显示，目前中小企业电子商务大都用来进行网上宣传及网上售后服务，这与亿邦动力网调查数据一致的是：网上采购的比例小于网上销售的比例（表 3.7）。

（3）信息技术和管理人才欠缺。大多数中小企业重视的是开拓市场的营销能力，信息和管理人才的匮乏是中小企业的普遍状况，加上当前这类人才的引进和培养花费都很高，从而形成了制约中小企业发展电子商务的人才瓶颈。

表 3.7 关于"中小企业电子商务发展情况"的调查数据

项　　目	回答		个案百分比（%）	项　　目	回答		个案百分比（%）
	数量（个）	百分比（%）			数量（个）	百分比（%）	
无计划	36	6.7	13.1	有支付网上采购	35	6.5	12.7
有计划	32	5.9	11.6	无支付网上销售	31	5.8	11.3
网站宣传	181	33.6	65.8	有支付网上销售	48	8.9	17.5
网上售后服务	87	16.2	31.6	全面集成	44	8.2	16.0
无支付网上采购	44	8.2	16.0	总计	538	100.0	195.6

（4）中小企业使用互联网参与电子商务的程度参差不齐。一部分中小企业虽然建了网站，但能提供的产品和服务信息很少，信息更新周期漫长（调查数据见图3.5），缺少固定访问者。很多网站存在严重问题，如网站建设目的不明确，不知道目标浏览者是谁，不能反映出企业的形象。

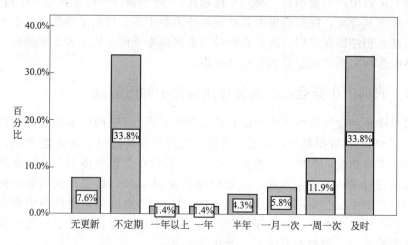

图 3.5　关于企业网站更新情况的调查数据

（5）互联网上有用信息不足、操作性不强。绝大多数中小企业在网站上只提供企业信息和产品信息，缺少互动式的订单和网上支付，所以电子商务给企业带来的直接经济效益并不是十分显著，在一定程度上影响了企业上网的积极性。

3.2.2　我国中小企业电子商务发展具有区域特征

根据中国 B2B 研究中心调查统计显示，目前国内电子商务服务企业主要分布在长三角、珠三角一带以及北京等经济较为发达的地区。其中长三角占有 33.52％的份额，珠三角占 32.04％，北京占 8.86％，国内其他地方共占有 25.58％[121]。根据亿邦动力网的调查，华东地区企业对电子商务的投入明显高于其他区域[11]（表 3.8）。

表 3.8　同一电子商务投入区间各地区所占份额

区域	5万元以下	6万～10万元	11万～30万元	31万～50万元	51万～100万元	101万元以上
东北	8.7%	4.9%	6.3%	6.3%	0.0%	4.3%
华北	20.1%	20.4%	18.8%	25.0%	11.8%	39.1%
华东	34.7%	30.1%	45.3%	37.5%	47.1%	26.1%
华南	11.4%	21.4%	14.1%	12.5%	11.8%	4.3%
华中	8.7%	9.7%	4.7%	12.5%	5.9%	13.0%
西北	4.1%	2.9%	0.0%	3.1%	5.9%	0.0%
西南	5.9%	7.8%	4.7%	3.1%	11.8%	4.9%

数据来源：中国中小企业电子商务应用调查报告（2007～2008）（亿邦动力网发布）。

3.2.3　环境条件还有很多不成熟的地方

我国发展电子商务所需的法律法规、技术标准、信用支付等环境和条件还不完善。与电子商务监管相关的金融监管和工商、税收、海关、商检等管理法规尚未正式出台，使企业发展电子商务活动缺乏安全感，表现在中小企业管理者普遍认为实施电子商务具有一定的风险。从问卷调查数据显示，半数以上中小企业管理者认为电子商务在信用、技术、支付等方面存在风险。

3.3　中小企业电子商务发展的案例分析

为了了解当前中小企业电子商务发展的实际状况，作者先后对十余家中小企业进行了调研，并对其中八家企业经理进行了深度访谈，深入了解了中小企业经理对电子商务的态度及企业电子商务发展的影响因素。这里选取三家典型企业的访谈情况加以摘选。

3.3.1　A 科技发展有限公司情况

（1）公司概况。

① 公司成立于 2001 年 11 月，是一家集开发、研制、生产、销售、服务于一体的，专业从事天然生物资源超临界萃取的高科技企业，是国内专业的、领先的超临界 CO_2 萃取天然生物资源（ODM）的合作生产商。

② 主营产品或服务：以保健产品为主，提纯蜂胶；蜂胶软胶囊；蜂胶浸膏；蜂胶粉；蜂胶超临界 CO_2 提取物；蜂胶液；灵芝孢子油；沙棘籽油。

③ 公司以"源生态"为品牌核心，重视产品的咨询、教育及培训工作，善于向顾客宣传灌输"健康"的理念。为此，公司专门实施了 CRM 管理系统，实现对客户的一体化管理，培养客户的忠诚度，提升公司的美誉度。

④ 公司服务的主要目标客户为 45 岁以上的中老年人。客户的忠诚度较高，2006 年以来，据公司统计发现使用公司系列产品的单个客户的最高金额达 50 万余元，这得力于公司一套系统完善的售前、售后服务保障体系。该公司在全国 70 个城市设有专业的服务点，专门负责客户的教育、培训等管理。

⑤ 营销模式采取了几下几种途径　一是通过专门的客户报告会，向客户讲授专门的健康的理念；二是通过科学日报等报纸进行宣传；三是通过出版书籍的方式向客户宣传健康的理念；四是通过保健行业协会的网站进行宣传；五是通过新闻发布会等其他途径。

（2）硬件情况。公司使用宽带互联网；各个部门之间及与外界子公司之间可实现视频对话。

（3）软件情况。公司购买并实施了 CRM 管理系统，实现了对客户的一体化的管理，便于公司及时了解、分析客户的状态，以便及时采取相应的教育、培训服务，保证客户的忠诚度。

（4）实施电子商务面临的挑战及需思考的问题。

① B2C（企业对客户）的管理模式与传统的分销渠道的对比　电子商务是一种全新的符合时代发展潮流的营销平台，是企业未来转型的必然，借助电子商务平台可以实现 B2C 的管理模式，削减原来的生产商—大分销商—小分销商—客户链条上的中间销售商，实现生产商—客户的直线销售管理机制，大大降低了分销渠道上的额外附加值，降低了顾客承担的费用。

② 电子商务对中小企业的冲击　现代的电子商务平台，诸如淘宝网、当当网的网上交易得到了迅速发展，但是对产品的传统营销渠道带来了巨大冲击，特别是对中小企业已有的稳定营销渠道的冲击较大，引发的价格信息的不对称、不公平的现象较为明显。分销商可以将商品在电子商务平台上低价销售，影响了客户对企业的信赖，从而对公司的产品价格造成了不必要的麻烦，这样的纠纷便是电子商务销售模式对传统的人工销售的巨大冲击。

③ 电子商务的推广需要考虑几个问题　一是对企业来说怎样由传统的营销渠道转变成电子商务的营销模式，并且在转变过程中要更大程度上降低企业的风险，加强企业的竞争力；二是考虑什么类型的产品或是服务适合电子商务交易，诸如小饰物等商品就更适合网上营销手段；三是考虑转变的方式；四是考虑具体的转换环节及怎样具体运作。

（5）公司发展电子商务重要影响因素分析。该公司生产的产品属于保健类的产品，该类产品的特点是特别要重视产品的咨询、对客户的教育及培训工作，特别需要客户的认知及体验。因此该种产品更适合走直销或是人员销售的模式，通过这种途径让潜在的客户尽可能快的在教育、培训后转为现实的客户。长期以来公司已经形成了这种稳定营销模式，有了一部分稳定的客户群体。因此，对该公司属的行业是否有必要由现在的人员直销转为网上营销是一个值得思考的问题，开展网上营销的预期的利润及企业的发展前景，这种转化过程当中的风险都是要思考和面对的事情。尽管电子商务是未来企业发展的必需，但是至少现在对该企业来说还要寻求一条有效转变的途径。从这个角度上看，该公司的产品属于非大众化的标准化产品，产品信息内涵及产业价值链信息强度对该公司的影响较大。另外，该公司的原材料是自行供应，对外界的依赖较小，因此公司的上游企业较少，不存在产业链依存的情况，因此受合作伙伴或是供应商的冲击较小，企业的发展独立性较强，发展完全电子商务的需求较低。

3.3.2　B 包装有限公司情况

（1）公司情况。

① 公司于 2002 年 3 月成立，为国内纸业行业的民营企业，主营产品或服务为纸套，属于低端的生产型企业。

② 公司拥有数条国内先进的 CD 纸套和开窗信封生产线，专业生产 CD 光盘

纸套（纸套正面开圆窗覆透明膜）。公司的生产纸套的大型设备均为自行设计研发，大大降低了生产成本，加强了公司的竞争力。

③ 公司奉行产品单一、争做行业标准的经营理念，其生产的 CD 光盘纸套 60％销往美国，40％的销售国内。国内的大多数的邮政信封所执行的标准就是该企业创立的。

（2）硬件情况。公司各个部门之间的网络连接健全，信息畅通，但是仅限于公司部门之间的信息交流，信息化管理系统如 ERP、财务系统等软件并没有应用，公司的信息化建设、应用、管理水平较低。

（3）电子商务及信息化实施情况。

① 公司主要负责人对网络宣传极为重视，每年在百度、阿里巴巴上的广告投入均较大，总计在 10 万元左右。据公司介绍人讲，公司是阿里巴巴会员，公司主要通过百度、阿里巴巴寻找潜在的客户，这对宣传公司产品、原材料采购及与客户沟通等方面发挥了非常大的作用，以至于公司现在没有营销员，公司的营销策略就是网络营销。

② 公司负责人对电子商务的看法：2000 年初公司通过电子商务平台能够获取很多真实的有效信息，凡是网上的信息一般情况下真实性非常高，但是近年来即使在阿里巴巴上发布的产品信息，很多也是不真实的，很多虚假的信息干扰了整个电子商务的发展秩序。这方面的主要原因在于电子商务平台的信息验证环节存在很多的弊端，也是电子商务法律、信用体系不完善导致的。在这里，第三方电子商务平台很重要，只有经过严格的审查，电子商务的发展才会在我国取得成效，才会更好更快的为企业所接受。

③ 公司是否更好的应用电子商务开展商业活动，这和公司领导者的观念有很密切的关系，该公司领导者就非常认同电子商务的商业推广价值，且目前公司商业推广模式就是应用阿里巴巴及百度等网络平台。

（4）公司发展电子商务重要影响因素分析。B 包装有限公司发展电子商务的情况较好，不在于公司的基础化信息程度的高低，主要是在于公司找到了一条网上商务的途径。在这方面，公司的 B2C 模式应用的较好。此外，该公司生产的 CD 光盘纸套为国际标准化产品，在此也验证了产品信息内涵及产业价值链信息强度对该种产品发展电子商务的正向影响程度较高。

该公司规模较小，但是做的却是国际标准化产品，60％产品销往国外，本身的基础信息化的硬件设备较低，但是开展电子商务的程度却较高，这也充分说明了该公司很好利用了现有的诸如百度、阿里巴巴等网络媒介，证明了电子商务应用策略对该公司发展电子商务的巨大积极作用。

一般说来，像 B 包装有限公司这样信息化硬件较低的企业发展电子商务的风险也是较大的，但是该公司领导人能充分的认识到电子商务的巨大潜力，经过几年地摸索走出了一条适合企业发展的网上商务之道，再次证明了企业高层领导的认知和支持是发展电子商务的关键。

该公司产品的销售地主要在美国，而美国的电子商务开展的程度较高，因此该企业合作伙伴的网上交易的信任度和可靠度也较好，这里也说明了电子商务开展过程中需要企业交易双方相信双方的交易资料都将按照设定的程式运行，无论网络环境变化或受到恶意的攻击等，企业交易双方对电子渠道越信任，越容易使企业将传统业务放到网上进行，这将有利于企业的电子商务采纳与转型，为相关行业的企业发展、营销策略带来了诸多思考。

虽然 B 包装有限公司的信息化基础并不高，但公司领导人能充分的认识到电子商务的巨大潜力，能投入较多资金用于企业电子商务，经过几年的摸索走出了一条适合企业发展的网上商务之道，已经进入了电子商务发展的较高阶段，且收益明显。

3.3.3　C 环保设备有限公司情况

（1）公司情况。

① C 环保设备有限公司是一家高科技企业，公司现有资产总额 2500 万元，固定资产 1500 万元，厂房 8000 余平方米，占地 23000 余平方米；在职员工 138 人，各类工程技术人员 32 人。

② 产品包括系列油气回收系统、油气回收装置专用设备、系列阀门、管件、电器产品等。产品销往国内 40 余家大中型石化企业和各大油田，在这些企业的油气储运领域已经有一定的知名度，并建立了良好的合作关系。自创立至今，公司已经发展成一个集技术开发、产品制造、工程配套、工程服务于一体的高效而充满活力的高新技术企业。

（2）硬件情况。公司各个部门之间的网络连接健全，信息畅通，是运用光缆建通的，但是仅限于公司部门之间的信息交流。信息化管理系统如 ERP、财务系统等软件并没有应用，公司的信息化建设、应用、管理水平较低。

（3）电子商务及信息化实施情况。公司主要负责人对电子商务的推广模式认识不足，仍旧采取传统的渠道开拓市场，主要就是通过已有的关系网络及高层领导的关系开展营销渠道。

（4）公司发展电子商务重要影响因素分析。C 环保设备有限公司属于机械类的行业，生产的产品也是大宗的价值较高的产品，产品的使用和推广仍然需要对客户进行教育和培训，从而引导客户应用。目前该公司的推广模式是通过政府及专业的营销人员推广，比较适合该类型产品的推广。这也再次证明了产品的类型或行业的类型对企业通过网上商务推广产品的重要影响，该企业的机械设备产品信息内涵及产业价值链信息强度较低，不具有标准化和大众化的特点，目前来说，在整个电子商务的信用渠道没有完全确立的情况下不适合走网上商务之道，而是人员推广更为合适。因此，该企业电子商务尚未起步，管理者也尚没有实施电子商务的意向。

通过以上三个公司的情况可以看出，由于企业特点、产品特点、管理者态度等多个因素，中小企业发展电子商务的状况极不平衡，收益也各不相同（见表3.9）。

表 3.9　A、B、C 三公司电子商务发展状况和收益比较

企业	经理态度	产品特点	外界压力	组织特征	信息化基础	电子商务采纳程度	电子商务收益
A	有思考	不适合网上交易	有	小型企业	一般	初级	间接收益
B	支持	适合电子商务	有	小型企业	一般	较高	经济效益明显
C	认识不足	不适合网上交易	无	小型企业	一般	未起步	无

第4章

中小企业电子商务影响因素研究模型与理论假设

　　本章构建了中小企业电子商务采纳-实施-评价影响因素的概念模型。国内外相关研究多将电子商务采纳决策因素、成功实施因素和效果评价因素作为独立命题分别讨论。本章将创新推广理论、计划行为理论等管理学前沿理论及平衡积分卡原理等应用于中小企业电子商务发展的研究中，结合中小企业电子商务发展的实际状况，以采纳决策、成功实施、效果评价作为研究思路，先分别研究各自的影响因素，再将三者结合起来，研究中小企业电子商务的采纳决策、成功实施因素及效果评价之间的关系。

　　本章提出中小企业电子商务采纳-实施-评价影响因素的理论框架、研究模型和假设，主要依据三个基础：一是依据第 2 章所分析的相关理论；二是依据第 2 章所论述的国内外研究现状；三是依据第 3 章所论述的现状分析。本章第一节确定中小企业电子商务的采纳-实施要素；第二节确定中小企业电子商务的效果评价要素；第三节提出中小企业电子商务的采纳决策和成功实施因素的研究假设，并分析以上三种因素之间的关系，构建完整的研究模型和假设。

4.1　中小企业电子商务的采纳-实施要素分析

　　电子商务在我国中小企业中的应用虽然得到了快速的发展，但是水平还十分有限，特别是在我国这样一个中小企业占到了企业总数 90％ 以上的大国，中小企业开展电子商务的比例仍然偏低。为什么中小企业采纳电子商务技术的过程相对缓慢，未能按专家的预期结果快速实现企业商务电子化？是什么原因影响了电子商务的广泛深入应用？另一方面，对于已经采纳电子商务的中小企业来说，虽然取得了一些收益，但效果并未完全发挥，是什么因素影响了电子商务的成功实施？总结国内外研究成果，对于中小企业采纳决策要素和成功实施要素这两个问题，基本上有两种研究思路：一种是单独研究中小企业电子商务采纳决策要素或者成功实施要素；另一种是不加以区分这两个问题，而只是全面研究中小企业电子商务应用的影响因素。

　　创新推广理论创始人 Rogers 将新的事物的传播过程分为获知、说服、决策、执行和确认五个阶段。在对创新事物的获知和了解阶段，人们初次接触新事物，但对其知之甚少；说服阶段，对事物产生兴趣，并寻求更多的信息；决策阶段是根据自身需求，考虑是否采纳创新的过程；在执行阶段，观察或体验创新和自己的情况相符合；最后的确认阶段将决定是否大规模采纳这一创新事物[90]。因此中小企业电子商务采纳决策要素和成功实施要素这两个问题，既不能孤立开来，又不能混为一谈，二者既有区别又有密切联系。

本书的研究思路是，先全面分析中小企业电子商务的采纳-实施要素，然后再分别对采纳决策和成功实施的关键要素进行研究假设。

从文献综述中可以总结出，单个理论不足以归纳出中小企业电子商务的采纳-实施因素，需要将几个理论综合起来应用。

理性行为理论强调个体的态度及主观规范。对于中小企业而言，个体的态度可以理解为企业经理对采纳实施电子商务的支持，而主观规范是由个体对他人认为应该如何做的信任程度，以及自己对与他人意见保持一致的动机水平所决定的，在这里可以理解成为来自外界的压力。

技术接受模型强调个体的态度由感知的可用性和感知的易用性来决定的，感知的可用性同样可以理解为企业管理者对采纳实施电子商务的支持。

计划行为理论在理性行为理论的基础上增加了"知觉行为控制"这一变量，指反映个人过去的经验和预期的阻碍，可以理解成企业经理对采纳实施电子商务的支持和感知的易用性。

以上三个理论主要还是强调决策个体的作用，而较少分析组织群体及外部环境的影响。

根据技术扩散理论，技术扩散的因素除技术本身特性外，还包括组织特性及组织所在环境的特性，本书将这两个特性设置为组织保障和支撑环境两个因素。

TOE 框架将技术创新采纳的影响因素有效地归纳到技术面、组织面、环境面三大类，本书认为电子商务本身的确涉及很多新技术，因此将技术因素当成一个独立的因素。

综合应用上述多个理论，设置中小企业电子商务的采纳-实施因素包括管理者支持、支撑环境、外界压力、组织保障、可感知的易用性、技术因素这六个方面，其与各大理论及框架的关系详见表 4.1。

表 4.1　中小企业电子商务的采纳-实施因素所对应的理论支持

理　　论	外部压力	支撑环境	管理者支持	组织保障	可感知的易用性	技术因素
理性行为理论	√		√			
技术接受模型			√		√	
计划行为理论	√		√		√	
创新扩散理论	√	√		√	√	√
TOE 框架	√	√	√			√

4.1.1　外部压力

电子商务作为一种新兴的技术和商务活动，近几年来得到了越来越广泛的应用。来自外部的压力已经成为促进中小企业发展电子商务的因素之一，多位学者的研究中也论述了外界压力的显著作用（Zhu 2003[98]，Mehrtens 2008[122]等）。外部压力被公认为对电子商务有积极的影响。

计划行为理论创始人 Ajzen & Fishbein（1980）认为，行为有时候会受社会环境压力的影响，大过这个人态度的影响。创新扩散理论的分支理论——潮流理论认为，组织接受创新的决策由两个因素决定，即由企业自己对创新回报的评价与潮流压力两个因素之和所决定。只要对创新回报的评价存在模糊性，任何创新，无论是组织的、技术的、管理的还是战略的，都能以潮流的方式扩散。研究表明，独立、理性的选择本身启动了潮流，竞争和习俗潮流压力又进一步推动了潮流 [Abrahamson 和 Rosenkopf（1993）[123]]。

Iacovou 等（1995）[97]认为外部压力有两个来源，分别源于工业的竞争对手（即竞争压力）和合作伙伴（即施加压力）。除此之外，来自客户的压力也是不容忽视的。

4.1.1.1　来自竞争对手的压力

竞争压力是指当行业的竞争对手已经享受新科技带来的优势时，公司必须考虑是否遵循其竞争对手，否则可能会失去其市场地位。根据创新扩散理论，组织对一项创新无法作出准确判断和评估时，由于竞争的压力，企业可能会跟随创新潮流，这样，该企业就不会与大多数其他企业有太大的差距。采纳一项创新的压力随着已采纳该创新的其他组织数量的增加而增加（Abrahamson 等）[123]。比如采纳电子商务的企业越多，尚未采纳的企业越可能采纳电子商务。已经采纳电子商务的企业，在电子商务的实施过程中，也会随着竞争压力的加强而加大发展力度。如果同等规模同行大都已经开始发展电子商务，且收益明显，那么决策层就更有加快开展电子商务的主观意识。

4.1.1.2　来自合作伙伴的压力

Zhu 和 Kraemer（2002）认为，电子合作的概念已经超越了基本的买卖交易活动，最新的研究更加注重利用因特网进行合作伙伴之间的共享和传播实时信息、决策和资源[124]。越来越多的制造商利用以互联网为基础的工具，从而可以更容易地与关键业务客户合作。制造商和商业客户参与的基于因特网的商业活动的范围越广，获得的成果就越大，这是一个竞争优势和权变理论相关的观念（EveD. Rosenzweig，2009）[125]。如果大多数贸易伙伴已经采纳电子商务应用，该公司将被迫调整其业务流程，适应环境变化。不这样做，该公司将面临被孤立的挑战，甚至最终被排除在市场之外。多位学者研究发现，合作伙伴的压力是发展电子商务的主要决定因素[126]。

4.1.1.3　来自客户的压力

由于企业在近几十年来被灌输了客户就是上帝的理念，企业倾向于跟从客户的动向。当客户面群体采纳行为较广时，企业受到的压力就会较强；另外从对实际预期效果的来看，紧跟客户的行为方式，可以便于与客户沟通，便于与客户交易，从而满足客户的需求，实现服务价值[19]。如果企业客户普遍有网络购物的趋势，会对企业的电子商务发展会起到刺激作用。

4.1.2 支撑环境

潘红春等（2009）[127]对 2003～2008 年间发表在中文社会科学引文索引（CSSCI）期刊上的 907 篇电子商务学术论文进行了内容分析，发现我国学者对于电子商务支撑环境的高度重视，普遍认为只有加强电子商务环境的建设才能更好地促进电子商务的发展。中小企业尤其重视开展新技术的电子商务支撑环境。这既是中小企业电子商务实施的基础，又是中小企业电子商务实施的限制条件。

（1）政府推动的影响。以制度理论为代表的宏观组织行为学强调社会整体层面属性对个体行为的强力影响[19]。政府的强大作用现象在中国更加明显，原因是中国传统文化概念中，政府的地位居于社会较高层，政府的政策方向通常对社会成员具有极强的指导作用。2008 年 3 月，国家发展和改革委员会（下简称发改委）和国务院信息化工作办公室等部门联合发文指出，要"推动电子商务在中小企业的应用，重点支持面向中小企业的电子商务服务和应用"。政府的政策扶持，会增强中小企业发展电子商务的信心。

（2）法律法规。商业活动要高效有序地进行，解决商业纠纷、防止商业欺诈等，必然要有相关的标准和法律框架来约束。我国目前与世界各国一样，电子商务法律和法规的制定远远落后于电子商务的实践和发展[128]。电子商务有关法律法规的不健全，会增加中小企业开展电子商务的风险。

（3）信用体系。根据信息经济学中的信息不对称原理，电子商务作为一种虚拟经济，信用问题是非常重要的保证。只有建立完善的信用体系才能够使网络消费者能够放心地运用电子商务所带来的便利，这也是电子商务存在和发展的基础。在规范的、有律保障的社会信用体系下，电子商务才能更好地发挥其功效[127]。中小企业由于受到资金、规模、区域性等条件限制，很难在网络市场中获得客户的信任[129]；另一方面，中小企业也会担心在电子商务中因对方的信用问题而遭受损失。因此，对于中小企业来说，信用问题成为制约中小企业大力开展电子商务的瓶颈和障碍。

（4）交易安全。电子商务金融服务中交易数据传输安全性的威胁主要来自三个方面：①通过技术手段监听用户与银行之间的互联网络通信，破译用户的银行账号和密码；②用电脑病毒更改用户软件，将用户的资金转到自己的账上；③入侵银行计算机系统，使银行网络丧失自我保护的能力[128]。实现真正安全的网上交易与支付，已经是电子商务顺利进行的关键之一，也是市场的迫切需求。

另外，安全、可靠、稳定的网络基础环境也是中小企业电子商务得以正常发展的因素。

4.1.3 管理者支持

由于中小企业的决策权在企业管理者手上，因此在众多文献中验证了高层支持与信息系统成功之间的密切关系。企业管理者的支持是包括电子商务在内的信息系统实施成功的关键。只有企业管理者的充分理解、持续支持、亲自参与，电子商务才能成功[35]。

（1）可感知的效益。企业在考虑是否应用电子商务技术时，将对投资、运行成本、交易效率和经济效益等因素进行综合比较和权衡，电子商务技术带来的赢利越多，企业就会越多地采用，该技术在企业内部的扩散也越快。如果企业经理了解了电子商务的益处，就会从财政、管理、技术资源等各方面加大支持力度，最终创造一个有利于电子商务发展的条件。

（2）中小企业管理者具有尝试新事物的冒险精神。根据创新推广理论，个体的创新精神和变革代表是创新扩散的因素。变革代表通常有以下特点：一是他们与外界的交流活动比较多，信息灵通、思想现代；二是具备相对较高社会地位和更好的教育背景；三是容易接受新事物[90]。如果中小企业管理者具备这些特点，就会乐于尝试采纳电子商务这个新事物。

（3）中小企业管理者对电子商务的理解程度。电子商务毕竟是个新事物，调查发现很多中小企业管理者并不理解电子商务的含义和主要模式，这样他们就往往会对电子商务加以排斥。

（4）中小企业经理对计算机及信息技术的熟悉程度。Jarvenpaa 等（1991）发现，具有相关技能和知识背景的管理人员往往能更高效、更积极地从事信息技术系统项目，并能提出更加有针对性的意见[130]。如果企业管理者对计算机及信息技术不熟悉，就会把电子商务看得过于复杂与高深。而企业管理者的言行将会影响企业员工工对电子商务的关注程度，从而造成企业整体的电子商务偏好倾向[19]。

（5）中小企业经理的亲自参与。Jarvenppa 和 Ives（1991）所提出的高层管理者支持模型中，将高层支持划分为高层认同和高层参与两个方面[130]，而Chatterjee（2002）也将高层支持划分为高层信念和高层参与行为两大方面[131]。企业管理者的支持不光是口头上的承诺，还该是行动上的督促和参与，更重要的是对整个过程的关注和投入[19]。

4.1.4　组织保障

TOE 框架认为，绝大多数影响因素都能概括为技术因素、组织因素和环境因素。在不同的研究中通常会对这三个方面因素的定义根据具体问题的差异而选取不同的变量组合。本书将中小企业电子商务发展的组织保障划分为组织规模、资金投入、电子商务规划、管理者水平和员工的认同程度这几个方面。

（1）组织规模。长期以来，组织规模一直作为创新扩散的考虑因素。规模较大的组织，一般拥有较多的闲置资源，可以使组织更容易适应变化的环境。企业规模的不足，导致其技术、人才、资金等资源的不足，也会制约其电子商务的发展。

（2）资金投入。在中小企业领域，新技术的采用的一个主要障碍是资金不足。中小企业本身缺乏雄厚的资金实力，由于资本市场及信用体系的不完善，其在融资方面也有困难。而电子商务往往需要硬件、软件方面的资金投入，因此资金困难往往会导致企业的电子商务的实施计划被推迟。

（3）电子商务规划。电子商务要求整个生产经营方式价值链的改变，是利用信息技术实现商业模式的创新与变革。电子商务需要全盘谋略和策划，企业必须以自身的实力从战略的高度规划电子商务的实施与运作。如果没有一个清晰的战略管理思想，没有全面深入的实施规划，就不能获得收益。

（4）企业管理水平。国外很多学者认为企业管理风格与信息系统的成功之间存在相关性。电子商务是一个复杂的系统工程，包含内部业务流程的整合以及内外部信息资源的整合集成。对于中小企业而言，电子商务可以促进企业资源管理、客户关系管理和供应链管理。因此，实施电子商务需要管理制度的完善，以及企业管理创新思想的改变。

（5）员工的认同程度。电子商务并非单单技术部门的事情。电子商务涉及管理者、技术人员、各个业务部门的工作人员，因此需要调动全体员工参与电子商务的实施与运作。

4.1.5　技术因素

（1）企业信息化基础。电子商务的应用与信息技术是密切相关的，技术实力的缺乏确实是阻碍中小企业电子商务发展的因素之一。黄京华（2006）认为，电子商务系统是商务与技术的结合，企业没有良好的 IT 基础设施，很难适应电子商务系统的快速发展[132]。

（2）企业具备技术人才。虽然中小企业实施电子商务大都采用第三方电子商务平台，对其自身技术实力的要求并不像大型企业那么高。但是，毕竟电子商务是一项与信息技术紧密相关的新技术，第三方电子商务平台的使用和维护也需要具备一定的基础知识。所以中小企业有必要重视相关人才的引进与培训。

4.1.6　可感知的易用性

可感知的易用性，是指"一定程度上人们认为使用某个特定的系统将是不需要费力的"（戴维斯，1989）。好多研究都发现了感知的易用性和使用系统的行为意图之间有明显的关系[133]。因此，如果认为使用电商务需要较高的技术要求，并要耗费较多的时间，中小企业可能会放弃使用电子商务。

（1）中小企业电子商务的相关技术是否成熟。也有的文献用了另外一种说法为"可感知的风险"。在 20 世纪 60 年代，已用感知风险的理论来解释消费者的行为。近年来许多学者发现"可感知的风险"对网络消费者的网上交易行为意向的影响更为明显，其原因是电子商务这一新技术还有不成熟的地方，本身仍处于不断完善的阶段。可感知的风险会对中小企业电子商务的采纳与实施产生负面影响。

（2）第三方电子商务平台质量。中小企业尚没有能力也无须花费巨资建立一个电子商务系统，他们可以通过加入第三方电子商务平台，进行企业联盟并实现网上交易，从而降低成本和提高服务[134]。行业 B2B 电子商务网站（又称行业网站）是目前中小企业电子商务应用的主要途径之一。据中国 B2B 研究中心相关调查数据显示[120]，从 2002 年到 2009 年，国内行业 B2B 电子商务网站数量持续高速增长。行业网站数量从 2007 年的 4500 余家，增加到 2008 年的 5100 余家，增长幅度是 13%，呈现快速增长的势头。但是，这些第三方电子商务平台的质量却是参差不齐的，提供的商品和服务也不尽相同。有的行业网站在产品搜索、商家查询、在线交流、网上交易等关键环节投入上不足，网站的响应速度、安全性、界面友好性等受到质疑[135]。中小企业所选择的第三方电子商务平台的质量是其发展非常关键的因素。

（3）本企业是否适合开展电子商务。这个问题又包含三个方面。第一，本行业是否适合开展电子商务。据中国 B2B 研究中心调查显示，在电子商务服务企业的行业分布中，排在前几名的依次为：纺织服装、数码家电、化工医药五金、包装印刷等行业领域。其中，因纺织服装、家电数码等都是跟人们的生活息息相关的生活必需品，这一类行业的电子商务平台自然也最受中小企业的欢迎。第二，企业所生产的产品是否适合开展电子商务。电子商务产品适合论、媒体丰富论及交易成本理论都对企业产品是否适合应用网络渠道销售进行了分析，一般认为标准化的产品方便大批量交易，所以电子商务更适合标准化的产品。第三，本企业所在地区是否适合开展电子商务。目前我国的电子商务服务企业多分布在经济较为发达的地区，且电子商务配套环境良好，主要与这些地方环境承载能力较强、政府扶持力度较大、经济与人口聚集条件较好有关。此外，经济的发达使这些地方容易进行网上购物、商户之间的网上交易和在线电子支付，各种商务交易、金融、物流和相关的综合服务活动也较为活跃。

4.2 中小企业电子商务的效果评价要素分析

由于各种原因，中小企业电子商务在建设水平上良莠不齐，客观上需要对其实施效果做出科学、合理的评价。中小企业电子商务效果评价可以促进其修正电子商务应用的投入与管理，从而促进其电子商务的成功应用与发展。

国内外一些学者对电子商务成功的评价因素的研究，是基于对 DeLone & McLean 信息系统成功模型的改进，如王友（2007）[35]将电子商务成功实施的评价要素分为系统质量、信息质量、服务质量三个维度；Abdolmotalleb 等（2009）[47]将信息系统成功划分为系统质量、信息质量、对个人的影响和对组织的影响四个维度。本书认为，由于我国中小企业电子商务的实施模式大都基于第三方电子商务平台，自己并没有建立一个完整的电子商务系统，因此对我国中小企业电子商务的效果评价，不能从电子商务系统本身的角度来分析，即不适合直接应用 DeLone & McLean 信息系统成功模型来评价我国中小企业电子商务的效果。ShiBin Su 等（2009）[53]将企业电子商务水平划分为三个不同层面：技术层面、组织层面和组织间的层面。技术层面的评价标准包括安全性、兼容性、扩展性、网络访问速度等；组织层面的评价标准包括人力资源管理、财务水平等；组织间的层面的评价标准包括顾客满意度、供应商满意度、交易成本等。这里借鉴部分学者的研究思路——基于平衡积分卡（BSC）原理来分析我国中小企业电子商务的效果评价因素。根据第 1 章的分析，中小企业开展电子商务所追求的目标比较朴实，强调经济效益方面的回报，相对来说，电子商务对企业组织管理的影响及效果并不十分明显。因此这里将平衡积分卡中的第三、第四维度合并，将中小企业电子商务效果评价因素主要分为三个维度：财务维度、客户维度和组织维度。

4.2.1　中小企业电子商务战略目标

对于基于 BSC 的研究，最重要的任务是将企业的战略目标转换成一系列主要的绩效指标[136]。将该理论用于中小企业电子商务效果评价，首先要确定企业电子商务的战略目标，然后进行战略分解，明确商务中小企业电子商务在财务、顾客、内部流程、创新与学习等四个维度的可具体操作的目标。

中小企业电子商务直接与企业战略目标相挂钩，其发展战略包括：第一，控制企业管理成本，降低商品交易的运作成本；第二，改善企业的服务质量，逐步培养为顾客服务的理念，增强服务功能；第三，调动企业员工关注与投入电子商务的积极性，电子商务并非单单技术部门的事情，需要调动全体员工参与电子商务的实施与运作，并使组织获得可持续发展的能力；第四，促进企业基础管理信息化和经营管理现代化，再造工作流程，对组织结构和工作流程进行持续不断的创新，适应不断变化的内外部组织环境。

综上所述，平衡记分卡的精髓与企业电子商务的价值取向之间有着内在切合性。

4.2.2　中小企业电子商务各个维度目标

（1）财务维度目标。财务层面的指标是衡量一个企业效益的核心指标。传统的财务层面的评价只着眼于短期财务指标的高低，但企业实施电子商务的整体发展立足于长期发展和获取利润的能力，企业应用电子商务的最终目标是效益最大化[136]。

（2）客户维度目标。电子商务的用户主要是供应商和顾客，企业应用电子商务系统的一个主要目标就是为供应商和顾客提供更好的服务。因而，供应商和顾客对企业电子商务的满意程度是评价中小企业电子商务的必要条件。

（3）内部流程维度目标。中小企业本身管理不规范，信息化水平低，应用电子商务系统能够对企业管理产生较大的影响，企业电子商务在内部流程维度的目标包括相关管理制度的规范化以及促进企业信息化水平的提高等。

（4）创新与学习维度目标。在电子商务方面，中小企业同样应该具有持续创新和发展的能力。中小企业电子商务在创新与学习维度的目标包括提高员工劳动生产率、提高员工信息技术运用能力等。

4.2.3 中小企业电子商务各维度的评价因素

这里将 BSC 中的内部流程维度和学习与成长维度合并为一个组织维度。

（1）财务维度的评价因素。对于中小企业而言，电子商务的收益除了包括增加销售额、降低交易成本等经济效益外，还包括提升企业的形象和知名度这些社会效益。

① 增加销售额　电子商务使中小企业在传统销售渠道的基础上，增加了网络销售的渠道，从而能够更快地增加客户数及销售额，这是最直接的经济效益，是中小企业实施电子商务的直接目标。增加销售额的程度也是评价电子商务效果的关键因素，这其中也包括客户增加量、订单增加量及销售区域扩展情况等。

② 降低成本　发展电子商务是降低中小企业成本的成本领先战略。企业应用电子商务可以降低交易的成本。例如，利用因特网进行网上促销活动，降低了企业的促销成本；利用电子商务可以减少中间环节，从而降低了采购成本和销售成本。电子商务的运作手段减少了企业的库存，提高了库存周转率，使库存总量保持在适当的水平，从而把库存成本降到最低。

③ 提高企业的社会效益　通过电子商务可以树立很高的企业知名度。企业通过商务网站宣传其产品和服务，通过搜索引擎等网站推广手段增加网站的点击率，而好的第三方电子商务平台有着固定的客户群体，可以增加企业在网上的曝光率，提升企业在同行业中的地位，提高客户对企业的关注度。

（2）客户维度的评价因素。中小企业电子商务在客户维度的评价因素包括令顾客满意的商务网站、售后服务、安全支付及便捷的物流等。与其他两个维度不同的是，客户维度的好坏，会产生口碑效应，提高或破坏客户对企业的忠诚度。

① 商务网站质量　企业商务网站是企业实施电子商务的直接媒介，是企业与客户在网上交流的平台。商务网站的质量，直接关系到企业电子商务实施的效果。商务网站质量包括内容真实全面、更新及时、结构合理、访问便捷、版面生动美观、性能稳定、访问速度快、有交互功能、回复及时、服务热情等。

② 客户对物流的满意程度　Li(2006)[137]进行了中美电子商务关键成功要素的比较研究，指出物流是被中美均认为非常重要的影响因素之一。虽然中小企业电子商务往往是与第三方物流公司进行合作，但客户对物流的不满意往往会转化为对供应厂商的不满意。中小企业有必要选择一家可靠的第三方物流公司。

③ 客户对网上支付的满意程度　中小企业电子商务往往是与第三方网上支

付公司进行合作。如果客户因为网上支付出现麻烦与纠纷，就会对企业的电子商务效果造成较为不利的影响。

④ 客户对售后服务的满意程度　电子商务尽管将一些交易程序放到网上去完成，但它的实质仍旧是销售产品，因此售后服务依旧显得异常重要。各个企业都需要通过各种方式来完善电子商务的售后服务，更好地保证消费者的利益，同时也为自己在竞争中占据优势地位提供良好的基础。

（3）组织维度的评价因素。企业电子商务对企业自身的影响程度，也是评价其效果的因素之一。

① 提高企业信息化水平和管理水平　以互联网为基础的电子商务引发了企业管理思想、管理方法等诸多方面地变革，电子商务对传统行业的经营和管理带来了一场革命，诸如客户关系管理、供应链管理、物流管理等新的管理理念在电子商务活动中得到充分体现[138]。

② 提高员工的劳动生产率　电子商务提高了商流、物流、资金流、信息流的有效传输和处理，在提高效率方面发挥着越来越重要的作用。Davis 等（1989）认为，在应用信息技术，可以提高业务流程执行效率[139]。Ka-Young 等 （2009）[140]也认为电子商务可以提高中小企业工作效率。电子商务技术信息处理效率高，企业网络内的每一个终端可以同时获得全面的数据与信息，使企业内外的信息传递更为便捷、直接，高层管理者接近了生产第一线，促使企业形成柔性地扁平化组织结构。

③ 提高员工熟悉掌握 IT 技术的能力　中小企业的技术实力普遍较弱，其中包括 IT 领域的应用能力。我国大量第三方电子商务平台的快速发展，为广大中小企业提供了实施电子商务的技术基础，但这并不是说，企业员工就不需要掌握相关的 IT 技能。在电子商务的实施过程中，不同层次的员工需要不同程度地掌握 IT 知识和提高 IT 应用水平。企业高层管理者只有了解了电子商务的本质和精髓，才能从战略高度制定电子商务规划；中层管理者既需要掌握电子商务平台的应用，又要学习如何对网络数据进行深入加工与分析，这样一方面能为高层管理者提供决策依据，另一方面能更好地管理下属，着手部门核心业务；而企业网站的信息更新、客户数据保存、订单数据处理等均需要一般员工熟练掌握电脑操作。

4.3　概念模型和研究假设

4.3.1　采纳决策的概念模型和研究假设

罗杰斯将采纳过程定义为："个人或组织意识到创新，形成一定的态度，决定采纳或者拒绝进行实施，确定这一决策的过程"[90]。由于电子商务技术是一种如罗杰斯所说可以分阶段采用的创新，在没有真正理解电子商务的意义或无法评价电子商务技术的回报时，企业可能不会进行较多的投资或冒较大的风险，而采取应用程度和范围呈现逐渐加大的"不完全"电子商务。因此，电子商务技术在企业内是逐步扩散的[141]。在中小企业电子商务实施过程中，更不是像大企业一样一次性地决策是否要资金投入和实施。网站建设、加入第三方电子商务平台、加入竞价排名等相关应用的资金投入与实施，都是一个逐步采纳的过程。

郭训华（2005）认为，对于面向组织的技术采纳而言，其决策是由组织中的人来作出的，并且受到个人认知因素的影响，组织对信息技术的采纳决策，其直接的影响因素来自于群体认知[142]。苏灵等（2005）认为，我国中小企业的重要特点之一是家族企业占很大比例，公司治理较不完善，企业内部经常依靠个人经验及情感的好恶等来管理企业，管理的主观随意性大[143]。Elaine 等（2006）认为中小企业参与信息系统的程度是与企业的战略相对齐的，是循序渐进的，有些非专业的人员会参与信息系统的应用定制[144]。本书同样认为，对中小企业而言，管理者的影响作用比大企业更大。各项电子商务应用是否要采纳，采纳的程度是多少，都是企业管理者需要决策的问题。中小企业对于电子商务的采纳决策与否与程度，从一定程度上也取决于企业管理者的行为意图。

这里提出影响中小企业采纳电子商务的行为决策直接因素包括管理者支持、来自外部的压力、可感知的易用性这三个方面，而组织保障、技术因素和支撑环境这三个方面对中小企业电子商务的采纳有间接影响。

研究者根据 IDT 理论认为，决策单位的成员对创新的理解会影响他们对创新的评价及采纳新技术的倾向。不采纳竞争对手所采纳的创新，可能导致公司在竞争中处于不利地位[145]。从企业的角度看，企业之间以及企业与中介组织之间等方面的相互作用关系是企业采用行为的必要条件。外部环境产生的市场竞争压力是企业采用创新的外部驱动力，追求企业利润最大化则是企业采用行为的内部驱动力[146]。TPB 模型中，行为意向受到三项相关因素的影响：态度、主观规范和知觉行为控制。态度是指一个人对人、事、物或行为所抱持的正面或负面的评价，在这里可以理解成为企业管理者对电子商务的支持；主观规范是指个人对于是否采取某项特定行为所感受到的社会压力，可以理解成为来自外界的压力；知觉行为控制 是指反映个人过去的经验和预期的阻碍，在这里可以理解成为实施电子商务的难易程度。TAM 模型将社会规范和感知行为控制对行为意图的影响排除在外，而认为感知有用性和感知易用性决定了对行为意图的态度。本书将感知易用性作为独立变量，而将感知有用性作为影响管理者支持的测量变量。

中小企业电子商务的采纳决策概念模型见图 4.1。假设 1 反映出哪些因素对中小企业电子商务的采纳决策有影响作用，由假设 1-1 至假设 1-10 组成。

假设 1-1 管理者支持对中小企业电子商务的采纳决策有显著的正影响；

假设 1-2 外界压力对中小企业电子商务的采纳决策有显著的正影响；

假设 1-3 可感知的易用性对中小企业电子商务的采纳决策有显著的正影响。

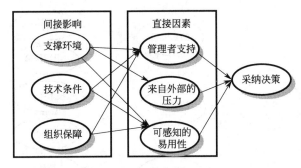

图 4.1　中小企业电子商务的采纳决策概念模型

组织因素、技术因素和支撑环境这三个方面对中小企业电子商务的采纳不是没有影响，而是相对来说，其影响并不是直接的，是通过对管理者支持、可感知的易用性的影响，而对中小企业电子商务的采纳产生间接作用。由此可以得出以下六个研究假设。

假设 1-4　支撑环境对管理者支持有显著的正影响；

假设 1-5　技术因素对管理者支持有显著的正影响；

假设 1-6　组织保障对管理者支持有显著的正影响；

假设 1-7　支撑环境对可感知的易用性有显著的正影响；

假设 1-8　技术条件对可感知的易用性有显著的正影响；

假设 1-9　组织保障对可感知的易用性有显著的正影响；

假设 1-10　支撑环境对外界压力有显著的正影响。

4.3.2　成功实施关键因素的概念模型

电子商务关键成功要素是对企业成功实施电子商务最具影响力的核心要素，而非全部因素，是管理者在无暇顾及所有影响要素的情况下，需重点关注的方面。前面关于中小企业电子商务采纳决策因素的概念模型，更多的是侧重个人认知的层面，但在中小企业电子商务的具体实施过程中，企业管理者的作用与组织因素、技术因素和环境因素相比，并不显得更为重要，图 4.2 的概念模型 1，就是把这六大因素并列起来，一起作为中小企业电子商务的成功实施因素。

在概念模型的设置上常遇到的一个问题是概念模型的设置是否最佳。同一组数据资料，可能能够使用不止一种概念模型。这种概念模型设置的变化，往往反映在概念维度的设置上，就是该模型在维度方面发生变动[147]。

图 4.3 所示的概念模型 2，

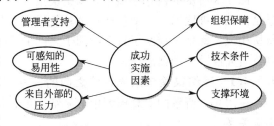

图 4.2　中小企业电子商务
的成功实施概念模型 1

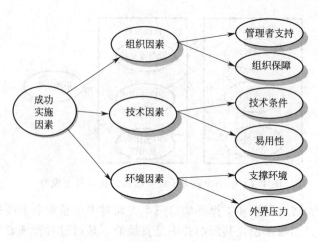

图 4.3　中小企业电子商务的成功实施概念模型 2

就是中小企业电子商务的成功实施因素的另一种概念模型，是对第 2 章所述的 TOE 框架的具体应用。TOE 实际上是一种比较宽泛的框架，它只是一般性的将可能的影响因素划分为三个维度，从而为基于该框架的实证研究留下了较大的选择和调整空间[142]。这里将 TOE 框架中组织因素划分为管理者支持与组织保障，技术因素划分为技术条件和可感知的易用性，环境因素划分为竞争压力和支撑环境。

4.3.3　电子商务效果评价的概念模型

电子商务系统是实现企业战略目标的具体体现，是支持企业战略目标实现的重要手段。考察电子商务系统的最终效果应该从电子商务系统是否能有效支持企业战略目标实现来衡量，从电子商务系统是否对企业绩效产生贡献来衡量[132]。本书基于平衡积分卡原理，从社会经济效益（财务维度）、客户满意度（客户维度）和对组织的影响（组织维度）来对中小企业电子商务的效果进行评价（图 4.4）。

4.3.4　采纳决策、成功实施与效果评价因素三者的关系

图 4.5 所示的概念模型中，采纳决策为一级变量；成功实施因素这个三级变量是由三个维度的二级变量构成的；效果评价是二级变量，由三个维度的一级变量所构成。此处只描绘了最高阶因子之间的关系，更详细的因子之间的关系详见具体研究假设中的概念模型。

4.3.4.1　采纳决策与效果评价之间的关系

在图 4.5 所示的概念模型中，采纳决策和效果评价这两个变量之间存在相互影响关系。

首先中小企业的采纳决策情况会影响到其电子商务的效果评价。中小企业电子商务的采纳是一个循序渐进的过程，其采纳程度包括网站建设情况、加入行业

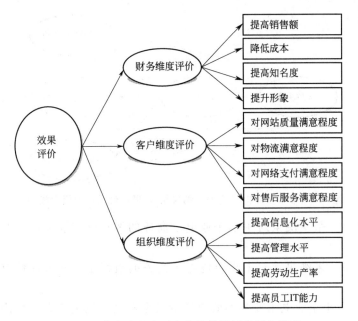

图 4.4　中小企业电子商务的效果评价概念模型

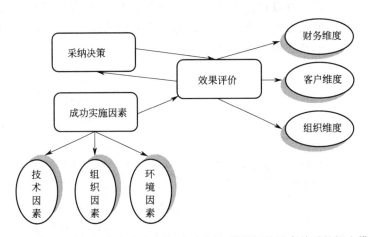

图 4.5　中小企业电子商务采纳决策-成功实施-效果评价因素关系的概念模型

网站情况、加入 B2B 综合平台情况、加入竞价排名情况等。如果这些电子商务相关应用的采纳程度较高，那么其电子商务的效果就会比较显著。如果这些电子商务相关应用的采纳程度较低或者尚未采纳，那么其电子商务的效果就不明显。由此，得出下列研究假设，对应的概念模型如图 4.6 所示。

假设 2　采纳决策对中小企业电子商务的效果评价有显著的正影响；

假设 2-1　采纳决策对中小企业电子商务的财务维度效果评价有显著的正影响；

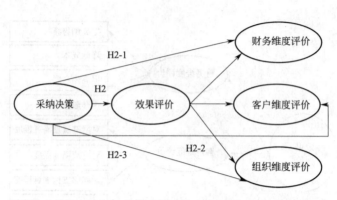

图 4.6　中小企业电子商务采纳决策-效果评价关系的概念模型 1

假设 2-2　采纳决策对中小企业电子商务的客户维度效果评价有显著的正影响；

假设 2-3　采纳决策对中小企业电子商务的组织维度效果评价有显著的正影响。

反过来中小企业电子商务的效果评价又会对其采纳决策有反作用。如果电子商务实施一段时间后，确实给企业带来一定的经济效益和社会效益，客户满意度有所提高，同时可以提高企业自身的管理水平，那么决策层就会加大对电子商务的各方面投入力度，进一步提高电子商务的采纳程度。由此，得出下列研究假设，对应的概念模型如图 4.7 所示。

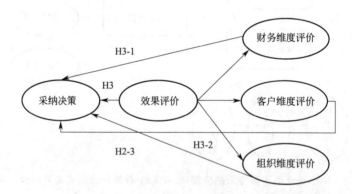

图 4.7　中小企业电子商务采纳决策-效果评价关系的概念模型 2

假设 3　中小企业电子商务的效果评价对采纳决策有显著的正影响；

假设 3-1　电子商务的社会经济效益对中小企业电子商务采纳有显著的正影响；

假设 3-2　电子商务的客户满意度情况对中小企业电子商务采纳有显著的正影响；

假设 3-3　电子商务对组织内部的影响对中小企业电子商务采纳有显著的正

影响。

4.3.4.2 成功实施因素与效果评价之间的关系

从图4.5所示的概念模型中可以看出，成功实施因素对效果评价存在正相关关系。因为上节中将成功实施因素划分为技术因素、组织因素、环境因素三个维度，因此这里讨论技术因素、组织因素、环境因素分别对电子商务的效果评价产生的影响。

（1）技术因素对电子商务的效果评价产生的影响。电子商务是现代信息技术、计算机网络技术与商务贸易相结合的产物，企业发展电子商务要获得效益、客户满意度及组织管理方面的效果，离不开相关的技术基础。本文所研究的中小企业电子商务成功实施的技术因素既包括企业的信息化基础、企业技术人才等技术条件，同时也包含第三方电子商务质量、企业实施电子商务的适应性等。由此，得出下列研究假设，对应的概念模型如图4.8所示。

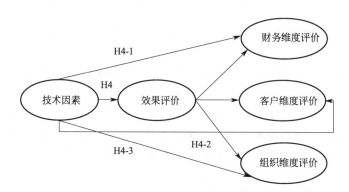

图4.8　中小企业电子商务技术因素-效果评价关系的概念模型

假设4　技术因素对中小企业电子商务的效果评价有显著的正影响；

假设4-1　技术因素对中小企业电子商务的财务维度的效果评价有显著的正影响；

假设4-2　技术因素对中小企业电子商务的客户维度的效果评价有显著的正影响；

假设4-3　技术因素对中小企业电子商务的组织维度的效果评价有显著的正影响。

（2）组织因素对电子商务的效果评价产生的影响。由4.3.2可知，组织因素包含管理者支持和组织保障两个方面。只有企业管理者的充分理解、持续支持、亲自参与，中小企业电子商务才能获得效益、客户满意度及组织管理方面的效果。另一方面，对于中小企业而言，组织规模、经济实力并不是影响其电子商务实施效果的重要因素，但是仍然需要必要的组织保障，包括必要的资金投入、需要在企业得到广泛的理解等。由此，得出下列研究假设，对应的概念模型如图4.9所示。

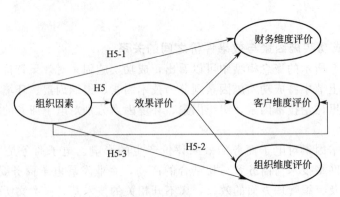

图4.9 中小企业电子商务组织因素-效果评价关系的概念模型

假设5 组织因素对中小企业电子商务的效果评价有显著的正影响；

假设5-1 组织因素对中小企业电子商务的财务维度的效果评价有显著的正影响；

假设5-2 组织因素对中小企业电子商务的客户维度的效果评价有显著的正影响；

假设5-3 组织因素对中小企业电子商务的组织维度的效果评价有显著的正影响。

（3）环境因素对电子商务的效果评价产生的影响。由4.3.2可知，环境因素包含外界压力和支撑环境两个方面。来自外界的压力，促进中小企业加大电子商务实施的力度，从而获得较为理想的实施效果。支撑环境则是电子商务实施的基础条件，相关的支撑环境越理想，中小企业实施电子商务的难度就越小，就越容易取得理想的效果。由此，得出下列研究假设，对应的概念模型如图4.10所示。

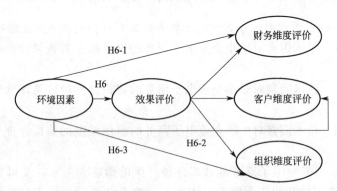

图4.10 中小企业电子商务环境因素-效果评价关系的概念模型

假设6 环境因素对中小企业电子商务的效果评价有显著的正影响；

假设6-1 环境因素对中小企业电子商务的财务维度的效果评价有显著的正影响；

假设6-2 环境因素对中小企业电子商务的客户维度的效果评价有显著的正

影响；

假设 6-3　环境因素对中小企业电子商务的组织维度的效果评价有显著的正影响。

4.3.5　变量之间的关系说明

自变量（Independent Variable）是引起或产生变化的原因，是研究者操纵的假定的原因变量。当两个变量存在某种联系，其中一个变量对另一个变量具有影响作用，我们称那个具有影响作用的变量为自变量。

因变量（Dependent Variable）是受自变量变化影响的变量，是自变量作用后产生的效应。因变量的变化不受研究者的控制，它的变化是由自变量的变化所产生。当两个变量存在某种联系，其中一个变量对另一个变量具有影响作用，我们称那个被影响的变量为因变量。

当变量被其他因素影响并且同时也影响其他因素时，该变量被称为中介变量。

在假设 1-1～1-3 中，要探讨的是管理者支持、外界压力、可感知的易用性对采纳决策的影响，所以这三个变量为自变量，采纳决策为因变量。而在假设 1-4～1-9 中，假设组织保障、技术因素和支撑环境这三个因素是通过影响管理者支持、外界压力、可感知的易用性，而对电子商务采纳决策产生间接影响。因此，组织保障、技术因素和支撑环境为自变量，管理者支持、外界压力、可感知的易用性分别为因变量，管理者支持、外界压力、可感知的易用性构成了组织保障、技术因素和支撑环境与电子商务采纳决策的中介变量。

在假设 2-1～2-3 中，要探讨的是采纳决策对的三个维度效果评价的影响，所以采纳决策为自变量，财务维度、客户维度、组织维度这三个效果评价变量为因变量。

在假设 3-1～3-3 中，要探讨的是三个维度的效果评价对采纳决策的影响，所以财务维度、客户维度、组织维度这三个效果评价变量为自变量，采纳决策为因变量。

在假设 4-1～4-3 中，要探讨的是技术因素对的三个维度效果评价的影响，所以技术因素为自变量，财务维度、客户维度、组织维度这三个效果评价变量为因变量。

在假设 5-1～5-3 中，要探讨的是组织因素对的三个维度效果评价的影响，所以组织因素为自变量，财务维度、客户维度、组织维度这三个效果评价变量为因变量。

在假设 6-1～6-3 中，要探讨的是环境因素对的三个维度效果评价的影响，所以环境因素为自变量，财务维度、客户维度、组织维度这三个效果评价变量为因变量。

第5章

中小企业电子商务影响因素实证研究

5.1 调研设计

5.1.1 实证研究的本质和方法

（1）实证研究的本质。实证研究即 Empirical Research，它揭示客观现象的内在构成因素及因素之间的普遍联系，它对研究的现象所得出的结论具有客观性，并根据经验和事实进行检验。

一个符合科学精神的研究，应具有系统性、客观性和实证性三个特性。系统性是指科学研究有一定的程序与研究流程；客观性指研究者使用的方法与程序，不受个人主观因素的影响，方法的运用与数据处理有一定的步骤；实证性是指科学研究的内容，必须是基于实际观察或数据收集所得，以明确的统计分析结果数据来支持或否定研究假设[148]。

（2）实证研究的方法。李怀祖（2004）[149]就管理学科问题的论证方法做出如图 5.1 所示的分类。这里所指的实证研究和理论研究是就研究假设的论证途径而言的，实证研究和理论研究分别反映归纳法和演绎法的思维方式。

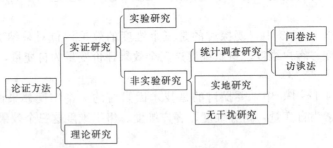

图 5.1　实证研究的方法

5.1.2 问卷设计过程

在社会科学研究中，一些数据可以从公开的资料上获取，例如上市公司的财务数据、统计部门发布的各种统计年鉴等，但也有很多数据（如本书所研究的中小企业电子商发展影响因素的有关数据），是不能从这些公开领域获知的，需要依靠调查问卷来搜集数据。

本研究的目的是分析企业层面的电子商务采纳意图及其影响因素，因此概括面定位在企业层面的特征，而数据来源定位在能掌握企业全局特征的企业管理者。

为使问卷符合研究目的和保证问卷内容的有效性，本次研究所用问卷从构思、设计到最后发放经历了以下几个步骤。

（1）对企业电子商务应用情况的了解。作者先后走访了江苏镇江、南京、扬州等地的十余家中小企业，对这些企业的管理者进行了大量的接触和交流，对中小企业电子商务发展的现状、遇到的问题有了较为清晰地认识，特别是对企业电子商务的投资、效果、企业管理者对电子商务的评价等内容作了详细的调查。

（2）大量的文献研究。作者阅读了大量国内外有关中小企业电子商务采纳决策、成功实施和效果评价的相关研究文献，吸收其中与本书有关的部分。通过阅读文献，一是对我国目前中小企业电子商务发展现状及影响因素有了更清楚、系统的认识；二是可以借鉴国内外学者关于该领域理论模型与研究假设的思路；三是充分借用前人已经开发和使用过的量表。

（3）形成研究变量的测量问项。通过第 4 章研究模型的开发过程，作者分析了各个因素的影响机制，并由此归纳出各因素的具体变量。然后以前人量表为基础，结合中小企业实施电子商务的具体情况，初步设计了一份问卷来测量上述模型中的变量。同时，开发测量题目这一过程深化了作者对理论模型的认识。

（4）征求专家及企业管理者的意见。作者就调查问卷初稿征询了作者所在学院多位教授、副教授和博士生对问卷初稿的意见。同时作者先后与 3 位企业的管理者进行了深度访谈，征求他们对调查问卷初稿的意见。他们的反馈和建议，使问卷得到进一步完善，经修改形成了调查问卷的二稿。

（5）预测试。在 23 个企业（见附录 B）进行预测试，根据他们的回答和反馈，对问卷的问项、语言和遣词造句进行了进一步修改，最终形成调查问卷终稿。

以上问卷设计过程描述如图 5.2 所示。

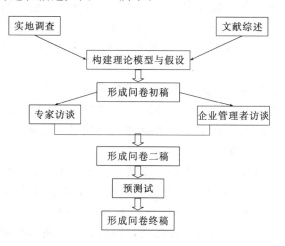

图 5.2　问卷设计过程

5.1.3 问卷构成

正式的调查问卷分为六个部分：第一部分是企业基本信息；第二部分是企业信息化及电子商务发展状况；第三部分是企业电子商务采纳-决策因素调查；第四部分是企业电子商务采纳情况调查；第五部分是企业电子商务效果评价调查；第六部分是企业发展电子商务的对策措施。问卷的第三至第五部分除组织规模等少数变量外，大多数变量均采用李克特5级量表题项进行测量，问卷中以"完全赞同"到"完全不赞同"对应分值为5～1。问卷具体内容见附录B。

第一部分企业基本信息，包括企业所属行业、经济性质、员工数、资产规模及年销售额。此部分数据为客观型数据，旨在研究企业自身基本情况与其电子商务发展的关系。

第二部分企业信息化及电子商务发展状况，包括信息化基础、加入综合性B2B平台情况、加入行业网站情况、加入搜索引擎情况、网上贸易额所占比重等。此部分数据为客观型数据，旨在全面了解企业信息化基础状况及电子商务发展状况。

第三部分企业电子商务采纳-决策因素调查，包括外部压力、支撑环境、管理者支持、组织保障、可感知的易用性、技术因素六大维度，每个维度又分为若干题项。

第四部分企业电子商务采纳情况调查，直接由若干题项组成。

第五部分企业电子商务效果评价调查，包括收益、客户满意度、组织影响三大维度，每个维度又分为若干题项。

第六部分企业发展电子商务的对策措施，包括网站构建模式、有关技术措施、有关管理制度等。

5.1.4 变量测量

由于单一题项一般只能界定狭窄的概念，因此复杂变量的度量常常需要通过多个题项完成。多个题项在具有一致性的情况下能够增加信度（Churchill，1979）。但是为了量表的简洁，题项也不能设计太多，否则增加模型的复杂性。

5.1.4.1 中小企业电子商务采纳-决策因素量表

本量表由外部压力（PRS）、环境因素（ENV）、管理者支持（TMS）、组织保障（ORG）、技术条件（TEC）、可感知的易用性（EOU）这六个变量组成，每个变量又有若干个题项（表5.1）。

（1）外部压力因素变量（PRS）。该要素主要分为来自竞争对手的压力、来自供应商的压力、来自客户的压力三个方面。这里参考了Wang（2001）[152]、Teo（2003）[153]、Chwelos（2001）[154]、蔡斌（2006）[19]、Kuan（2001）[155]、Nelson（2004）[156]等研究者的量表题项，得到表5.1所示变量外部压力的测量题项。

表5.1　采纳-决策因素量表的测量题项

变量	编号	题　项	量表参考
外部压力（PRS）	PRS1	行业内很多竞争对手正在实施电子商务	Wang（2001）、Chwelos（2001）、蔡斌（2006）
	PRS2	行业内已经出现了实施电子商务非常成功的竞争者	Wang（2001）、Teo（2003）、蔡斌（2006）
	PRS3	本企业的很多供应商正在实施电子商务	Kuan（2001）、Teo（2003）、蔡斌（2006）
	PRS4	如果本企业不使用电子商务,将会得不到很多供应商的良好服务	Nelson（2004）、蔡斌（2006）
	PRS5	本企业的很多客户正在实施电子商务	Kuan（2001）、蔡斌（2006）
	PRS6	如果不使用电子商务,将会失去很多客户	Nelson（2004）、Luisa（2009）[150]
支撑环境（ENV）	ENV1	政府主管部门对中小企业采用电子商务非常支持	Wang（2001）、蔡斌（2006）、Chian-Son（2008）[107]
	ENV2	当前具有完善的电子商务法律法规	Mohammad（2008）、李艾（2005）[92]
	ENV3	当前电子商务交易是安全的	Mohammad（2008）、Arun（2006）、Andrew（2007）、李艾（2005）
	ENV4	网络速度和质量能够保证	Mohammad（2008）、Shaaban（2009）[58]
	ENV5	当前电子商务信用体系是完善的	新增
管理者支持（TMS）	TMS1	管理者具有创新精神	Nabeel（2007）[24]等
	TMS2	管理者亲自参与电子商务的实施	Eid（2002）王友（2007）等
	TMS3	管理者熟悉计算机及信息技术	Chian-Son（2008）、Arun Rai（2006）、Shaaban（2009）
	TMS4	管理者了解电子商务能带来的益处	Lee（2006）
	TMS5	管理者高度重视电子商务的实施	Eid（2002）、王友（2007）等
组织保障（ORG）	ORG1	企业员工数	Thompson（2008）
		企业资产总额	Thompson（2008）
		企业销售额	新增
	ORG2	本企业有财政能力发展电子商务	Elizabeth（2004）、Mohammad（2008）、Shaaban（2009）等
	ORG3	本企业有实施电子商务的战略规划	Elizabeth（2009）、Tom（2007）等
	ORG4	电子商务在本企业得到广泛理解	Tom（2007）、Shaaban（2009）
技术因素（TEC）	TEC1	企业信息化基础好	Lee（2006）、王友（2007）等
	TEC2	企业内部具有信息系统和电子商务专家	Sung（2006）、Juan（2007）、Shaaban（2009）等
	TEC3	公司员工具有较高的计算机技能	Wang（2001）、蔡斌（2006）等
	TEC4	本企业有针对员工使用电子商务的技术培训	张楠等（2007）
	TEC5	与本企业的原有信息系统能够匹配	o'Callaghan（1992）[151]、蔡斌（2006）等

变量	编号	题　　项	量表参考
可感知的易用性（EOU）	EOU1	电子商务的相关技术已经较为成熟、风险小	Andrew(2007)、Shaaban(2009)
	EOU2	电子商务技术操作便利	张楠（2007）、Chi（2007）、马庆国（2009）[20]等
	EOU3	企业加入的第三方电子商务平台质量好	新增
	EOU4	本行业适合开展电子商务	Sherry 等(2006)、Shaaban(2009)
	EOU5	本企业所生产的产品有标准化的特点	何哲军（2009）
	EOU6	本企业所在地区方便开展电子商务	新增
	EOU7	公司现有的软硬件设施，能适应电子商务的技术需求	o'Callaghan（1992）、蔡斌（2006）、Shaaban(2009)等

（2）支撑环境因素变量（ENV）。该要素主要分为来自政府推动的影响、完善的法律法规、可靠的交易安全、完善的网络基础设施、完善的信用体系五个方面。其中前四个方面参考了 Wang （2001）[152]、蔡斌 （2006）[19]、Mohammad （2008）、Arun （2006）[157]、Andrew （2007）[158]等研究者的量表题项。而"信用 （credit）"这个因素未查到相应的题项，只有 Andrew （2007）用了相近的"trust"这个题项。相对国外而言我国的整体信用体系并不健全，而这对于中小企业来说是采纳-实施电子商务的非常重要的影响因素，因此量表中新增了这一题项，得到表 5.1 所示变量支撑环境的测量题项。

（3）管理者支持因素变量（TMS）。该要素主要分为管理者高度重视电子商务的实施、管理者的创新精神、管理者对计算机及信息技术的熟悉程度、管理者清楚这项新技术将带来的利益、管理者的亲自参与六个方面。这里参考了 Lee （2006）[159]、Eid （2002）[160]、Tsao[161]、王友 （2007）[35]等研究者的量表题项，得到表 5.1 所示变量管理者支持的测量题项。

（4）组织保障变量（ORG）。该要素主要分为组织规模、组织的资金实力、电子商务规划、组织员工的对电子商务的认同程度等方面。这里参考了 Elizabeth （2004）[23]、Elizabeth （2009）[25]、Tom （2007）[40]等研究者的量表题项，得到表 5.1 所示变量组织保障的测量题项。

［注］组织规模这个变量在国内外相关文献中多次出现，其对中小企业电子商务发展的影响程度尚无统一的定论，本书也拟探讨其中的关系。研究者对于组织规模这个变量所采取的测量方法各不相同，比如 Byung （2008）[45]采用的仍是李克特 5 级量表题项——"本企业规模在同行业中较大"；Jing （2007）[29]用员工数衡量企业规模；而李艾[92]则用资产规模的对数值来代表组织规模变量值。本书认为组织规模毕竟是一种客观情况，不适合直接采用李克特 5 级量表题项。按照 2003 年国家经济贸易委员会、国家计划委员会、财政部、国家统计局联合发布的《中小企业标准暂行规定》，中小企业的规模由职工人数、销售额、资产总

额三者决定。参照 Thompson（2008）[30]分别用雇员数、职员数及资产额来衡量组织规模，本文分别用三个 1～5 的类别变量对此加以衡量，即用 1～5 分别对应企业员工数 300 人以下、300～999 人、1000～1499 人、1500～1999 人、2000 人及以上；用 1～5 分别对应企业资产总额 4000 万元以下、4000 万元～1 亿元、1 亿元～2 亿元、2 亿元～4 亿元、4 亿元及以上；用 1～5 分别对应企业销售额 3000 万元以下、3000 万元～1 亿元、1 亿元～2 亿元、2 亿元～3 亿元、3 亿元以上。

（5）技术条件因素变量（TEC）。该要素主要分为企业信息化基础、企业具备技术专家与人才等方面。这里参考了 Lee（2006）[159]、Sung（2006）[162]、Tom（2007）[40]等研究者的量表题项，得到表 5.1 所示变量技术条件因素的测量题项。

（6）可感知的易用性（EOU）。该要素主要包括技术是否成熟、第三方电子商务平台质量、本企业是否适合开展电子商务等方面。这里参考了 Andrew（2007）[158]、张楠（2007）[77]、Chi（2007）[43]等研究者的量表题项，得到表 5.1 所示变量可感知的易用性的测量题项。其中第三方电子商务平台质量和本企业所在地区适合开展电子商务两个题项为新增题项。我国中小企业电子商务的实施大都依赖于第三方电子商务平台，第三方电子商务平台的质量好坏会影响企业对电子商务可用性的感知。在第 3 章中已经分析了我国电子商务发展存在区域上的不平衡，所以本企业所在地区是否适合开展电子商务也是其易用性的因素之一。

5.1.4.2　中小企业电子商务采纳程度量表

李艾（2005）[92]用一个变量来反映企业采用电子商务的程度，即企业开展电子商务的 14 项商务活动的数量之和。本书认为，企业采纳电子商务不仅仅是一个是与否的问题，还有其开展电子商务活动的程度。因此，借鉴李艾（2005）所提出的电子商务活动题项，并参考蔡斌（2006）[19]、Louis-A（2005）[163]、Jing Tan（2007）[29]等研究者的量表题项，本书的量表由若干题项组成，采用李克特 5 级量表，用 1～5 分别对应相关应用的实施程度很低、较低、一般、较高、很高五个级别，得到表 5.2 所示变量——中小企业电子商务采纳程度的测量题项。

表 5.2　变量——电子商务采纳程度（ADO）的测量题项

编号	题　项	量表参考
ADO1	本企业有采纳电子商务的意图	Suza（2007）、李艾（2005）、Louis-A（2005）、Elizabeth（2009）
ADO2	企业网站上宣传企业、产品及服务	蔡斌（2006）、李艾（2005）、Nabeel（2007）、Jing Tan（2007）
ADO3	加入第三方综合平台或行业网站	李艾（2005）、Jing Tan（2007）、蔡斌（2006）、Louis-A（2005）
ADO4	网站推广（包括竞价排名等）	新增
ADO5	网上支付	李艾（2005）、Jing Tan（2007）

在表 5.2 中网站推广（包括竞价排名等）为新增题项。虽然严格地说网站推广是网络营销的一部分，不能作为电子商务的应用，但是网站推广程度对电子商务应用起到较为明显的作用。尤其对于中小企业而言，本身知名度不高，网站访问率低。虽然第三方电子商务平台上也有关于企业和产品介绍，但要进一步地了

解企业及其产品，还是要依靠网站及网站推广。

5.1.4.3 中小企业电子商务效果评价因素量表

中小企业电子商务效果评价因素量表由财务维度变量、客户维度变量、组织维度变量这三个变量组成（表5.3）。

表5.3 效果评价量表的测量题项

变量	编号	题　项	量表参考
财务维度（FIN）	FIN1	电子商务提高了企业竞争力	Elizabeth(2004)、Chian-Son(2008)、KOF(2008)
	FIN2	电子商务增加了贸易机会(增加了销售额)	Chian-Son（2008）、KOF（2008）、熊焰(2009)
	FIN3	电子商务增加了客户	Tina（2006）、Pedro（2009）[164]、KOF(2008)
	FIN4	电子商务降低了交易成本	Elizabeth(2004)、Chian-Son(2008)、Tom(2007)、KOF(2008)、熊焰(2009)
	FIN5	电子商务提高了企业的知名度	熊焰(2009)
	FIN6	电子商务提升了企业的形象	熊焰(2009)
客户维度（SEV）	SEV1	电子商务改善了客户或贸易伙伴服务	Elizabeth(2004)、Chian-Son(2008)、Tina(2006)[165]、Pedro(2009)、KOF(2008)
	SEV2	客户或贸易伙伴对电子商务支付方式满意程度	Delone(2004)[166]、李纯青(2004)[167]、王友(2007)
	SEV3	客户或贸易伙伴对电子商务物流配送满意程度	Delone(2004)、李纯青(2004)、王友(2007)
	SEV4	客户或贸易伙伴对网站信息内容满意程度(内容丰富全面、及时更新)	Delone(2003)、王友(2007)
组织维度（ORE）	ORE1	电子商务提高了企业的信息化水平	Tom(2007)、Thompson(2008)
	ORE2	电子商务提高了员工的劳动生产率	Elizabeth(2004)、Andre(2006)
	ORE3	电子商务提高员工熟悉掌握IT技术的能力	Elizabeth(2004)、Mohammad(2008)
	ORE4	电子商务改善了组织内的交流和管理水平	Elizabeth(2004)、熊焰(2009)、Thompson(2008)

（1）财务维度的评价（FIN）。财务维度是评价中小企业电子商务效果的主要部分，主要分为降低交易成本、增加了贸易机会、提高了企业竞争力等多个方面。这里参考了 Chian-Son（2008）[106]、熊焰（2009）[17]、KOF（2008）[168] 等研究者的量表题项，得到表5.3所示财务维度变量的测量题项。

（2）客户维度的评价（SEV）。该评价要素反映了顾客或贸易伙伴对企业电子商务服务的满意程度，主要分为电子商务改善了对客户或贸易伙伴的服务、客户或贸易伙伴对电子商务支付方式满意、客户或贸易伙伴对电子商务物流配送满意、客户或贸易伙伴对网站信息内容满意四个方面。这里参考了 Chian-Son（2008）[106]、王友（2007）[35]、KOF（2008）[168] 等研究者的量表题项，得到表5.3所示客户维度变量的测量题项。

（3）组织维度的评价（ORE）。该评价要素反映了电子商务对企业自身的影响程度，主要分为电子商务提高了企业的信息化水平、电子商务提高了员工的劳动生产率、提高员工熟悉掌握 IT 技术的能力、改善了组织内的交流和管理水平四个方面。这里参考了 Thompson（2008）[30]、熊焰（2009）[17]、Elizabeth（2004）[23] 等研究者的量表题项，得到表 5.3 所示组织维度变量的测量题项。

5.2　数据收集和样本概况

5.2.1　数据收集

本书的研究总体是中国中小企业。组织理论研究中有这样一种观点，用首席执行官和高层管理团队等关键人物提供的信息可以较好地反映企业组织的整体活动（李艾 2005[92]）。因此本次调研相应的调研对象为各中小企业的经理，这些人员能够较好地反映企业决策层对电子商务的看法和倾向。本次调查时间是 2009 年 12 月至 2010 年 2 月。本次调查问卷的发放主要有以下几种方式：①江苏大学在校 MBA 学员中的中小企业经理，共发放问卷 100 份，回收 66 份，回收率为 66%，其中 2008 届学员 32 份，2009 届学员 34 份；②在广州、深圳、东莞三地给 MBA 学员授课期间，向当地中小企业经理发放问卷 200 份，回收 110 份，回收率为 55%，其中广州 40 份、深圳 40 份、东莞 30 份；③通过镇江、扬州、无锡、徐州等地政府有关部门负责人发放问卷 100 份，回收 45 份，回收率为 45%；④通过电子邮件向江苏大学往届 MBA 学员中的中小企业经理发放问卷 50 份，回收 22 份，回收率为 44%；⑤通过江苏大学在校本科生、研究生，向其家长符合上述条件者发放问卷，并再三强调务必由其家长亲自填写问卷，共发放问卷 360 份，回收 39 份，回收率为 10.8%（表 5.4）。

表 5.4　调查问卷发放及回收情况

联系人	发放对象	发出问卷数(份)/回收问卷数(份)	问卷回收率(%)	有效问卷数(份)/有效问卷率(%)
江苏大学 MBA 中心老师	江苏大学在校 MBA 学员中的中小企业经理	100/66	66	66/100%
江苏大学某 MBA 授课教师	珠三角地区江苏大学 MBA 学员中的中小企业经理	200/110	55	110/100%
政府部门负责人	中小企业经理	100/45	45	43/95.6%
作者	江苏大学历届 MBA 学员中的中小企业经理	50/22	44	22/100%
作者	在校本科生、研究生家长中的中小企业经理	360/39	10.8	37/94.8%
合计		810/282	34.8	278/98.6%

本次调研总共发放问卷 810 份，回收 282 份，回收率为 34.8%。其中剔除不合格问卷 4 份，得到有效问卷 278 份，有效问卷率为 98.6%。剔除问卷的准则主要有两个：一是剔除问卷填答缺漏太多的；二是剔除受测者未认真填写的问卷。部分问卷未

能回收的原因有以下几个：①由于对 MBA 学员情况不是很全面，因此一些收到问卷的 MBA 学员并非中小企业经理，而是政府部门官员等；②部分收到问卷的是建筑业、餐饮业、房地产业等行业的中小企业经理，对电子商务了解情况及需求较低，未能答卷；③部分问卷返回周期过长；④通过在校本科生、研究生发放的问卷回收率最低，因为再三强调其家长务必是中小企业经理，或对企业信息化及电子商务情况较为熟悉的管理者并由其家长亲自填写问卷，导致大部分问卷未能回收。

根据第 3 章的现状分析，我国电子商务发展具有区域性特点，电子商务最发达的地区集中在长三角及珠三角地区，本研究得到的问卷调查样本主要来自这两个地区的中小企业经理。江苏大学工商学院设有中小企业学院，其中 MBA 学员很多来自长三角地区、珠三角地区的中小企业经理。因此本次调查数据仍具有一定的解释能力。

在信息系统调研实证研究领域最常见的对样本容量的最低标准，是按照自变量与样本数的比例至少 1∶5 的要求确定。本调查的初始自变量数为 52，自变量与样本数的比例大于 1∶5。根据侯杰泰等人（2004）的有关研究，采用结构方程模型样本容量至少要求 100～200 个。因此本次调查样本容量符合基本要求。

5.2.2 样本概况

从地域分布上看，样本企业主要来自珠三角地区和长三角地区，是主要考虑这两个地区的经济发展水平较高、企业信息化程度和实施电子商务的基础比较好，如表 5.5 所示。

表 5.5 被调查企业地域分布

地区	数量（个）	比例（%）	累计百分比（%）
长三角地区	151	54.3	54.3
珠三角地区	109	39.2	93.5
其他	18	6.5	100.0
合计	278	100.0	100.0

从样本企业的行业分布来看，涉及十多个行业，几乎涵盖了国民经济全部产业，企业性质也很广，如表 5.6 所示。

表 5.6 被调查企业行业分布

行业名称	数量（个）	比例（%）	合法百分比（%）	累计百分比（%）	行业名称	数量（个）	比例（%）	合法百分比（%）	累计百分比（%）
食品	6	2.2	2.5	2.5	通用设备	17	6.1	7.1	63.1
纺织服装	24	8.6	10.0	12.4	专用设备	20	7.2	8.3	71.4
化工制造	39	14.0	16.2	28.6	交通运输设备	18	6.5	7.5	78.8
医药制造	12	4.3	5.0	33.6	工艺品	12	4.3	5.0	83.8
橡胶塑料	7	2.5	2.9	36.5	电子电器	36	12.9	14.9	98.8
非金属矿物	6	2.2	2.5	39.0	仪器仪表	3	1.1	1.2	100.0
金属冶炼	23	8.3	9.5	48.5	其他（异常数据）	37	13.3		
金属制品	18	6.5	7.5	56.0					
总计	数量为 278 个，比例为 100.0%								

从企业的所属经济性质分布来看，涵盖了所有经济性质，如表 5.7 所示。

表 5.7　被调查企业所属经济性质

经济性质	数量（个）	比例（%）	合法百分比（%）	累计百分比（%）	经济性质	数量（个）	比例（%）	合法百分比（%）	累计百分比（%）
国有	33	11.9	12.0	12.0	港澳台地区合资经营	1	0.4	0.4	81.8
集体	8	2.9	2.9	15.0	港澳台地区独资经营	10	3.6	3.6	85.4
股份合作	14	5.0	5.1	20.1	港澳台地区经营股份有限公司	3	1.1	1.1	86.5
联营	4	1.4	1.5	21.5	中外合资经营	10	3.6	3.6	90.1
有限责任公司	50	18.0	18.2	39.8	外资企业	25	9.0	9.1	99.3
股份有限公司	55	19.8	20.1	59.9	外商投资股份有限公司	2	0.7	0.7	100.0
私营	59	21.2	21.5	81.4	其他（异常数据）	4	1.4		
总计	数量为 278 个，比例为 100.0%								

本研究以"员工人数"、"资产规模"和"年销售额"三项指标来衡量企业规模。本次调查所涉及的企业规模差别较大，其中员工数 300 人以下的占 56.1%，2000 人以上的占 23.7%；资产规模 4000 万以下的占 51.4%，4 亿以上的占 21.9%；年销售额 3000 万以下的占 28.4%，3 亿以上的占 29.9%。

5.3　项目分析和描述统计

5.3.1　项目分析

项目分析的主要目的是对问卷题项进行适用性评估，本书主要应用两种项目分析策略：遗漏值检验和极端组比较法。

5.3.1.1　遗漏值检验

遗漏值检验的目的是检验受测者是否抗拒或难以回答某一个题项，导致遗漏情形的发生。过多的遗漏情形表示该题目不宜采用[169]。经 SPSS17.0 中运行分析→报告→个案汇总，结果发现所有题项的遗漏值均小于 2%，因此无高遗漏值题项。分析原因是本量表题项大部分是前人用过的成熟题项，对于新增题项在预测试中也进行了修饰与调整，所以受测者答题总体说来并无困难，所发生的遗漏是随机性遗漏。

5.3.1.2　极端组比较法

极端组比较法亦即内部一致性效标法，是将所有受测者中全量表整体得分的最高与最低的两极端者予以分类分组，各题目平均数在这两极端受试者中，以 t 检验或 F 检验来检验应具有显著的差异，从而反映出题目的鉴别力。

在全体受测者 278 人中，按照多数研究者采用的标准，取全量表的最高与最低的27%为极端组[169]，进行平均数差异检验。数据显示，t 检验未达 0.05 显著水平的数据，显示没有无法鉴别高低分的题项。未达 0.001 显著水平的有 ORG2、EOU3，显示其鉴别度较差，暂时保留。

5.3.2 描述统计

利用各题目的描述统计量，可以诊断题项的优劣。例如题项平均数应趋于中间值，极端的平均数及不正常的偏态和峰度都无法反映题目的集中趋势。而标准差过低则反映受试者的回答趋于一致，题项的鉴别度低。邱皓政（2009）[169]提出几个检验标准：①平均数不超过全量表平均数的正负 1.5 个标准差；②低鉴别度（标准差小于 .75）、偏态明显（偏态系数接近正负 1）。

据表 5.8 数据显示，除组织规模外，50 项指标的最小值基本上为 1，最大值均为 5。50 项指标的均值最小值为 2.17，最大值为 4.27，全量表平均数为 3.15，无明显偏离者（即指项目平均数 > 4.65 或 < 1.65）。标准差相对于均值，最小值为 0.736，最大值为 1.672，低鉴别度数据只有 EOU1（标准差略微偏小），暂时保留。从数据的偏度和峰度来看，偏度最小值为 -0.535，最大值为 0.833，峰度最小值为 -0.175，最大值为 0.476，其中峰度明显的仅有 ORE1（峰度系数接近 -1），暂时保留。

表 5.8　测量题项的描述性统计

变量	编号	题　项	最大值	最小值	均值	标准差	偏度	峰度
外部压力	PRS1	行业内很多竞争对手正在实施电子商务	1	5	3.65	0.882	-0.424	-0.202
	PRS2	行业内已经出现了实施电子商务非常成功的竞争者	1	5	3.43	0.868	-0.251	-0.025
	PRS3	本企业的很多供应商正在实施电子商务	1	5	3.37	0.822	-0.043	0.179
	PRS4	如果本企业不使用电子商务，将会得不到很多供应商的良好服务	1	5	3.39	0.858	-0.150	0.064
	PRS5	本企业的很多客户正在实施电子商务	1	5	3.23	0.940	-0.204	-0.154
	PRS6	如果不使用电子商务，将会失去很多客户	1	5	3.26	0.930	-0.329	0.014
支撑环境	ENV1	政府主管部门对中小企业采用电子商务非常支持	1	5	3.21	0.796	0.049	0.437
	ENV2	当前具有完善的电子商务法律法规	1	5	3.01	0.843	0.271	0.316
	ENV3	当前电子商务交易是安全的	1	5	2.96	0.857	0.152	0.182
	ENV4	网络速度和质量能够保证	1	5	3.02	0.839	0.077	0.288
	ENV5	当前电子商务信用体系是完善的	1	5	3.12	0.754	0.197	0.306
管理者支持	TMS1	管理者具有创新精神	1	5	2.94	0.815	0.153	-0.168
	TMS2	管理者亲自参与电子商务的实施	1	5	2.17	0.813	0.533	0.398
	TMS3	管理者熟悉计算机及信息技术	1	5	2.33	0.810	0.424	0.187
	TMS4	管理者了解电子商务能带来的益处	1	5	2.61	0.854	0.139	-0.234
	TMS5	管理者高度重视电子商务的实施	1	5	2.69	0.905	0.143	-0.380

变量	编号	题 项	最大值	最小值	均值	标准差	偏度	峰度
组织保障	ORG1	组织规模	3	15	7.28	0.515	0.307	−1.08
	ORG2	本企业有财政能力发展电子商务	1	5	2.71	0.831	−0.018	−0.126
	ORG3	本企业有实施电子商务的战略规划	1	5	2.51	0.836	0.201	−0.021
	ORG4	电子商务在本企业得到广泛理解	1	5	2.81	0.860	−0.068	−0.249
技术因素	TEC1	企业信息化基础好	1	5	2.77	0.798	0.404	0.081
	TEC2	企业内部具有信息系统和电子商务专家	1	5	3.36	0.862	0.231	−0.237
	TEC3	公司员工具有较高的计算机技能	2	5	3.50	0.773	−0.035	−0.374
	TEC4	本企业有针对员工使用电子商务的技术培训	1	5	3.29	0.960	−0.021	−0.599
	TEC5	与本企业的原有信息系统能够匹配	1	5	2.59	0.754	0.442	0.272
可感知的易用性	EOU1	电子商务的相关技术已经较为成熟、风险小	1	5	2.43	0.736	0.333	0.138
	EOU2	电子商务技术操作便利	1	5	2.63	0.794	0.363	−0.068
	EOU3	企业加入的第三方电子商务平台质量好	1	5	3.24	0.963	−0.133	−0.210
	EOU4	本行业适合开展电子商务	1	5	3.19	1.033	−0.179	−0.294
	EOU5	本企业所生产的产品有标准化的特点	1	5	3.16	1.029	−0.181	−0.296
	EOU6	本企业所在地区方便开展电子商务	1	5	3.34	1.006	−0.204	−0.346
	EOU7	公司现有的软硬件设施，能适应电子商务的技术需求	1	5	2.82	0.752	0.348	0.234
EC采纳程度	ADO1	本企业有采纳电子商务的意图	1	5	3.61	0.841	−0.447	0.152
	ADO2	企业网站上宣传企业、产品及服务	1	5	3.46	0.873	−0.277	0.028
	ADO3	加入第三方综合平台/行业网站	1	5	3.44	0.834	−0.106	−0.045
	ADO4	网站推广（包括竞价排名等）	1	5	3.33	0.938	−0.450	0.072
	ADO5	网上支付	1	5	3.16	0.781	−0.193	−0.432
财务维度评价	FIN1	电子商务提高了企业竞争力	1	5	3.54	0.909	−0.535	0.476
	FIN2	电子商务增加了贸易机会（增加了销售额）	2	5	4.09	0.769	−0.484	−0.256
	FIN3	电子商务增加了客户	1	5	3.98	0.769	−0.299	−0.457
	FIN4	电子商务降低了交易成本	2	5	4.01	0.819	−0.384	−0.600
	FIN5	电子商务提高了企业的知名度	1	5	3.98	0.755	−0.176	−0.644
	FIN6	电子商务提升了企业的形象	1	5	4.27	0.753	−0.516	−0.734
客户维度评价	SEV1	电子商务改善了客户或贸易伙伴服务	1	5	3.47	0.898	−0.290	0.026
	SEV2	客户或贸易伙伴对电子商务支付方式满意程度	1	5	3.01	0.822	−0.335	0.442
	SEV3	客户或贸易伙伴对电子商务物流配送满意程度	1	5	3.23	0.848	−0.280	0.141
	SEV4	客户或贸易伙伴对网站信息内容满意程度	1	5	3.13	0.886	−0.225	0.097
组织维度评价	ORE1	电子商务提高了企业的信息化水平	1	5	2.27	1.672	0.833	−1.075
	ORE2	电子商务改善了组织内的交流和管理水平	1	5	3.16	0.781	−0.193	−0.432
	ORE3	电子商务提高员工熟悉掌握 IT 技术的能力	1	5	2.97	1.096	−0.068	−0.783
	ORE4	电子商务提高了员工的劳动生产率	1	5	2.89	0.827	−0.021	−0.311

从描述统计可以粗略看出如下几点：①外界压力的均值总体较高，反映出我国中小企业电子商务发展的趋势较快，给广大中小企业带来不小的压力；②电子商务采纳程度的均值总体较高，反映出我国中小企业电子商务发展迅速；③电子商务在财务维度的评价的均值总体较高，反映出电子商务确实给广大中小企业带来了明显效益。

5.4　探索性因子分析

本书在相关理论基础支撑下，分别构建了中小企业电子商务采纳-实施、效果评价的概念模型，具有一定的创新，所以有必要先通过探索性因子分析来调整各个层面变量的设置以及其对应的题项的设置。

5.4.1　探索性因子分析概述

探索性因子分析法（Exploratory Factor Analysis，EFA）是一项用来找出多元观测变量的本质结构，并进行处理降维的技术。因而，EFA 能够将具有错综复杂关系的变量综合为少数几个核心因子。

在因子分析之前，必须先检验样本数据是否适合做因子分析。一种方法是 Bartlett 球形检验，即检验相关矩阵的相关系数之间是否显著不同且大于 0；另一种方法是 KMO 取样适当性检定，KMO 介于 0~1 之间，KMO 愈大，表示变量间共同因素越多，进行因子分析的效果越好，一般认为，KMO＞0.7 即可接受。

参照王友（2007）[35]的分析方法，本次探索性因子分析的步骤为：①用主成分分析法来抽取共同因子（因子数目分别设置为模型中该层面变量设计数量、设计数量加 1、设计数量减 1），因子转轴采用正交转轴；②比较不同因子数目情况下的因子分布，抽取的共同因子所解释的变异量以能达到 60％为宜；③若变量上的因子负荷量小于 0.5，则判定该测量指标建构效度不足，将该测量指标删除，若测量指标在因子负荷中交叉影响显著，亦删除该项。

5.4.2　采纳-实施因素量表中的探索性因子分析

首先应用 Bartlett 球形检验和 KMO 取样适当性检定，显示 KMO 为 0.817＞0.7，且 Bartlett 球形检验结果达到显著水平，适合做因子分析。调查问卷中采纳-实施因素量表中六个因素对应的题项数据，作为探索性因子分析对象，共 32 项。当因子数目分别设置为 6（模型设计数量）、5（模型设计数量－1）、7（模型设计数量＋1）时，分别用主成分分析法来抽取共同因子，并进行正交转轴。

当因子数目为 5 时（表 5.9），总共累计解释的变异量为 56.097％，未能达到大于 60％的要求，说明因子数目为 5 不能很好地解释所有题项之间的共同相关性。

表 5.9 因子数目为 5 时的采纳-实施因子分布表

成分				
因子 1	因子 2	因子 3	因子 4	因子 5
PRS1	ENV1	ORG1	EOU3	TEC1
PRS2	ENV2	ORG2	EOU4	TEC5
PRS3	ENV3	ORG3	EOU5	EOU1
PRS4	ENV4	ORG4	EOU6	EOU2
PRS5	ENV5	TMS1	TEC2	EOU7
PRS6		TMS2	TEC3	
		TMS3	TEC4	
		TMS4		
		TMS5		

当因子数目为 6 时（表 5.10），总共累计解释的变异量为 61.071%，基本能达到大于 60% 的要求。但是结果显示此时将"管理者支持"合并到了"组织保障"中，使得"组织保障"中的题项数为 9 个。本文认为"管理者支持"对于中小企业采纳-实施电子商务还是非常重要的，还是有必要将"管理者支持"单独作为一个因素。

表 5.10 因子数目为 6 时的采纳-实施因子分布表

成分					
因子 1	因子 2	因子 3	因子 4	因子 5	因子 6
PRS1	ENV1	ORG1	EOU3	TEC1	TEC2
PRS2	ENV2	ORG2	EOU4	TEC5	TEC3
PRS3	ENV3	ORG3	EOU5	EOU1	TEC4
PRS4	ENV4	ORG4	EOU6	EOU2	
PRS5	ENV5	TMS1		EOU7	
PRS6		TMS2			
		TMS3			
		TMS4			
		TMS5			

当因子数目为 7 时（表 5.11），总共累计解释的变异量为 65.087%，超过 60% 的要求。题项 ORG1 和 TMS1 的因素载荷量远小于 0.5 的要求而删去，然后做第二次探索性因子分析。结果显示此时为 67.624%，"管理者支持"与"组织保障"单独为两个因素。其中"外界压力"、"支撑环境"、"管理者支持"、"组织保障"这四个因子的题项基本不变，而原来概念模型中的"技术因素"和"可感知的易用性"这两个因子的项目发生了变化。

如表 5.11 所示，题项 TEC2、TEC3、TEC4 抽取成一个因子，分析其组成反映了企业内部技术力量，即从人的角度体现企业实施电子商务的技术基础，命名为"人员匹配"；题项 TEC1、TEC5、EOU1、EOU2、EOU7 抽取成一个因子，分析其组成是从物的角度体现企业实施电子商务的技术可行性，命名为"技术可行性"；题项 EOU4、EOU5、EOU6 抽取成一个因子，分析其组成反映了企业实施电子商务的适应性，命名为"实施适用性"。

表 5.11　因子数目为 7 时的采纳-实施因子旋转成分表

变量	成分						
	因子 1	因子 2	因子 3	因子 4	因子 5	因子 6	因子 7
PRS1	0.698	0.025	0.325	−0.028	−0.032	−0.125	0.184
PRS2	0.743	0.002	0.248	−0.038	0.009	−0.094	0.134
PRS3	0.740	0.2	外界压力	−0.053	−0.091	0.053	−0.079
PRS4	0.761			−0.131	−0.062	0.109	−0.013
PRS5	0.752	0.073	0.218	−0.015	0.034	−0.052	0.080
PRS6	0.756	0.042	0.187	−0.005	0.067	−0.169	0.025
ENV1	0.167	0.696	−0.017	−0.125	0.074	−0.035	0.176
ENV2	0.263	0.806	0.064		−0.072	−0.059	0.069
ENV3	0.094	0.855	支撑环境	−0.135	−0.164	0.081	
ENV4	−0.087	0.821	0.158	−0.051	0.015	0.125	0.232
ENV5	0.120	0.765	−0.003	0.051	−0.080	−0.112	0.026
ORG1	−0.052	−0.129	0.060	−0.075	0.313	−0.162	0.272
ORG2	−0.161	−0.058	−0.124	0.250	0.016	0.755	0.062
ORG3	0.030	−0.058	−0.044	组织保障	0.110	0.759	0.007
ORG4	−0.067	−0.112	−0.064	0.157	0.089	0.771	−0.047
TMS1	−0.107	0.165	0.151	0.425	0.260	0.275	−0.030
TMS2	−0.026	0.025	−0.016	0.833	0.075	0.200	−0.024
TMS3	0.013	管理者支持	−0.038	0.834	−0.109	0.037	0.118
TMS4	−0.077		0.052	0.750	0.121	0.136	0.118
TMS5	−0.098	−0.098	0.048	0.654	0.297	0.169	−0.057
TEC2	0.014	0.182	0.051	0.031	0.014	−0.054	0.792
TEC3	0.085	0.141	0.027	0.134	人员匹配	−0.054	0.764
TEC4	0.179	0.209	0.183	0.010	0.081	0.112	0.759
TEC1	−0.040	0.003	−0.068	0.056	0.661	0.002	0.073
TEC5	0.008	0.142	−0.005	0.133	0.724	−0.047	−0.051
EOU1	0.046	−0.1	技术可行性	0.725	0.114	0.013	
EOU2	−0.032	−0.1		0.208	0.726	0.078	−0.084
EOU7	0.014	−0.022	0.123	−0.052	0.643	0.306	0.015
EOU3	0.319	−0.008	0.758	0.099	0.137	−0.006	0.078
EOU4	0.246	0.094	0.885		实施适应性	−0.052	0.141
EOU5	0.264	0.104	0.867		−0.109	0.095	
EOU6	0.121	0.110	0.817	0.045	0.017	−0.051	−0.001

5.4.3　效果评价因素量表中的探索性因子分析

首先应用 Bartlett 球形检验和 KMO 取样适当性检定，显示 KMO 为 0.745 >
0.7，且 Bartlett 球形检验结果达到显著水平，适合做因子分析。

将调查问卷中采纳-实施因素量表中三个因素对应的题项数据，作为探索性
因子分析对象，共 14 项。当因子数目分别设置为 3（模型设计数量）、2（模型
设计数量−1）、4（模型设计数量+1）时，分别用主成分分析法来抽取共同因
子，并进行正交转轴。

当因子数目为 2 时（表 5.12），总共累计解释的变异量为 48.094%，远未能

达到大于 60％的要求，说明因子数目为 2 不能很好地解释所有题项之间的共同相关性。

表 5.12　因子数目为 2 时的效果评价因子分布表

因子 1	FIN1 FIN2 FIN3 FIN4 FIN5 FIN6 ORE1 ORE2 ORE3
因子 2	SEV1 SEV2 SEV3 SEV4

当因子数目为 4 时，总共累计解释的变异量为总共累计解释的变异量为 70.108％，达到大于 60％的要求，但是结果显示此时因子 4 只包含一个题项（表 5.13）。吴明隆（2004）[148]认为，一个层面的题项数最少在 3 题以上，否则无法测出所代表的层面特质。

表 5.13　因子数目为 4 时的效果评价因子分布表

因子 1	FIN1 FIN2 FIN3 FIN4 FIN5 FIN6	因子 2	SEV1 SEV2 SEV3 SEV4
因子 3	ORE1 ORE2 ORE3	因子 4	ORE4

当因子数目为 3 时（表 5.14），总共累计解释的变异量为 63.894％，基本达到大于 60％的要求。题项 FIN1 和 ORE4 的因素载荷量小于 0.5 的要求而删去，然后做第二次探索性因子分析。结果显示此时总共累计解释的变异量为 70.622％，且各因子分布题项符合概念模型中的合理解释。

表 5.14　因子数目为 3 时的效果评价因子旋转成分表

	成分		
	因子 1	因子 2	因子 3
FIN2	0.87	3.147×10^{-2}	0.167
FIN3	0.87	—	9.196×10^{-2}
FIN4	0.80	财务维度	-6.759×10^{-3}
FIN5	0.85	2	-2.268×10^{-2}
FIN6	0.79	8.980×10^{-2}	3.303×10^{-2}
SEV1	0.137	7.113×10^{-2}	0.76
SEV2	-3.671×10^{-2}	客户维度	0.67
SEV3	0.117		0.78
SEV4	9.072×10^{-3}	5.609×10^{-2}	0.81
ORE1	6.108×10^{-2}	0.91	4.104×10^{-2}
ORE2	组织维度	0.91	3.290×10^{-2}
ORE3		0.92	3.233×10^{-2}

5.5　结构方程模型概述

5.5.1　结构方程模型的基本概念

5.5.1.1　结构方程模型的定义

在结构方程模型中，我们所能观测到的变量成为观测变量或测量变量，那些难以直接观测的抽象概念则称之为潜在变量或潜变量。结构方程模型（Structure equation modeling，SEM）是应用线性方程系统表示观测变量与潜变量之间，以及潜变量之间关系的一种统计方法，其实质是一种广义的一般线性模型（general linear model，GLM）。和传统线性回归模型不同，结构方程模型允许研究人员能够同时检验一批回归方程，而且这些回归方程在模型形式、变量设置、方程假设等方面也与传统回归分析迥然不同，因而也较传统回归分析更为多元化[147]。

社会科学研究的根本目的，是通过探讨变量之间的因果关系来揭示客观事物发展、变化的规律及特点，因而近年来结构方程模型广泛应用于心理学、战略管理、营销学等多个领域，而且势必将会获得长足的发展。

5.5.1.2 测量模型与结构模型

测量模型是采用观测变量来构建潜变量，潜变量和观测变量之间的关系构成了整个概念模型的内涵。测量模型也就是潜在变量与一组观察指标的共变效果。如图 5.3 所示，ξ_1 和 ξ_2 是两个潜在变量，他们之间存在相关关系 Φ_{12}。X_1 和 X_2 是 ξ_1 的观察变量，X_3 和 X_4 是 ξ_2 的观察变量。λ_1、λ_2、λ_3、λ_4 分别反应潜变量对观察变量的负载，意味着潜变量所能被对应的观测变量解释的程度。δ_1、δ_2、δ_3、δ_4 为四个观测变量的残差项，因为结构方程模型设定观测变量是存在观测误差的。

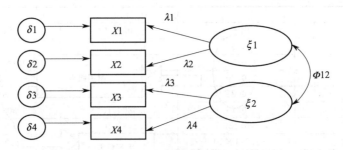

图 5.3 测量模型图

结构模型即是潜在变量之间因果关系的说明，是潜变量间或一组观测变量与潜变量间的联结关系。因为结构模型涉及了潜变量，所以结构模型实际上包括了测量关系和结构关系。

如图 5.4 所示，有三个测量模型和一个结构模型组成，其中双箭头表示两个潜变量之间的相关，单箭头表示变量之间的因果关系。

5.5.1.3 参数估计方法

在 SEM 分析中，提供七种模型估计的方法：工具性变量法、两阶段最小平方法、未加权最小平方法、一般化最小平方法、一般加权最小平方法、极大似然法、对角线加权平方法。其中使用最广泛的模型估计方法是极大似然法（Maximum Likelihood，ML），其次是一般化最小平方法（Generalized Least Squares，

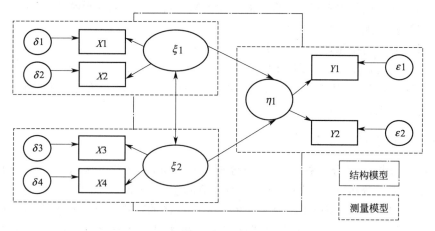

图 5.4　结构模型图

GLS）。使用极大似然法来估计参数时，样本数据必须符合多变量正态性假定。

5.5.1.4　SEM 的应用步骤

SEM 基本上是一种验证性的方法，通常必须有理论或经验法则支持，有理论来引导，在理论引导的前提下才能构建假设模型图。即使是修正，也必须依据有关理论，它特别强调理论的合理性。因此 SEM 分析过程可以分为两大部分——模型准备和模型拟合，其中模型准备又分为理论建立、模型设定、模型之别、抽样与调查几个阶段；模型拟合又分为数据准备、模型拟合、模型评价、模型解释几个阶段。

5.5.1.5　AMOS 软件

SEM 的应用软件很多，且各有特点，这些软件包括 Lisrel、AMOS、Mplus 等。AMOS 软件属于 SPSS 家族系列，不仅可以进行各种 SEM 模型的分析，也可以进行多群组分析、因素结构不变性分析等。AMOS 的主要特点主要体现在：①输入数据的形式灵活；②操作简单，无须编程；③拟合结果输出清晰明了。

5.5.2　模型拟合度指标

拟合度指标（Goodness-of-fit Indices）是评价假设的路径分析模型图与搜集的数据是否互相适配，而不是说路径分析模型图的好坏。一个拟合度符合评价标准的模型，说明研究者的假设比较符合数据的现况。一般而言，整体模型拟合度指标包括以下几个。

（1）卡方值，即 χ^2。该值越小表示整体模型的因果路径图与实际资料越适配。在 AMOS 报表中，该值输出为 CMIN。

（2）卡方自由度比，即 χ^2/Df。该值越小，表示模型的协方差矩阵与观察数据越匹配。在 AMOS 报表中，该值输出为 CMIN/DF，其值在 1～3 之间，表示模型拟合度良好，小于 1 表示模型过于适配，大于 3 表示模型拟合度不佳。

（3）渐进残差均方和平方根，即 RMSEA，该值高于 0.10 则模型拟合度不佳。

（4）及适配度指数，即 GFI。

（5）规准适配指数，即 NFI。

（6）比较适配指数，即 CFI。

GFI、NFI、CFI 三个值在 0～1 之间，一般判别标准为大于 0.90 时，表示模型与实际数据拟合度良好。

5.5.3 验证性因子分析

因子分析可以分为探索性因子分析（Exploratory Factor Analysis，EFA）和验证性因子分析（Confirmatory Factor Analysis，CFA）。EFA 的目的在于确认量表的因子结构，而 CFA 通常会依据一个严谨的理论，允许研究者事先确定一个因子模型，用因子分析来验证这些因子是否可代表该变量。CFA 被归类于一般结构方程模型或共变结构模型，也可认为是 SEM 分析的一种特殊应用。

5.5.4 高阶因子分析

当 CFA 运用于检验理论模型时，基于理论模型的复杂性需求，潜在因子之间可能存在更高阶的潜在结构，即观察变量可能受到某一套潜在因子的影响，其称为一阶因子，而这些一阶因子又受到某一个或某些共同因子的影响，此时，这些一阶引子的背后存在更高层次的共同因素，称为高阶因子，而这些设计高阶因子的 CFA 分析，称为高阶验证性因子分析[170]。

5.6 信度和效度分析

信度（Reliability）和效度（Validity）是任何测量工具不可或缺的条件。在进行探索性因子分析之后，为了进一步了解问卷的可靠性与有效性，需要做信度检验和效度检验，这也决定了量表的整体可用程度。

5.6.1 信度和效度概述

5.6.1.1 信度概述

信度即是测量的可靠性，是指测量结果的一致性或稳定性，也就是研究者对于相同的或相似的现象（或群体）进行不同的测量（不同形式的或不同时间的），其所得结果一致性的程度。任何测量的观测值包括了实际值与误差值两部分，而信度越高表示其误差值越低，如此所得的观测值就不会因形式或时间的改变而变动，具有相当的稳定性[170]。

常用的信度测量方法有再测信度、副本信度、折半信度、内部一致性信度等几种，如果直接计算测验题目内部之间的一致性，作为测验的指标时，称为内部一致性系数。目前普遍用来计算内部一致性系数的方法有 K-R 系数和

Cronbach's α 系数两种，前者主要适用于二分变量的测验类型，后者适用于李克特式量表。

本书应用 Cronbach's α 系数来测量量表的内部一致性信度。一般要求是：总量表的 Cronbach's α 最好在 0.8 以上，如果在 0.70～0.8，可以接受；分量表的 Cronbach's α 最好在 0.7 以上，如果在 0.60～0.7，可以接受[149]。

潜在变量的组合信度又称建构信度，主要是评价一组潜在构念指标的一致性程度，亦即所有测量变量分享该因素构念指标的程度，也属于内部一致性指标，组合信度越高，表示指标间有越高的内在关联存在。

建构信度的公式如下：

$$\rho_c = \frac{\sum 标准化因素负荷量^2}{\sum 标准化因素负荷量^2 + \sum 观察变数的误差变异量}$$

若潜在变量的 $\rho_c > 0.6$，则表示模型的内在质量良好[147]。

另一个与建构信度类似的指标是平均方差提取，以 ρ_v 表示。

$$\rho_v = \frac{\sum 标准化因素负荷量^2}{\sum 标准化因素负荷量^2 + \sum 观察变数的误差变异量}$$

一般而言，若潜在变量的 $\rho_v > 0.5$，则表示模型的内在质量良好[147]。

5.6.1.2　效度概述

效度即测量的正确性，测量的效度越高，表示测量的结果越能体现其所预测量内容的真正特征，在一般研究中常出现的效度有内容效度、效标关联效度、建构效度三种。其中建构效度是指能测得一个抽象概念或特质的程度。建构效度的检验，必须建立在特定的理论基础上，先从某一理论建构入手，引导出各项关于潜在特质或行为表现的基本假设，并以实证的方法加以测量和分析，以验证其结果是否符合原理论及建构。本书利用验证性因子分析来检验建构效度。在验证性因子分析中，建构效度可以由模型的拟合指数和标准化因子负荷系数来检验。首先模型的拟合水平必须是可以接受的，即理论模型较好地拟合了样本数据，然后进一步通过标准化负荷系数的大小来检验其建构效度。一般要求标准化因子负荷系数 >0.5。

综上所述，本书对数据的信度和效度分析分为以下方面：①计算 Cronbach's α 系数，判定量表的一致性信度；②分析各个测量模型的拟合度；③进行验证性因子分析，得到各因子载荷系数，判定量表的建构效度；④判定量表中测量变量的组合信度。

5.6.2　采纳-实施因素量表的信度和效度分析

5.6.2.1　外界压力量表的信度和效度分析

表 5.15 中数据显示外界压力量表的六项测量指标的 Cronbach's α 系数为 0.874，大于 0.7，表明测量指标具有较高的内部一致性，且删除任一指标都会降低 Cronbach's α 系数，因此，外界压力量表保留现有的六项测量指标。

表 5.15 采纳-实施量表的 Cronbach's α

因素	Cronbach's α	题　项	校正的项总计相关性	对应题项删除后的 Cronbach's α
外界压力	0.874	行业内很多竞争对手正在实施电子商务	0.685	0.851
		行业内已经出现了实施电子商务非常成功的竞争者	0.668	0.854
		本企业的很多供应商正在实施电子商务	0.617	0.862
		如果本企业不使用电子商务,将会得不到很多供应商的良好服务	0.655	0.856
		本企业的很多客户正在实施电子商务	0.719	0.845
		如果不使用电子商务,将会失去很多客户	0.715	0.846
支撑环境	0.877	政府主管部门对中小企业采用电子商务非常支持	0.634	0.868
		当前具有完善的电子商务法律法规	0.759	0.839
		当前电子商务交易是安全的	0.760	0.838
		网络速度和质量能够保证	0.733	0.845
		当前电子商务信用体系是完善的	0.658	0.863
组织保障	0.794	本企业有财政能力发展电子商务	0.636	0.719
		本企业有实施电子商务的战略规划	0.647	0.708
		电子商务在本企业得到广泛理解	0.625	0.732
管理者支持	0.837	管理者亲自参与电子商务的实施	0.702	0.780
		管理者熟悉计算机及信息技术	0.650	0.802
		管理者了解电子商务能带来的益处	0.721	0.770
		管理者高度重视电子商务的实施	0.608	0.823
人员匹配	0.749	企业内部具有信息系统和电子商务专家	0.592	0.648
		公司员工具有较高的计算机技能	0.536	0.715
		本企业有针对员工使用电子商务的技术培训	0.617	0.622
技术可行性	0.759	企业信息化基础好	0.488	0.731
		与本企业的原有信息系统能够匹配	0.526	0.716
		电子商务的相关技术已经较为成熟、风险小	0.563	0.704
		电子商务技术操作便利	0.601	0.688
		公司现有的软硬件设施,能适应电子商务的技术需求	0.459	0.739
实施适应性	0.908	企业加入的第三方电子商务平台质量好	0.709	0.907
		本行业适合开展电子商务	0.876	0.851
		本企业所生产的产品有标准化的特点	0.862	0.856
		本企业所在地区方便开展电子商务	0.730	0.903

如图 5.5(a) 所示,各测量指标的标准化载荷系数分别为 0.72、0.71、0.62、0.67、0.82、0.81,均大于 0.5,表明外界压力要素量表中测量指标的建构效度可以接受。建构信度 $\rho_c = 0.8705 > 0.6$,平均方差提取 $\rho_v = 0.5307 > 0.5$。RMSEA 小于 0.08 尚可,χ^2/DF 小于 3,符合要求。其他拟合度指数均在 0.90以上,合乎要求,表明整体拟合情况理想。

5.6.2.2　支撑环境量表的信度和效度分析

表 5.15 中数据显示支撑环境 5 项测量指标的 Cronbach's α 系数为 0.877,大于 0.7,表明测量指标具有较高的内部一致性,且删除任一指标都会降低Cronbach's α 系数,因此,支撑环境量表保留现有的 5 项测量指标。

如图 5.5(b) 所示，各测量指标的标准化载荷系数分别为 0.67、0.82、0.85、0.81、0.69，均大于 0.5，表明支撑环境要素量表中测量指标的建构效度可以接受。建构信度 $\rho_c=0.8793>0.6$，平均方差提取 $\rho_v=0.5952>0.5$。RMSEA <0.05，$\chi^2/DF<3$，其他拟合度指数均在 0.90 以上，合乎要求，表明整体拟合情况理想。

5.6.2.3　组织保障量表的信度和效度分析

表 5.15 中数据显示组织保障量表三项测量指标的 Cronbach's α 系数为 0.794，大于 0.7，表明测量指标具有较高的内部一致性，且删除任一指标都会降低 Cronbach's α 系数，因此，组织保障量表保留现有的三项测量指标。

如图 5.5(c) 所示，各测量指标的标准化载荷系数分别为 0.75、0.77、0.73，均大于 0.5，表明支撑环境要素量表中测量指标的建构效度可以接受。建构信度 $\rho_c=0.7942>0.6$，平均方差提取 $\rho_v=0.5628>0.5$。拟合结果显示自由度为 0，为正好识别模型，所有参数只有唯一解，数据与模型间完美拟合。

5.6.2.4　管理者支持量表的信度和效度分析

表 5.15 中数据显示管理者支持四项测量指标的 Cronbach's α 系数为 0.837，大于 0.7，表明测量指标具有较高的内部一致性，且删除任一指标都会降低 Cronbach's α 系数，因此，管理者支持量表保留现有的四项测量指标。

如图 5.5(d) 所示，各测量指标的标准化载荷系数分别为 0.83、0.79、0.74、0.63，均大于 0.5，表明管理者支持要素量表中测量指标的建构效度可以接受。建构信度 $\rho_c=0.8369>0.6$，平均方差提取 $\rho_v=0.5644>0.5$。RMSEA <0.05，$\chi^2/DF<3$，其他拟合度指数均在 0.90 以上，合乎要求，表明整体拟合情况理想。

5.6.2.5　人员匹配量表的信度和效度分析

表 5.15 中数据显示人员匹配三项测量指标的 Cronbach's α 系数为 0.749，大于 0.7，表明测量指标具有较高的内部一致性，且删除任一指标都会降低 Cronbach's α 系数，因此，人员匹配量表保留现有的三项测量指标。

如图 5.5(e) 所示，各测量指标的标准化载荷系数分别为 0.72、0.63、0.78，均大于 0.5，表明人员匹配要素量表中测量指标的建构效度可以接受。建构信度 $\rho_c=0.7545>0.6$，平均方差提取 $\rho_v=0.5079>0.5$。拟合结果显示自由度为 0，为正好识别模型，所有参数只有唯一解，数据与模型间完美拟合。

5.6.2.6　技术可行性量表的信度和效度分析

表 5.15 中数据显示技术可行性五项测量指标的 Cronbach's α 系数为 0.759，大于 0.7，表明测量指标具有较高的内部一致性，且删除任一指标都会降低 Cronbach's α 系数，因此，技术可行性量表保留现有的五项测量指标。

如图 5.5(f) 所示，各测量指标的标准化载荷系数分别为 0.55、0.50、0.78、0.83、0.56，虽然其中有 3 个系数不够理想，但也均大于 0.5，表明技术可行性要素量表中测量指标的建构效度尚可。建构信度 $\rho_c=0.7089>0.6$，但平均方差提取 $\rho_v=0.4888<0.5$，不够理想。RMSEA 接近 0.05，$\chi^2/DF<3$，其

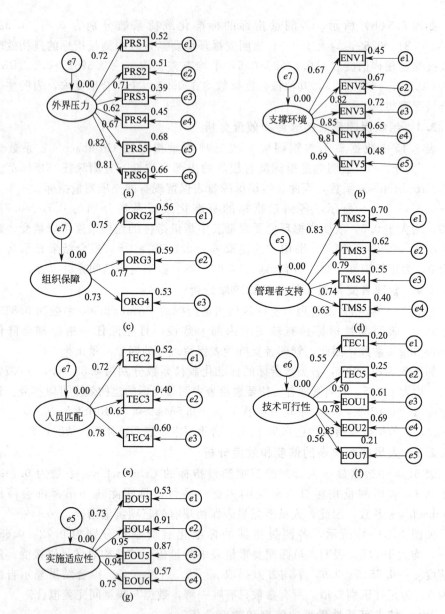

图 5.5 采纳-实施量表的测量模型

他拟合度指数均在 0.90 以上，合乎要求，表明整体拟合情况尚可。

5.6.2.7 实施适应性量表的信度和效度分析

表 5.15 中数据显示实施适应可行性四项测量指标的 Cronbach's α 系数为 0.908，大于 0.7，表明测量指标具有较高的内部一致性，且删除任一指标都会降低 Cronbach's α 系数，因此，实施适应性量表保留现有的四项测量指标。

如图 5.5（g）所示，各测量指标的标准化载荷系数分别为 0.73、0.95、

0.94、0.75，也均大于 0.5，表明实施适应性要素量表中测量指标的建构效度理想。建构信度 $\rho_c = 0.9103 > 0.6$，平均方差提取 $\rho_v = 0.7203 > 0.5$，非常理想。RMSEA < 0.05，$\chi^2/DF < 3$，其他拟合度指数均在 0.90 以上，合乎要求，表明整体拟合情况理想。

5.6.3　采纳程度量表的信度和效度分析

表 5.16 是采纳程度量表的 Cronbach's α 系数。表中数据显示五项测量指标的 Cronbach's α 系数为 0.708，大于 0.7。表明测量指标具有较高的内部一致性。但是表内表明删除指标"网上支付"会提高 Cronbach's α 系数。

表 5.16　采纳程度量表的 Cronbach's α

因素	Cronbach's α	题项	校正的项总计相关性	对应题项删除后的 Cronbach's α
采纳程度	0.708	本企业有采纳电子商务的意图	0.699	0.567
		企业网站上宣传企业、产品及服务	0.592	0.609
		加入第三方综合平台或行业网站	0.484	0.653
		网站推广（包括竞价排名等）	0.531	0.631
		网上支付	0.148	0.805

表 5.17 是采纳程度量表中删除指标"网上支付"后的 Cronbach's α 系数。表中数据显示四项测量指标的 Cronbach's α 系数为 0.805，大于 0.7，表明测量指标具有较高的内部一致性，且删除任一指标都会降低 Cronbach's α 系数。

表 5.17　采纳程度量表中删除指标"网上支付"后的 Cronbach's α

因素	Cronbach's α	题项	校正的项总计相关性	对应题项删除后的 Cronbach's α
采纳程度	0.805	本企业有采纳电子商务的意图	0.706	0.715
		企业网站上宣传企业、产品及服务	0.683	0.725
		加入第三方综合平台或行业网站	0.539	0.793
		网站推广（包括竞价排名等）	0.564	0.786

如图 5.6(a) 所示，原始测量模型中各测量指标的标准化载荷系数分别为

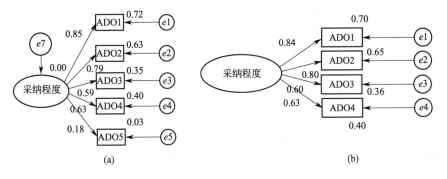

(a)　　　　　　　　　　　　　(b)

图 5.6　采纳程度量表的原始测量模型及修正测量模型

0.85、0.79、0.59、0.63、0.18，除ADO5外均大于0.5。为了保证量表的信度和效度，删去ADO5指标。如图5.6(b)所示，修正后各测量指标的标准化载荷系数分别为0.84、0.80、0.60、0.63，均大于0.5，表明采纳程度要素量表中测量指标的建构效度理想。建构信度 $\rho_c = 0.8128 > 0.6$，平均方差提取 $\rho_v = 0.5256 > 0.5$，比较理想。RMSEA<0.05， $\chi^2/DF < 3$，其他拟合度指数均在0.90以上，合乎要求，表明整体拟合情况理想。

5.6.4 效果评价因素量表的信度和效度分析

5.6.4.1 财务维度评价量表的信度和效度分析

表5.18中数据显示财务维度评价五项测量指标的Cronbach's α系数为0.897，大于0.7，表明测量指标具有较高的内部一致性，且删除任一指标都会降低Cronbach's α系数，因此，财务维度评价量表保留现有的五项测量指标。

如图5.7(a)所示，各测量指标的标准化载荷系数分别为0.89、0.89、0.70、0.69、0.79，均大于0.5，表明财务维度评价要素量表中测量指标的建构效度可以接受。建构信度 $\rho_c = 0.8957 > 0.6$，平均方差提取 $\rho_v = 0.6349 > 0.5$。RMSEA<0.05， $\chi^2/DF < 3$，其他拟合度指数均在0.90以上，合乎要求，表明整体拟合情况理想。

5.6.4.2 顾客维度评价量表的信度和效度分析

表5.18中数据显示顾客维度评价四项测量指标的Cronbach's α系数为0.752，大于0.7，表明测量指标具有较高的内部一致性，且删除任一指标都会降低Cronbach's α系数，因此，顾客维度评价量表保留现有的四项测量指标。

表5.18 效果评价量表的Cronbach's α

因素	Cronbach's α	题项	校正的项总计相关性	对应题项删除后的Cronbach's α
财务维度评价	0.897	电子商务增加了贸易机会(增加了销售额)	0.789	0.865
		电子商务增加了客户	0.778	0.868
		电子商务降低了交易成本	0.707	0.885
		电子商务提高了企业的知名度	0.767	0.870
		电子商务提升了企业的形象	0.695	0.886
顾客维度评价	0.752	电子商务改善了客户或贸易伙伴服务	0.568	0.682
		客户或贸易伙伴对电子商务支付方式满意程度	0.432	0.751
		客户或贸易伙伴对电子商务物流配送满意程度	0.575	0.679
		客户或贸易伙伴对网站信息内容满意程度(内容丰富全面、及时更新)	0.618	0.653
组织维度评价	0.914	电子商务提高了企业的信息化水平	0.837	0.869
		电子商务提高员工熟悉掌握IT技术的能力	0.834	0.871
		电子商务提高了员工的劳动生产率	0.812	0.890

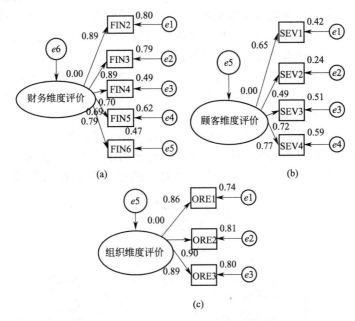

图 5.7　效果评价量表的测量模型

如图 5.7(b) 所示，各测量指标的标准化载荷系数分别为 0.65、0.49、0.72、0.77，除 SEV2 接近 0.5 外，其他均大于 0.5，表明顾客维度评价要素量表中测量指标的建构效度尚可。建构信度 $\rho_c = 0.7565 > 0.6$，但平均方差提取 $\rho_v = 0.4435 < 0.5$，不够理想。RMSEA < 0.08，$\chi^2/DF < 3$，其他拟合度指数均在 0.90 以上，合乎要求，表明整体拟合情况尚可。

5.6.4.3　组织维度评价量表的信度和效度分析

表 5.18 中数据显示组织维度评价三项测量指标的 Cronbach's α 系数为 0.914，大于 0.7，表明测量指标具有较高的内部一致性，且删除任一指标都会降低 Cronbach's α 系数，因此，实施适应性量表保留现有的三项测量指标。

如图 5.7(c) 所示，各测量指标的标准化载荷系数分别为 0.86、0.90、0.89，均大于 0.5，表明组织维度评价要素量表中测量指标的建构效度可以接受。建构信度 $\rho_c = 0.9143 > 0.6$，平均方差提取 $\rho_v = 0.7806 > 0.5$。拟合结果显示自由度为 0，为正好识别模型，所有参数只有唯一解，数据与模型间完美拟合。

5.7　数据的结构方程模式分析

5.7.1　成功实施因素的高阶验证性因子分析

在本书第 4 章中，将采纳-实施因素分为六个方面。经本章探索性因子分析后，采纳-实施因素调整为七个方面，因此相应的成功实施因素的概念模型也要做调整。根据第4章的概念模型及本章前面的因子调整，电子商务实施成功因素的概念模型有两种假设，第一种模型将因子调整为外界压力、支撑环境、管理者支持、组织保障、技术可行性、人员匹配和实施适用性7个因子，即将所有因素作为电子商务实施成功因素一级因子；第二种模型中电子商务实施成功因素包含环境因素、组织因素、技术因素三个二阶因子，其中二阶因子环境因素包含外界压力、支撑环境两个一阶因子，二阶因子组织因素包含管理者支持、组织保障、人员匹配三个一阶因子，二阶因子技术因素包含技术可行性、实施适用性两个一阶因子。针对上面所提出的两种假设模型，现分别作结构模型分析。

由图5.8表明，各一阶因子对二阶因子的标准化载荷系数分别为0.32、

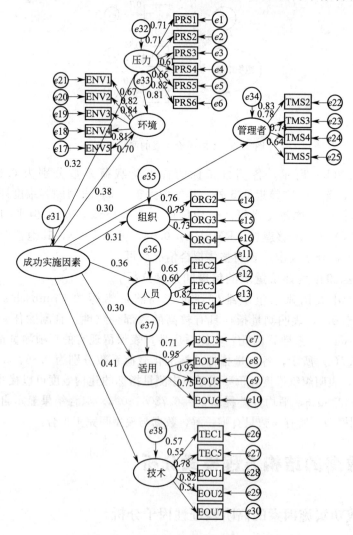

图5.8　电子商务成功实施因素结构方程模型

0.38、0.30、0.31、0.36、0.30、0.41，均不满足大于 0.5 的要求，表明该模型中二阶因子的建构效度较低。模型拟合度指标中 RMSEA＞0.08，χ^2/DF＞3，其他拟合度指数均在 0.90 以下，表明整体拟合情况很不理想。在 AMOS 结果报告中也显示相应的模型修正参数，但是显示需要修正的变量太多，且大都无实际意义，因此不接受该模型假设。

下面针对第二种假设模型，分别针对环境因素、组织因素、技术因素作结构模型分析。

5.7.1.1 针对环境因素的结构模型分析

在针对环境因素的结构方程模型分析过程中，初始模型无法识别。在 A-MOS 输出窗口的模型注解选项（Note for Model）指出，必须增加一个参数限制条件。在【Estimates】（估计值）选项输出窗口结果中，显示无法识别的路径系数是潜在变量支撑环境（F2）→潜在变量环境因素（F1），无法估计识别的方差是误差项 $e14$、$e15$、$e16$。只要将此路径系数设为 1 或三个误差项其中之一设为 1，模型即可识别。这里将路径系数设为 1 后，模型可以识别，但是可以识别的此模型拟合指标值不够理想，需要修正。在 AMOS 输出窗口的【Modification Indices】（修正指标选项）显示了修正指标的具体数据（设定最大修正门槛值为 10，即表示修正指标大于 10 的会出现在输出报表中）。根据显示，误差变量 $e5\sim e6$、$e3\sim e4$ 及 $e1\sim e2$ 等 8 组误差变量之间设定为有共变关系（彼此有相关），则整体适配度的卡方值会减少 200 以上。具体分析这些共变关系确实具有实际意义，如竞争对手正在实施电子商务的数量与其实施电子商务的成功程度是相关的，$e1$ 与 $e2$ 这两个误差变量之间确实存在共变关系，又如政府的支持与网络环境是相关的，$e8$ 与 $e11$ 这两个误差变量之间确实存在共变关系。这也同样可以解释其他各组误差变量之间的共变关系。在对模型进行修正之后，可得到图 5.9 所示结果。

由图 5.9 表明，各一阶因子对二阶因子的标准化载荷系数分别为 0.57、0.64，均大于 0.5，表明该模型中二阶因子的建构效度尚可。RMSEA＜0.08，χ^2/DF＜3，其他拟合度指数均在 0.90 以上，合乎要求，表明整体拟合情况尚可。

5.7.1.2 针对组织因素的结构模型分析

针对组织因素的结构方程模型分析过程中，同样遇到初始模型无法识别的情况，必须增加一个参数限制条件。这里将潜在变量人员匹配→潜在变量组织因素这条路径的系数设为 1 后，模型可以识别，但需要修正。根据输出窗口的【Modification Indices】中显示的修正指标的具体数据，选择其中具有实际意义的进行了部分修正，得到图 5.10 所示结果。

由图 5.10 表明，各一阶因子对二阶因子的标准化载荷系数分别为 0.93、0.85、0.75，均大于 0.5，表明该模型中二阶因子的建构效度非常理想。RM-SEA＜0.08，χ^2/DF＜3，其他拟合度指数均在 0.90 以上，合乎要求，表明整体拟合情况尚可。

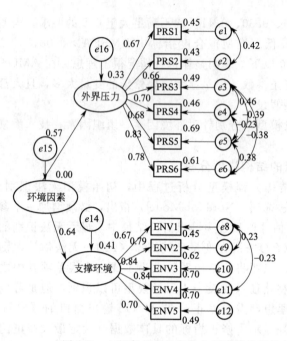

χ^2	21.051
χ^2/DF	1.053
GFI	0.924
RMSEA	0.078
NFI	0.976
CFI	0.928

图 5.9　电子商务成功实施之环境因素结构方程模型

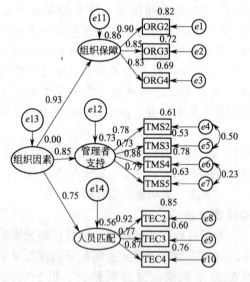

χ^2	58.720
χ^2/DF	1.957
GFI	0.990
RMSEA	0.059
NFI	0.946
CFI	0.972

图 5.10　电子商务成功实施之组织因素结构方程模型

5.7.1.3　针对技术因素的结构模型分析

在针对技术因素的结构方程模型分析过程中，同样需要根据模型注解选项，增加一个参数限制条件，以使得模型正确识别。这里将潜在变量实施适用性→潜在变量技术因素这条路径的系数设为 1 后，模型可以识别，但是可以识别的此模型拟合指标需要修正。根据输出窗口的【Modification Indices】中显示的修正指标的具体数据，选择其中具有实际意义的进行了部分修正，得到图 5.11 所示结果。

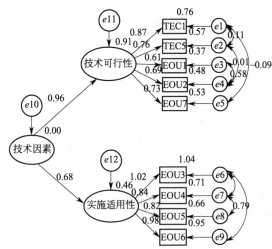

χ^2	5.493
χ^2/DF	2.747
GFI	0.990
RMSEA	0.079
NFI	0.979
CFI	0.986

图 5.11 电子商务成功实施之技术因素结构方程模型

由图 5.11 表明，各一阶因子对二阶因子的标准化载荷系数分别为 0.96、0.68，均大于 0.5，表明该模型中二阶因子的建构效度非常理想。RMSEA＜0.08，χ^2/DF＜3，其他拟合度指数均在 0.90 以上，合乎要求，表明整体拟合情况尚可。

5.7.2 效果评价因素的结构方程模型分析

根据第 4 章的概念模型及本章前几节的数据分析，得到效果评价因素量表由三个潜在变量组成，潜在变量财务维度评价有 5 个观察变量，潜在变量顾客维度评价有 4 个观察变量，潜在变量组织维度评价有 3 个观察变量，它们各自之间关系及因素载荷在上一节得到了验证。现运用 AMOS7.0 统计软件进行一阶因子分析，所得到的原始模型如图 5.12 所示。

表 5.19 是模型中协方差关系的拟合结果，可见除财务维度和组织维度之间存在弱相关关系外，财务维度与顾客维度之间、顾客维度与组织维度之间的相关关系并没有得到实际数据的支持。

表 5.19 潜在变量的协方差矩阵及相关系数

项目	Estimate	S. E.	C. R.	P	Label	项目	Estimate
F1←→F3	0.273	0.067	4.051	* * *	par_10	F1←→F3	0.278
F1←→F2	0.061	0.029	2.064	0.039	par_11	F1←→F2	0.151
F2←→F3	0.123	0.061	2.021	0.043	par_12	F2←→F3	0.147

表 5.20 为模型拟合指标，虽然卡方值较大，但是 χ^2/DF 满足小于 3 的基本要求，RMSEA 满足小于 0.08 的基本要求，其他合指标满足大于 0.9 的基本要

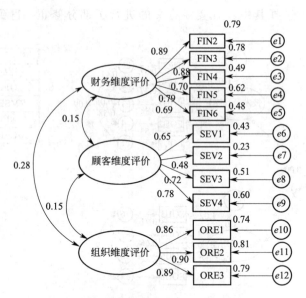

图 5.12　效果评价量表的测量模型

表 5.20　效果评价模型的拟合指标

χ^2	χ^2/DF	GFI	RMSEA	NFI	CFI
142.573	2.791	0.917	0.080	0.922	0.948

求，反映本模型拟合度尚可。尽管在模型修正结果中给出了一些措施，如添加 $e3$ 和 $e5$ 之间的协方差关系等，但其理论支持不充分，因此本模型不做修正。

根据本书的假设，作者将分析电子商务效果评价这个二阶潜变量与电子商务采纳决策和电子商务成功实施因素这两个二阶潜变量之间的关系，同时希望考查电子商务效果评价这个二阶潜变量与财务维度评价、顾客维度评价、组织维度评价这几个一阶潜变量之间的关系。因此，本书针对电子商务效果评价量表进行了高阶因子分析，如图 5.13 所示。

根据二阶因子分析的结果，可以看到二阶因子分析所得到的拟合指标数据与一阶因子相近，但是，二阶因子与一阶因子之间的关系较弱。

5.7.3　采纳决策的结构方程模型分析

在第 4 章中，将采纳-实施因素分为六个方面。经本章探索性因子分析后，采纳-实施因素调整为七个方面，因此相应的采纳决策的概念模型也要做调整。原假设中可感知易用性变量中的一部分题项单独成为变量——实施适用性，可感知易用性变量中的另一部分题项与技术因素变量中的题项调整为人员匹配、技术可行性两个变量。这里将实施适用性作为采纳决策的直接因素，而将人员匹配、技术可行性作为采纳决策的间接因素，从而得到以下概念模型（图 5.14）和研究假设。

研究假设如下：

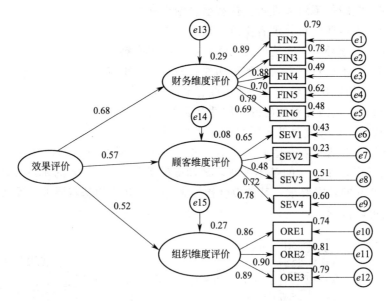

图 5.13　效果评价量表的高阶因子分析

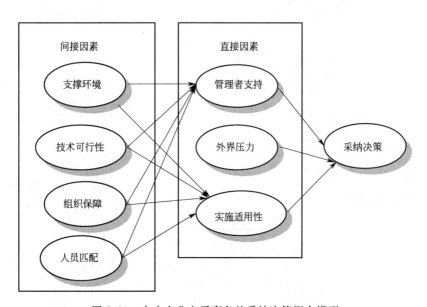

图 5.14　中小企业电子商务的采纳决策概念模型

H1-1　管理者支持对中小企业电子商务的采纳决策有显著的正影响；

H1-2　外界压力对中小企业电子商务的采纳决策有显著的正影响；

H1-3　实施的适用性对中小企业电子商务的采纳决策有显著的正影响；

H1-4　支撑环境对管理者支持有显著的正影响；

H1-5　技术可行性对管理者支持有显著的正影响；

H1-6　组织保障对管理者支持有显著的正影响；

H1-7　人员匹配对管理者支持有显著的正影响；

H1-8　支撑环境对实施的适用性有显著的正影响；

H1-9　技术可行性对实施的适用性有显著的正影响；

H1-10　组织保障对实施的适用性有显著的正影响；

H1-11　人员匹配对实施的适用性有显著的正影响；

H1-12　支撑环境对外界压力有显著的正影响。

电子商务采纳决策模型见图5.15，拟合指标数据见表5.21。从拟合数据来看，χ^2/DF满足小于3的基本要求，RMSEA满足大于0.08的基本要求，GFI接近大于0.9的基本要求，其他拟合指标满足大于0.9的基本要求，反映本模型拟合度尚可以接受。

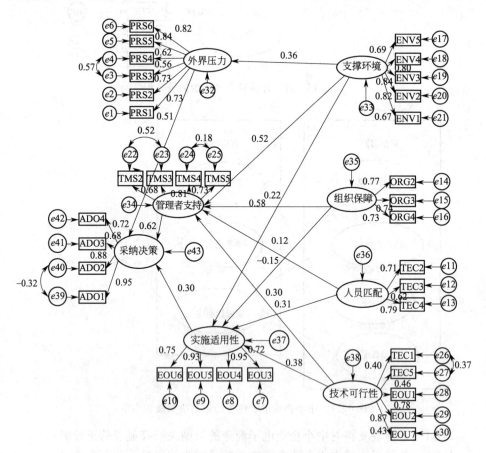

图 5.15　中小企业电子商务采纳决策结构方程模型

表 5.21　中小企业电子商务采纳决策模型的拟合指标

χ^2	χ^2/DF	GFI	RMSEA	NFI	CFI
189.515	1.893	0.887	0.085	0.916	0.932

各因子负荷的估计参数如表 5.22 所示，观测变量的标准化因子负荷值基本在 0.5 以上，所有因子负荷的 $P<0.001$，达到统计非常显著的水平。

表 5.22　电子商务采纳决策模型中各变量因子负荷表

因素	参数	标准化因子负荷值	P
外部压力	PRS1	0.82	＊＊＊
	PRS2	0.84	＊＊＊
	PRS3	0.62	＊＊＊
	PRS4	0.56	＊＊＊
	PRS5	0.73	＊＊＊
	PRS6	0.73	＊＊＊
支撑环境	ENV1	0.69	＊＊＊
	ENV2	0.80	＊＊＊
	ENV3	0.84	＊＊＊
	ENV4	0.82	＊＊＊
	ENV5	0.67	＊＊＊
管理者支持	TMS2	0.68	＊＊＊
	TMS3	0.60	＊＊＊
	TMS4	0.81	＊＊＊
	TMS5	0.73	＊＊＊
组织保障	ORG2	0.77	＊＊＊
	ORG3	0.74	＊＊＊
	ORG4	0.73	＊＊＊
技术可行性	TEC1	0.40	＊＊＊
	TEC5	0.46	＊＊＊
	EOU1	0.70	＊＊＊
	EOU2	0.87	＊＊＊
	EOU7	0.73	＊＊＊
人员匹配	TEC2	0.71	＊＊＊
	TEC3	0.62	＊＊＊
	TEC4	0.79	＊＊＊
实施适用性	EOU3	0.75	＊＊＊
	EOU4	0.93	＊＊＊
	EOU5	0.95	＊＊＊
	EOU6	0.72	＊＊＊
EC 采纳程度	ADO1	0.72	＊＊＊
	ADO2	0.68	＊＊＊
	ADO3	0.88	＊＊＊
	ADO4	0.95	＊＊＊

注：＊＊＊表示 $P<0.001$。

由表 5.23 可知，研究假设 H1-1、H1-2、H1-3、H1-4、H1-5、H1-6、H1-8、H1-9、H1-11、H1-12 通过检验，而 H1-7、H1-10 未通过检验。

表 5.23 电子商务采纳决策模型中路径分析

路　　径	路径负载值	P	解　释
管理者支持→采纳决策	0.62	＊＊	H1-1 支持
外界压力→采纳决策	0.51	＊＊＊	H1-2 支持
实施的适用性→采纳决策	0.30	＊＊＊	H1-3 支持
支撑环境→管理者支持	0.52	＊＊	H1-4 支持
技术可行性→管理者支持	0.30	＊＊＊	H1-5 支持
组织保障→管理者支持	0.58	＊＊＊	H1-6 支持
人员匹配→管理者支持	0.12	0.015	H1-7 不支持
支撑环境→对实施的适用性	0.22	＊＊＊	H1-8 支持
技术可行性→实施的适用性	0.38	＊＊＊	H1-9 支持
组织保障→实施的适用性	－0.12	0.021	H1-10 不支持
人员匹配→实施的适用性	0.31	＊＊＊	H1-11 支持
支撑环境→外界压力	0.36	＊＊＊	H1-12 支持

注：＊＊＊表示 $P<0.001$，＊＊表示 $P<0.005$。

5.7.4　采纳决策-效果评价关系的结构方程模型分析

根据第 4 章关于中小企业采纳决策与效果评价之间关系的概念模型和研究假设，现进行结构方程模型分析。由第 4 章可知，假设 H2 由 H2-1、H2-2、H2-3 三个假设组成，假设 H3 由 H3-1、H3-2、H3-3 三个假设组成，现对假设 H2-1、H2-2、H2-3、H3-1、H3-2、H3-3 进行检验。经过一定的模型修正，最后模型如图 5.16 所示，拟合指标数据见表 5.24。从拟合数据来看，χ^2/DF 满足小于 3 的基本要求，RMSEA 满足小于 0.08 的基本要求，其他拟合指标满足大于 0.9 的基本要求，反映本模型拟合度良好。各因子负荷的估计参数表 5.25。

表 5.24　中小企业电子商务采纳决策-效果评价模型的拟合指标

χ^2	χ^2/DF	GFI	RMSEA	NFI	CFI
138.810	1.461	0.942	0.041	0.994	0.980

由表 5.25 可知，观测变量的标准化因子负荷值基本在 0.5 以上，所有因子负荷的 $P<0.001$，达到统计非常显著的水平。

表 5.25　电子商务采纳决策-效果评价关系模型中各变量因子负荷表

因　　素	参数	标准化因子负荷值	P
采纳决策	ADO1	0.85	＊＊＊
	ADO2	0.78	＊＊＊
	ADO3	0.59	＊＊＊
	ADO4	0.64	＊＊＊
财务维度评价	FIN2	0.79	＊＊＊
	FIN3	0.81	＊＊＊
	FIN4	0.75	＊＊＊
	FIN5	0.85	＊＊＊
	FIN6	0.72	＊＊＊

续表

因　　素	参数	标准化因子负荷值	P
客户维度评价	SEV1	0.66	＊＊＊
	SEV2	0.49	＊＊＊
	SEV3	0.72	＊＊＊
	SEV4	0.79	＊＊＊
组织维度评价	ORE1	0.86	＊＊＊
	ORE2	0.90	＊＊＊
	ORE3	0.89	＊＊＊

注：＊＊＊表示 $P<0.001$。

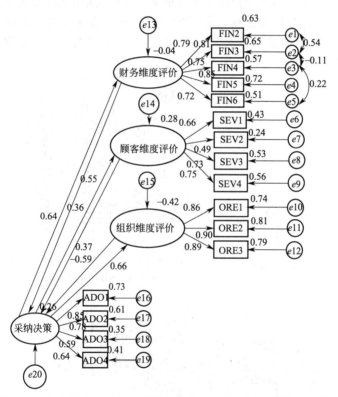

图 5.16　中小企业电子商务采纳决策-效果评价关系的结构方程模型

表 5.26　电子商务采纳决策-效果评价模型中的路径分析

路径	路径负载值	P	解释
采纳决策→财务维度效果评价	0.64	＊＊	H2-1 支持
采纳决策→客户维度效果评价	0.36	＊＊＊	H2-2 支持
采纳决策→组织维度效果评价	0.66	＊＊	H2-3 支持
财务维度效果评价→采纳决策	0.55	＊＊＊	H3-1 支持
客户维度效果评价→采纳决策	0.37	＊＊＊	H3-2 支持
组织维度效果评价→采纳决策	－0.59	0.835	H3-3 不支持

注：＊＊＊表示 $P<0.001$，＊＊表示 $P<0.005$。

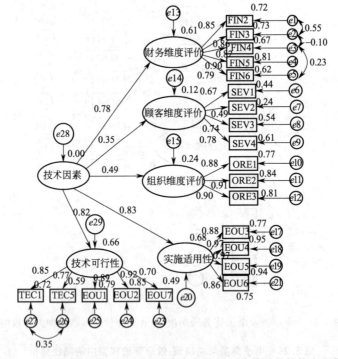

由表 5.26 可知，研究假设 H2-1、H2-2、H2-3、H3-1、H3-2 通过检验，而 H3-3 未通过检验。

5.7.5　成功实施因素-效果评价关系的结构方程模型分析

根据第 4 章关于中小企业成功实施因素与效果评价之间关系的概念模型和研究假设，现进行以下结构方程模型分析。由第 4 章可知，假设 H4 由 H4-1、H4-2、H4-3 三个假设组成，假设 H5 由 H5-1、H5-2、H5-3 三个假设组成，现对 H4-1、H4-2、H4-3、H5-1、H5-2、H5-3 进行检验。

（1）技术因素与中小企业电子商务的效果评价关系的结构方程模型。经过一定的模型修正，结果模型见图 5.17，拟合指标数据见表 5.27。从拟合数据来看，χ^2/DF 满足小于 3 的基本要求，RMSEA 为 0.08，其他拟合指标基本满足大于 0.9 的基本要求，本模型拟合度尚可。

图 5.17　技术因素与中小企业电子商务的效果评价关系的结构方程模型

表 5.27　技术因素与中小企业电子商务的效果评价关系模型的拟合指标

χ^2	χ^2/DF	GFI	RMSEA	NFI	CFI
487.940	2.230	0.934	0.080	0.923	0.911

该模型中，技术可行性、实施适用性、财务维度评价、客户维度评价、组织维度评价这五个观测变量的一阶标准化因子负荷值均在 0.5 以上，观测变量技术因素的二阶标准化因子值分别为 0.82、0.83，所有因子负荷的 $P<0.001$，达到

了统计非常显著的水平。

由表 5.28 可知,研究假设 H4-1、H4-2、H4-3 均通过检验。

表 5.28　技术因素与效果评价关系模型中的路径分析

路径	路径负载值	P	解释
技术因素→财务维度效果评价	0.78	＊＊＊	H4-1 支持
技术因素→客户维度效果评价	0.35	＊＊	H4-2 支持
技术因素→组织维度效果评价	0.49	＊＊＊	H4-3 支持

注:＊＊＊表示 P＜0.001,＊＊表示 P＜0.005。

(2) 组织因素与中小企业电子商务的效果评价关系的结构方程模型。经过一定的模型修正,结果模型如图 5.18 所示,拟合指标数据见表 5.29。

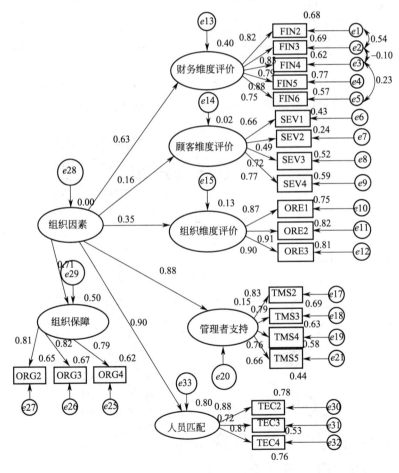

图 5.18　组织因素与中小企业电子商务的效果评价关系的结构方程模型

由图 5.18 所示,该模型中组织保障、人员匹配、经理支持、财务维度评价、客户维度评价、组织维度评价这六个观测变量的一阶标准化因子负荷值基本在

0.5 以上，观测变量组织因素的二阶标准化因子值分别为 0.71、0.90、0.88，所有因子负荷的 $P<0.001$，达到统计非常显著的水平。

表 5.29　组织因素与中小企业电子商务的效果评价关系模型的拟合指标

χ^2	χ^2/DF	GFI	RMSEA	NFI	CFI
441.918	2.178	0.929	0.078	0.897	0.950

从拟合数据来看，χ^2/DF 满足小于 3 的基本要求，RMSEA 满足小于 0.08 的基本要求，其他拟合指标基本满足大于 0.9 的要求，反映本模型拟合度尚可。

由表 5.30 可知，研究假设 H5-1、H5-2、H5-3 均通过检验。

表 5.30　组织因素与效果评价关系模型中的路径分析

路　　径	路径负载值	P	解释
组织因素→财务维度效果评价	0.63	＊＊＊	H5-1 支持
组织因素→客户维度效果评价	0.16	＊＊＊	H5-2 支持
组织因素→组织维度效果评价	0.35	＊＊	H5-3 支持

注：＊＊＊表示 $P<0.001$，＊＊表示 $P<0.005$。

（3）环境因素与中小企业电子商务的效果评价关系的结构方程模型。经过一定的模型修正，结果模型如图 5.19 所示，拟合指标数据见表 5.31。从拟合数据

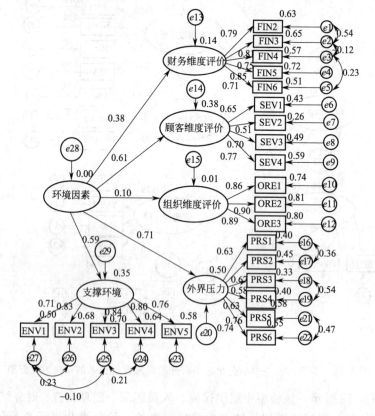

图 5.19　环境因素与中小企业电子商务的效果评价关系的结构方程模型

来看，χ^2/DF 满足小于 3 的基本要求，RMSEA 满足小于 0.08 的基本要求，其他拟合指标满足大于 0.9 的基本要求，反映本模型拟合度良好。

表 5.31　环境因素与中小企业电子商务的效果评价关系模型的拟合指标

χ^2	χ^2/DF	GFI	RMSEA	NFI	CFI
477.791	2.202	0.968	0.066	0.977	0.928

由图 5.19 所示，该模型中支撑环境、外界压力、财务维度评价、客户维度评价、组织维度评价这五个观测变量的一阶标准化因子负荷值均在 0.5 以上，二阶观测变量环境因素的二阶标准化因子负荷值分别为 0.59、0.71，所有因子负荷的 $P<0.001$，达到统计非常显著的水平。

由表 5.32 可知，研究假设 H6-1、H6-2 通过检验，而 H6-3 未通过检验。

表 5.32　环境因素与效果评价关系模型中的路径分析

路径	路径负载值	P	解释
环境因素→财务维度效果评价	0.38	＊＊＊	H6-1 支持
环境因素→客户维度效果评价	0.61	＊＊＊	H6-2 支持
环境因素→组织维度效果评价	0.10	0.235	H6-3 不支持

注：＊＊＊表示 $P<0.001$。

5.8　结果与讨论

第 4 章提出了中小企业电子商务采纳决策-成功实施-效果评价的影响因素理论模型，并提出了相关假设，在本章中通过实证分析，对模型中相关变量的假设关系进行了验证。结果表明大部分假设获得了通过，对此本节将分析其带给我们的启示；而也有少部分假设未获得通过，对此本节将分析其原因，并总结我国中小企业电子商务发展所存在的问题。

5.8.1　因子结构

（1）采纳-实施因素。经探索性因子分析，本章确定了七个中小企业电子商务关键采纳-实施要素，其中外界压力要素有六个观察变量，支撑环境要素有五个观察变量，管理者支持要素有四个观察变量，组织保障要素有三个观察变量，人员匹配要素有三个观察变量，技术可行性要素有五个观察变量，实施适用性要素有四个观察变量。

（2）采纳程度变量。本章确定采纳程度变量有四个观察变量。

（3）成功实施的二阶因素。本章将成功实施分为环境因素、组织因素、技术因素三个二阶因子，其中环境因素分为外界压力和支撑环境两个一阶因子，组织因素分为组织保障、管理者支持和人员匹配三个一阶因子，技术因素分为技术可行性和实施适用性两个一阶因子。

（4）效果评价因素。经探索性因子分析，本章确定了三个中小企业电子商务效果评价要素，其中财务维度评价有五个观察变量，客户维度评价有四个观察变量，组织维度评价有三个观察变量。

由验证性因子分析，验证了以上因子结构的合理性，同时，相应量表均具有较好的内部一致性信度和良好的建构效度，且相应测量变量均具有较好的组合信度。

5.8.2 结果分析

模型涉及的各种关系的假设检验结果如表 5.33 所示。

表 5.33 模型涉及的各种关系的假设检验结果

模型	假　　设	验证结果
中小企业电子商务采纳决策模型	H1-1 管理者支持对中小企业电子商务的采纳决策有显著的正相关	支持
	H1-2 外界压力对中小企业电子商务的采纳决策有显著的正相关	支持
	H1-3 实施的适用性对中小企业电子商务的采纳决策有显著的正相关	支持
	H1-4 支撑环境对管理者支持有显著的正相关	支持
	H1-5 技术可行性对管理者支持有显著的正相关	支持
	H1-6 组织保障对管理者支持有显著的正相关	支持
	H1-7 人员匹配对管理者支持有显著的正相关	不支持
	H1-8 技术可行性对实施的适用性有显著的正相关	支持
	H1-9 支撑环境对实施的适用性有显著的正相关	支持
	H1-10 组织保障对实施的适用性有显著的正相关	不支持
	H1-11 人员匹配对实施的适用性有显著的正相关	支持
	H1-12 支撑环境对外界压力有显著的正相关	支持
中小企业电子商务采纳决策-效果评价模型	H2-1 电子商务采纳程度对其财务维度的效果评价有显著的正相关	支持
	H2-2 电子商务采纳程度对其客户维度的效果评价有显著的正相关	支持
	H2-3 电子商务采纳程度对其组织维度的效果评价有显著的正相关	支持
	H3-1 电子商务财务维度效果评价对电子商务采纳程度有显著的正相关	支持
	H3-2 电子商务客户维度效果评价对电子商务采纳程度有显著的正相关	支持
	H3-3 电子商务组织维度效果评价对电子商务采纳程度有显著的正相关	不支持
中小企业电子商务成功实施因素-效果评价模型	H4-1 技术因素对电子商务财务维度效果评价有显著的正相关	支持
	H4-2 技术因素对电子商务客户维度效果评价有显著的正相关	支持
	H4-3 技术因素对电子商务组织维度效果评价有显著的正相关	支持
	H5-1 组织因素对电子商务财务维度效果评价有显著的正相关	支持
	H5-2 组织因素对电子商务客户维度效果评价有显著的正相关	支持
	H5-3 组织因素对电子商务组织维度效果评价有显著的正相关	支持
	H6-1 环境因素对电子商务财务维度效果评价有显著的正相关	支持
	H6-2 环境因素对电子商务客户维度效果评价有显著的正相关	支持
	H6-3 环境因素对电子商务组织维度效果评价有显著的正相关	不支持

5.8.2.1 中小企业电子商务采纳决策模型的假设检验结果分析

H1-1 讨论的是管理者支持与采纳决策的相关关系，结果表明管理者支持对中小企业电子商务的采纳决策有显著的正相关。理性行为理论、技术接受模型、计划行为理论均强调了个人对某种行为的态度和评价对其行为意图有显著影响，相关文献也表明在中小企业电子商务采纳决策过程中，经理的支持起到重要的作用。

H1-2 讨论的是外界压力与采纳决策的相关关系，结果表明外界压力对中小企业电子商务的采纳决策有显著的正相关。理性行为理论、计划行为理论、技术扩散理论认为，社会环境压力对行为意图有显著影响。相关文献和当前现状也同时表明，近几年来电子商务得到了越来越广泛的应用，相关支撑环境也越来越完善，这给中小企业发展电子商务带来了驱动力。

H1-3 讨论的是实施的适用性与采纳决策的相关关系，结果表明实施的适用性对中小企业电子商务的采纳决策有显著的正相关。在相关理论和文献中，大都强调可感知的易用性对电子商务的采纳决策的作用。虽然实施的适用性也是可感知的易用性的一种方式，但是本文经过探索性因子分析，将实施的适用性独立出来。分析其原因，是与中小企业的特征有关。中小企业不会单单因为外界压力的影响就采纳电子商务，如果实施的适用性不强，对于中小企业而言就要投入更大的成本（包括人力、财力），而且其效益也会大受影响。因此中小企业在电子商务采纳决策时会考虑本行业、本企业的产品，本地区是否适合实施电子商务，与行业相关的平台是否成熟这些因素。

H1-4～H1-7 讨论的是技术可行性、组织保障、人员匹配、支撑环境分别与管理者支持的相关关系，结果显示 H1-7 未通过检验，而 H1-4、H1-5、H1-6 通过检验，即支撑环境、技术可行性和组织保障对管理者支持有显著的正相关，而人员匹配对管理者支持没有显著的正相关。这个结果反映出中小企业管理者普遍关心发展电子商务的外部大环境，普遍认为电子商务的技术含量较高，而且要求组织具备一定的资金实力和认知度，但是中小企业管理者并未认识到自身人员的技术力量需要与之相匹配，不够重视企业内部电子商务人才的引进和培养。

H1-8～H1-11 讨论的是技术可行性、组织保障、人员匹配、支撑环境分别与实施的适用性的相关关系，结果显示 H1-8、H1-9、H1-11 通过检验，H1-10 未通过检验，即技术可行性、支撑环境、人员匹配对实施的适用性有显著的正相关，而组织保障对实施的适用性没有显著的正相关。技术可行性、支撑环境、人员匹配可以影响企业电子商务实施的适用性，这与相关理论和实际状况是相符合的，但组织保障对实施的适用性没有显著的正相关，这一结论与相关学者的研究结论是不一致的。结合变量设计，反映出实施的适用性是指本行业、本地区、本产品是否适合发展电子商务，这与企业的客观性质有关。比如，偏远山区缺乏网络基础，就不适合发展电子商务，有些产品也不具备发展电子商务的条件等。而本文所设置的组织保障变量，反映的是企业的财力、电子商务规划及对电子商务的认可。其中后两项是可以随着主观意识的改变而变化的，与企业的客观性质无关。企业的财力对实施的适用性也没有显著的影响，反映出即便中小企业在电子商务上的财力投入有限，只要其企业性质适合发展电子商务，也同样可以选择第三方平台等模式用较低的投入成本来发展电子商务。

H1-12 通过检验，即支撑环境对外界压力有显著的正相关。该结果反映大环境对中小企业电子商务发展的影响，如果国家提供了较为理想的支撑环境，整个中小企业界就会普遍增加发展电子商务的信心和动力，发展电子商务的趋势就越来越快，使没有采纳电子商务的企业产生压力。

5.8.2.2 中小企业电子商务采纳决策-效果评价模型的假设检验结果分析

假设 H2-1～H2-3 反映了中小企业电子商务采纳程度对其电子商务效果评价的影响，三条假设均检验通过。

假设 H2-1 讨论的电子商务采纳对财务维度效果评价的影响，结果显示电子商务采纳对财务维度的效果评价有显著的正相关。这个结果反映出大多数中小企业对电子商务的认同，电子商务的采纳程度高，所带来的收益也会随之提高。当然这个收益不仅仅是增加销售额、减少成本这些直接的收益，还包括提高知名度、提升企业形象这些间接收益。

假设 H2-2 讨论的电子商务采纳对客户维度效果评价的影响，结果显示电子商务采纳对客户维度的效果评价有显著的正相关。这个结果反映出电子商务确实可以带动企业客户满意度的提高。

假设 H2-3 讨论的电子商务采纳对组织效果评价的影响，结果显示电子商务采纳对组织维度的效果评价有显著的正相关。这个结果反映出企业电子商务采纳程度高，对企业内部的组织管理水平及员工的 IT 能力会有很大的提高。

假设 H3-1～H3-3 反映了中小企业电子商务效果评价对其电子商务采纳程度的影响，三条假设中前两条检验通过、后一条未通过。

假设 H3-1 讨论的电子商务财务维度效果评价对其电子商务采纳的影响，结果显示电子商务财务维度效果评价对电子商务的采纳程度有显著的正相关。中小企业非常看重电子商务是否会对企业带来直接的或间接的收益，这也会很大程度上影响到企业会不会提高其电子商务的采纳程度。如果收益明显，则加大支持力度，加大投资；如果收益不佳，则很可能会缩小电子商务的投资规模和应用范围。

假设 H3-2 讨论的电子商务客户维度效果评价对其电子商务采纳的影响，结果显示电子商务客户维度效果评价对电子商务的采纳程度有显著的正相关。中小企业同样重视电子商务在客户维度方面的效果，这也会影响到企业发展电子商务的采纳程度。但是从因子负载值（0.37）上来看，影响程度没有财务维度的大（0.55）。

假设 H3-3 讨论的电子商务组织维度效果评价对其电子商务采纳的影响，结果显示电子商务组织维度效果评价对电子商务的采纳程度没有显著的正相关。电子商务虽然会使企业的组织管理水平得到提高，但是这种效果不一定非常显著，而且对中小企业来说，这并不是吸引企业发展电子商务的原因。

5.8.2.3 中小企业电子商务成功实施因素-效果评价模型的假设检验结果分析

假设 H4-1～H4-3 均检验通过，反映技术因素对电子商务财务维度效果评价、客户维度效果评价及组织维度效果评价均有显著的正相关；H5-1～H5-3 均检验通过，反映组织因素对电子商务财务维度效果评价、客户维度效果评价及组织维度效果评价均有显著的正相关；H6-1～H6-3 中两条检验通过，一条未通过检验，反映环境因素对电子商务财务维度效果评价、客户维度效果评价有显著的正相关，而环境因素对电子商务组织维度效果评价没有显著的正相关。

H4-1、H5-1、H6-1 均通过假设检验，说明要保证电子商务给广大中小企业带来实际收益，技术因素、组织因素、环境因素缺一不可。这个结论完全符合技术扩散理论和国内学者的研究成果。但是从因子负载值上来看，技术因素的影响要大于组织因素和环境因素。分析其原因，是因为本研究的技术因素这个变量，不仅仅是指单纯的技术方面的可行性，还包含了实施的适用性。因此中小企业发展电子商务的效果，在技术层面不仅仅包括技术基础等，还与其是否适合发展电子商务是有关的。并不是说单单技术方面做得到位，其电子商务的收益就会很大，而是要与其自身的特点相关，选择适合其自身特点的技术。

H4-2、H5-2、H6-2 均通过假设检验，说明要保证电子商务提高中小企业客户的满意度，技术因素、组织因素、环境因素同样缺一不可。但是从因子负载值上来看，这里环境因素的影响要大于组织因素和技术因素，反映出电子商务外部发展环境的改善（如信用体系、法律健全等），直接受益的是广大客户。

H4-3、H5-3 均通过假设检验，H6-3 未通过检验。反映出技术因素、组织因素可以直接影响企业自身的组织能力和管理水平，而电子商务外部发展环境的改善，并不能直接影响到企业自身的组织能力和管理水平。电子商务外部发展环境的改善，可以通过企业效益的提高和满意度的提高，间接影响到企业自身的组织能力和管理水平。

综上所述，技术因素、组织因素、环境因素三者均是中小企业电子商务成功实施的重要因素。环境因素实际上反映了政府层面所需要的对策措施，组织因素反映了企业层面所需要的对策措施，技术因素则是技术层面所需要的对策措施。本书第 7 章将分别从政府层面、企业层面及技术层面来阐述中小企业发展电子商务的对策。

5.8.3　实证研究结论总结

本章在对第 4 章概念模型进行验证的基础上，实证分析了各类因素对中小企业电子商务的采纳-实施-评价所带来的影响。研究发现如下。

① 外界压力、管理者支持、实施适用性对中小企业电子商务的采纳决策具有直接影响，而人员匹配、技术可行性、支撑环境、组织保障对其电子商务的采纳决策具有间接作用。

② 衡量中小企业实施电子商务的效果和水平包括对企业的直接与间接的收益、客户满意度水平及对组织内部的影响三个方面。

③ 中小企业电子商务要获得较理想的效果，环境因素、组织因素、技术因

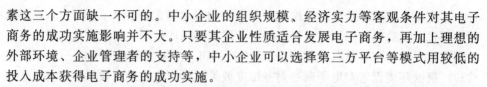

素这三个方面缺一不可的。中小企业的组织规模、经济实力等客观条件对其电子商务的成功实施影响并不大。只要其企业性质适合发展电子商务，再加上理想的外部环境、企业管理者的支持等，中小企业可以选择第三方平台等模式用较低的投入成本获得电子商务的成功实施。

④ 中小企业电子商务采纳程度对其电子商务效果评价具有显著的影响。电子商务的采纳程度高，所带来的收益也会随之提高，并可以带动企业客户满意度的提高，对企业内部的组织管理水平等也会有一定的促进作用。而中小企业电子商务效果评价对其电子商务采纳程度还具有反作用，主要表现在中小企业非常看重电子商务是否会对企业带来直接的或间接的收益，这也会很大程度上影响到企业会不会提高其电子商务的采纳程度。

第 6 章

中小企业电子商务采纳决策及效果评价方法研究

第 5 章经实证分析提出了中小企业电子商务采纳决策因素和效果评价因素，本章所解决的问题是对于中小企业而言如何进行电子商务采纳决策及效果评价，即在第 5 章的基础上提出具体的采纳决策方法和效果评价方法。

6.1　中小企业电子商务效果评价方法研究

本节在前面章节的基础上，构建中小企业电子商务效果评价指标体系，确定其指标权重，并在层次分析法的基础上通过熵权加以修正；然后针对单企业电子商务效果评价及多企业电子商务效果评价两种要求，分别提出灰色关联度分析及综合模糊评判这两种不同的评价方法，分别对单企业及多企业的电子商务实施效果进行评价。本节一方面拓展了灰色关联度分析、综合模糊评判方法的应用领域，另一方面为中小企业提供了具体的、切实可行的电子商务效果评价方法的指导。

6.1.1　中小企业电子商务效果评价指标体系

6.1.1.1　指标体系的确定

第 4 章借鉴部分学者的研究思路，基于平衡积分卡（BSC）原理，提出了我国中小企业电子商务的效果评价因素，主要分为三个维度：财务维度、客户维度和组织维度，即从社会经济效益（财务维度）、客户满意度（客户维度）和对组织的影响（组织维度）来对中小企业电子商务的效果进行评价。在第 5 章中，对每个维度设置了相应的观察变量，并运用探索性因子分析对各个维度的变量进行了修正，运用结构方程模型通过了一阶和二阶验证性因子分析，验证了各个维度内部的组合效度。由此最终确定中小企业电子商务效果评价指标体系可分为三个一级指标。

（1）财务维度效果评价指标。该指标反映出企业电子商务给企业带来的直接或间接的经济效益和社会效益，由以下五个二级指标组成：电子商务引起贸易机会与销售额的增加程度、电子商务引起客户增加程度、电子商务引起交易成本降低程度、电子商务带来企业的知名度提高程度、电子商务带来企业的形象提升程度。

（2）客户维度效果评价指标。该指标反映出企业实施电子商务所带来的客户满意度，由以下四个二级指标组成：电子商务促使客户或贸易伙伴服务改善状况、客户或贸易伙伴对电子商务支付方式满意程度、客户或贸易伙伴对电子商务物流配送满意程度、客户或贸易伙伴对网站信息内容（内容丰富全面、及时更新）满意程度。

（3）组织维度效果评价指标。该指标反映出企业实施电子商务所带来的企业内部的影响，由三个二级指标组成：电子商务促使企业信息化水平提高的情况、电子商务促使员工熟悉掌握 IT 技术的情况、电子商务促使员工劳动生产率提高的情况。

6.1.1.2　指标权重的确定

下面采用将因子载荷系数与 AHP 相结合的方法来确定指标权重。

AHP（Analytic Hierarchy Process）构权法是利用运筹学的层次分析法的原理，确定统计综合评价中各评价指标（或项目）的相对重要性系数。运用层次分析法进行构权，基本思路是：将复杂的评价对象表示为一个有序的递阶层次结构的整体，通过人们在各个评价项目间进行两两的比较、判断，进而计算各个评价项目的相对重要性系数，即权数。AHP 构权法的关键是建立一个构造合理且一致的判断矩阵，这里运用常用的 T. L. Saaty1～9 比例标度法来进行指标重要性的量化[171]。

通常通过专家对 N 个评价指标的评判，进行两两比较，其初始权数形成判断矩阵。但是这种方法主观性太强，不足以反映实际指标重要性情况。第 5 章结构方程模型分析中得到了各个因子的标准化载荷系数，将各个评价项目内各因子标准化载荷系数的最高值和最低值的差值分为 8 个区间，分别与 1～9 标度值相对应。以此为标准，根据两个因子标准化载荷系数的差值来构建判断矩阵。

判断矩阵构建完成后，用下列步骤获得指标权重：

第一步，计算判断矩阵 A 每一行各标度连乘积的 N 次方根 W_i；

第二步，进行归一化处理，即利用公式

$$W_i = W_i \Big/ \sum_{i=1}^{n} W_i \tag{6.1}$$

计算，确定各个评价指标的权数；

第三步，求矩阵的最大特征根，并对判断矩阵的一致性进行检验。

以财务维度的判断矩阵构建过程为例。五个二级指标的标准化载荷系数分别为 0.89、0.88、0.70、0.79、0.69，最高为 0.89，最低为 0.69，将二者差值 0.2 划分为 8 个区间，分别与 1～9 标度值对应，得到表 6.1。

对应表 6.1，根据各指标的标准化载荷系数两两间的差值，得到判断矩阵及对应二级指标的权重（见表 6.2）。

所有判断矩阵均通过一致性检验。

表 6.1　财务维度的标度值对应表

标准化载荷系数差值	标度	标准化载荷系数差值	标度
0	1	0.1～0.125	6
0～0.025	2	0.125～0.15	7
0.025～0.05	3	0.15～0.175	8
0.05～0.075	4	0.175～0.2	9
0.075～0.1	5		

表 6.2　财务维度的判断矩阵

变量	Fin2	Fin3	Fin4	Fin5	Fin6	运 算 结 果
Fin2	1	2	9	5	9	$\lambda_1=(0.459,0.348,0.042,0.120,0.032)$,
Fin3		1	9	5	9	$\lambda_{max}=5.287, CI=0.072$,
Fin4			1	1/5	1/2	$RI=1.120, CR=0.064<0.10000$
Fin5				1	5	
Fin6					1	

注：λ_1 是财务维度下各二级指标相对于一级指标的权重向量。

　　运用同样方法，客户维度四个二级指标的标准化载荷系数分别为 0.65、0.48、0.72、0.78，最高为 0.78，最低为 0.48，将二者差值 0.3 划分为 8 个区间，分别与 1～9 标度值对应。根据各指标的标准化载荷系数两两间的差值，得到客户维度判断矩阵及对应二级指标的权重（见表 6.3）。

表 6.3　客户维度的判断矩阵

变量	Sev1	Sev 2	Sev 3	Sev 4	运 算 结 果
Sev 1	1	6	1/3	1/5	$\lambda_2=(0.130,0.036,0.275,0.558)$,
Sev 2		1	1/8	1/9	$\lambda_{max}=4.217, CI=0.072$,
Sev 3			1	1/3	$RI=0.90, CR=0.080<0.10000$
Sev 4				1	

注：λ_2 是客户维度下各二级指标相对于一级指标的权重向量。

　　运用同样方法，组织维度三个二级指标的标准化载荷系数分别为 0.86、0.90、0.89，最高为 0.90，最低为 0.86，将二者差值 0.04 划分为 8 个区间，分别与 1～9 标度值对应。根据各指标的标准化载荷系数两两间的差值，得到组织维度判断矩阵及对应二级指标的权重（见表 6.4）。

表 6.4　组织维度的判断矩阵

变量	Ore1	Ore 2	Ore 3	运 算 结 果
Ore 1	1	1/9	1/7	$\lambda_3=(0.055,0.655,0.290)$,
Ore 2		1	3	$\lambda_{max}=3.080, CI=0.040$,
Ore 3			1	$RI=0.580, CR=0.069<0.10000$

注：λ_3 是组织维度下各二级指标相对于一级指标的权重向量。

　　运用同样方法，中小企业电子商务效果评价三个一级指标的标准化载荷系数分别为 0.68、0.57、0.52，最高为 0.68，最低位 0.52，将二者差值 0.16 划分为 8 个区间，分别与 1～9 标度值对应。根据各指标的标准化载荷系数两两间的差值，得到中小企业电子商务效果评价判断矩阵及对应二级指标的权重（见表 6.5）。

中
小
企
业
电
子
商
务
采
纳
实
施
评
价
影
响
因
素
及
方
法
研
究

表 6.5　中小企业电子商务效果评价一级指标的判断矩阵

因素	财务维度	客户维度	组织维度	运 算 结 果
财务维度	1	7	9	$\lambda=(0.785,0.149,0.066)$,
客户维度		1	3	$\lambda_{\max}=3.080$, $CI=0.040, RI=0.580$,
组织维度			1	$CR=0.069<0.10000$

注：λ 是各一级指标的权重向量。

最后，可以得到各二级指标的总权重：$\lambda=(0.360, 0.273, 0.025, 0.094,$
$0.033, 0.019, 0.005, 0.041, 0.083, 0.004, 0.043, 0.019)$。

综上所述，可得到中小企业电子商务效果评价指标体系（表6.6）。

表 6.6　中小企业电子商务效果评价指标体系

目标指标	一级指标及权重	二级指标及权重
中小企业电子商务效果评价	收益（财务维度）0.785	电子商务增加了贸易机会(增加了销售额)0.459
		电子商务增加了客户 0.348
		电子商务降低了交易成本 0.042
		电子商务提高了企业的知名度 0.120
		电子商务提升了企业的形象 0.032
	客户满意度（客户维度）0.149	电子商务改善了客户或贸易伙伴服务 0.130
		客户或贸易伙伴对电子商务支付方式满意程度 0.036
		客户或贸易伙伴对电子商务物流配送满意程度 0.275
		客户或贸易伙伴对网站信息内容满意程度(内容丰富全面、及时更新)0.558
	组织维度 0.066	电子商务提高了企业的信息化水平 0.055
		电子商务提高员工熟悉掌握 IT 技术的能力 0.655
		电子商务提高了员工的劳动生产率 0.290

6.1.2　基于综合模糊评价的单企业电子商务效果评价方法

　　本节研究如何评价单个中小企业的电子商务实施效果，其目的是分析企业当前电子商务实施的优劣状况，为下阶段电子商务实施对策提供参考依据。

　　上节所构建的中小企业电子商务效果评估的大多数指标具有模糊性，因此这里运用综合模糊评判的方法对单个中小企业电子商务实施效果进行评价。模糊综合评判方法是以模糊数学为基础，应用模糊关系合成的原理，将一些边界不清，不易定量的因素定量化，对问题进行综合评价的一种方法[172]。在中小企业电子商务实施效果评估过程中，由于对各驱动因子隶属于各个评价等级的问题往往是不确定的，具有模糊分类的特征，因此较适合于采用模糊综合评判的方法解决此类问题。

6.1.2.1 综合模糊评价步骤

综合模糊评价的步骤如下。

第一步，建立因素集和评判集。所建立的因素集分为两个层次，第一层次因素 $U=\{U_1, U_2, U_3\}$；第二层次因素 $U_1=\{U_{11}, U_{12}, U_{13}, U_{14}, U_{15}\}$，$U_2=\{U_{21}, U_{22}, U_{23}, U_{24}\}$，$U_3=\{U_{31}, U_{32}, U_{33}\}$。评判集是表示评价目标优劣程度的集合，用 $V=\{V_1, V_2, V_3, V_4\}$ 表示，分别对应于优、良、中、差四个级别。

第二步，计算隶属度。隶属度由相关代表对各个二级指标进行评价，将各个指标 W_{ij} 被评为评价等级 k 的人数除以代表总人数的比值，即为该指标的隶属度 r_{ikj}。其中财务维度评价及组织维度评价的代表由企业管理者及相关部门主管组成，而客户维度评价的代表除企业管理者、相关部门主管外，还要邀请部分客户代表。

第三步，创建模糊评判矩阵。模糊评判矩阵由隶属度组成，针对这里评判等级数为 4 的情况，评判矩阵为：

$$\boldsymbol{R}_i=\begin{bmatrix}\boldsymbol{R}_{i1}\\\boldsymbol{R}_{i2}\\\cdots\\\boldsymbol{R}_{in}\end{bmatrix}=\begin{bmatrix}r_{i11} & r_{i12} & r_{i13} & r_{i14}\\r_{i21} & r_{i22} & r_{i23} & r_{i24}\\\cdots & \cdots & r_{ikj} & \cdots\\r_{in1} & r_{in2} & r_{in3} & r_{in4}\end{bmatrix}$$

其中，$0 \leqslant r_{ikj} \leqslant 1$；$1 \leqslant i \leqslant m$，$m$ 为一级指标个数；$1 \leqslant k \leqslant n$，$n$ 为第 i 个一级指标下二级指标个数；$j=1$、2、3、4，对应四个评判等级。如 r_{222} 表示第二个一级指标下第二个二级指标被评为良的人数/代表总人数。

第四步，一级模糊综合评判。计算单因素评价向量公式为：

$$\boldsymbol{Z}_i=\lambda_i \times \boldsymbol{R}_i \quad (i=1, \cdots, m, \ m \text{ 为一级指标个数}) \tag{6.2}$$

其中 λ_i 为第 i 个一级指标中各个二级指标因素的权重，$\boldsymbol{R}_i$ 为上一步所得到的第 i 个一级指标的模糊评判矩阵，$\boldsymbol{Z}_i$ 为单因素评价向量。

第五步，二级综合模糊评判。通过矩阵的复合运算公式：

$$\boldsymbol{Z}=\lambda \times \boldsymbol{R} \tag{6.3}$$

得到最终评价向量，其中 λ 为各个一级指标因素的权重，$\boldsymbol{R}$ 即为上述一级模糊综合评判向量 $\boldsymbol{Z}_i$，$\boldsymbol{Z}$ 为最终评价向量。

第六步，反模糊化处理。模糊综合评判的结果是一组模糊向量，即评价对象隶属于各个评价等级的隶属度向量。为了更加清楚地表示出对象的评价等级以及与其他对象的对比，需要对该向量进行精确化，或称反模糊化。模糊向量精确化的方法一般有最大隶属度法、中位数法和重心法三种。其中最大隶属度法只考虑最大隶属度的影响而忽略其他隶属度的影响，因而不够精确；中位数法不能突出重点因素的作用。因此本文采用重心法进行反模糊化处理，将四个等级对应四个分值，$\boldsymbol{D}=(d_1, d_2, d_3, d_4)=(10, 7, 5, 2)$，利用

$$\boldsymbol{B}=\boldsymbol{Z} \cdot \boldsymbol{D}^{\mathrm{T}} \tag{6.4}$$

即可计算出评价等级。

6.1.2.2 案例分析

我们以某中小企业为研究背景，针对该企业电子商务应用效果进行综合评价。先由相关代表对各个二级指标进行打分，从而计算出各二级指标的隶属度。第二步，再由式(6.2)得到各单因素评价向量。最后由式(6.3)确定最终评价向量。

（1）计算该企业电子商务财务维度的评价向量。财务维度的隶属度数据见表6.7。对表6.7进行具体分析，二级指标"电子商务增加了贸易机会"及"电子商务增加了客户"权重较大（0.459和0.348），前者评价结果以良居多（0.628571），后者评价结果大多为优（0.6）或良（0.257143）。其他三个二级指标权重均较小，其中"电子商务降低了交易成本"的评价结果不够理想，说明该企业电子商务在财务维度方面，能够达到一定的收益，在"电子商务降低了交易成本"方面还有待加强。

表 6.7　财务维度的隶属度数据

二级指标	二级指标综合权重	对评语的隶属度			
		优	良	中	差
电子商务增加了贸易机会（增加了销售额）	0.459	0.142857	0.628571	0.228571	0
电子商务增加了客户	0.348	0.6	0.257143	0.142857	0
电子商务降低了交易成本	0.042	0.142857	0.457143	0.371429	0.028571
电子商务提高了企业的知名度	0.120	0.514286	0.457143	0.028571	0
电子商务提升了企业的形象	0.032	0.314286	0.542857	0.142857	0

$$\boldsymbol{Z}_1 = \boldsymbol{\lambda}_1 \times \boldsymbol{R}_1 =$$

$$(0.459 \quad 0.348 \quad 0.042 \quad 0.120 \quad 0.032) \times \begin{bmatrix} 0.142857 & 0.628571 & 0.228571 & 0 \\ 0.6 & 0.257143 & 0.142857 & 0 \\ 0.142857 & 0.457143 & 0.371429 & 0.028571 \\ 0.514286 & 0.457143 & 0.028571 & 0 \\ 0.314286 & 0.542857 & 0.142857 & 0 \end{bmatrix}$$

$$= (0.3518 \quad 0.4690 \quad 0.1781 \quad 0.0012)$$

该结果表明，该企业电子商务在财务维度评价方面，优、良、中、差分别约占35.18%、46.90%、17.81%、0.12%，总体评价优良。

（2）计算该企业电子商务客户维度的评价向量。客户维度的隶属度数据见表6.8。对表6.8进行具体分析，二级指标"客户或贸易伙伴对网站信息内容满意"权重最大（0.558），评价结果大多为优（0.4）或良（0.4）。二级指标"客户或贸易伙伴对电子商务物流配送满意"权重排第二（0.275），评价结果同样大多为优（0.314286）或良（0.514286）。而其余两个指标权重较小，评价得分也偏低，说明该企业电子商务在客户维度方面，已经能够满足客户定的基本要求，在"改善服务"及"电子商务支付方式"方面还有待加强。

表 6.8　客户维度的隶属度数据

二级指标	二级指标综合权重	对评语的隶属度			
		优	良	中	差
电子商务改善了客户或贸易伙伴服务	0.130	0.171429	0.485714	0.342857	0
客户或贸易伙伴对电子商务支付方式满意程度	0.036	0.371429	0.342857	0.285714	0
客户或贸易伙伴对电子商务物流配送满意程度	0.275	0.314286	0.514286	0.171429	0
客户或贸易伙伴对网站信息内容（内容丰富全面、及时更新）满意程度	0.558	0.4	0.4	0.2	0

$$Z_2 = \lambda_2 \times R_2$$

$$= (0.130 \quad 0.036 \quad 0.275 \quad 0.558) \times \begin{pmatrix} 0.171429 & 0.485714 & 0.342857 & 0 \\ 0.371429 & 0.342857 & 0.285714 & 0 \\ 0.314286 & 0.514286 & 0.171429 & 0 \\ 0.4 & 0.4 & 0.2 & 0 \end{pmatrix}$$

$$= (0.344728 \quad 0.444110 \quad 0.2112 \quad 0)$$

该结果表明，该企业电子商务在财务维度评价方面，优、良、中、差分别约占 34.47％、44.41％、21.12％、0％，总体评价优良。

（3）计算该企业电子商务组织维度的评价向量。组织维度的隶属度数据见表 6.9。对表 6.9 进行具体分析，二级指标"电子商务提高员工熟悉掌握 IT 技术的能力"权重较大（0.655），评价结果以优、良居多。其他两个二级指标权重均较小，评价结果良居多。该企业电子商务在组织维度的评价结果与前两个维度相比，优的隶属度较小，中和差的隶属度增大。

表 6.9　组织维度的隶属度数据

二级指标	二级指标综合权重	对评语的隶属度			
		优	良	中	差
电子商务提高了企业的信息化水平	0.055	0.057143	0.485714	0.428571	0.028571
电子商务提高员工熟悉掌握 IT 技术的能力	0.655	0.285714	0.485714	0.228571	0
电子商务提高了员工的劳动生产率	0.290	0.228571	0.485714	0.285714	0

$$Z_3 = \lambda_3 \times R_3$$

$$= (0.055 \quad 0.655 \quad 0.290) \times \begin{pmatrix} 0.057143 & 0.485714 & 0.428571 & 0.028571 \\ 0.285714 & 0.485714 & 0.228571 & 0 \\ 0.228571 & 0.485714 & 0.285714 & 0 \end{pmatrix}$$

$$= (0.256571 \quad 0.485714 \quad 0.256142 \quad 0.001571)$$

该结果表明，该企业电子商务在组织维度方面，优、良、中、差分别约占 25.66％、48.57％、25.61％、0.16％，总体评价一般。

（4）确定最终评价向量。下式中 λ 是一级指标的权重，$Z_1 \sim Z_3$ 是上一步中计算出的单因素评价向量。

$$Z = \lambda \times R = (\lambda_1 \quad \lambda_2 \quad \lambda_3) \times \begin{pmatrix} Z_1 \\ Z_2 \\ Z_3 \end{pmatrix}$$

$$= (0.785 \quad 0.149 \quad 0.066) \times \begin{pmatrix} 0.352143 & 0.469429 & 0.178228 & 0.0012 \\ 0.345286 & 0.4401143 & 0.2136 & 0 \\ 0.256571 & 0.485714 & 0.256143 & 0.001571 \end{pmatrix}$$

$$= (0.344473 \quad 0.466357 \quad 0.188054 \quad 0.001046)$$

通过综合评价结果可以得出，优、良、中、差分别约占 34.45％、46.64％、18.81％、0.10％，表明该企业电子商务的综合质量良好，但距离优秀还有距离，还需要进一步完善和提高。

单企业电子商务效果评价各结果的比较如图 6-1 所示。

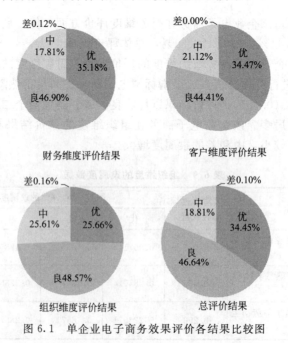

图 6.1　单企业电子商务效果评价各结果比较图

应用反模糊化计算式（6.4），可以分别求出三个维度及总的评价等级分数。

$$\boldsymbol{B}_1 = \boldsymbol{Z}_1 \cdot \boldsymbol{D}^{\mathrm{T}} = (0.3518 \quad 0.4690 \quad 0.1781 \quad 0.0012) \cdot (10,7,5,2)^{\mathrm{T}} = 7.69$$

$$\boldsymbol{B}_2 = \boldsymbol{Z}_2 \cdot \boldsymbol{D}^{\mathrm{T}} = (0.3443 \quad 0.4436 \quad 0.21100) \cdot (10,7,5,2)^{\mathrm{T}} = 7.61$$

$$\boldsymbol{B}_3 = \boldsymbol{Z}_3 \cdot \boldsymbol{D}^{\mathrm{T}} = (0.2566 \quad 0.4857 \quad 0.2561 \quad 0.0016) \cdot (10,7,5,2)^{\mathrm{T}} = 7.25$$

$$\boldsymbol{B} = \boldsymbol{Z} \cdot \boldsymbol{D}^{\mathrm{T}} = (0.3445 \quad 0.4667 \quad 0.1886 \quad 0.0010) \cdot (10,7,5,2)^{\mathrm{T}} = 7.65$$

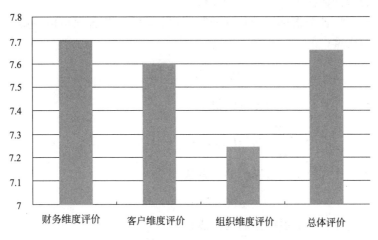

图 6.2　某企业电子商务效果评价分数比较图

通过图 6.2 可以看出，该企业在财务维度和客户维度的效果评价要高于组织维度评价，说明该企业电子商务还处于初级阶段，电子商务所带来的效果主要表现在社会经济效益和客户满意度方面，对企业整体管理水平等的影响还有待提高。

6.1.3　基于灰色关联度分析的多企业电子商务效果评价方法

本节研究如何同时评价多个中小企业的电子商务实施效果。多企业电子商务效果评价一般是由相关政府部门组织的，其目的是了解多个企业当前电子商务的实施状况，其结果也可以帮助具体企业了解自身电子商务的实施状况相对其他企业来说处于一个什么样的排名位置。

6.1.3.1　指标权重的修正

在 6.2.1 中构建了中小企业电子商务效果评价指标体系，并采用将因子载荷系数与 AHP 相结合的方法来确定指标权重。这种方法与单纯的 AHP 相比，减少了主观性，提高了科学性。在本节中，由于同时对多个企业进行评价，因而可以应用熵技术来修正指标权重，从而进一步提高指标权重的质量。

（1）熵的基本概念及计算步骤。熵原本是热力学概念，是对系统状态不确定性的一种度量。自从数学家申农将熵引入信息论后，熵成为一种可靠的权重确定方法，被广泛应用于方案优选、多目标决策和各种评价中，涵盖工程技术、社会经济、管理科学和决策论等几乎所有学科[173]。熵是对系统无序程度的一个度量，如果某个目标的熵值越小，就表明其指标值的变异程度越大，则其权重也应越大；反之，如果某个目标的熵值越大，就表明其指标值的变异程度越小，则其权重也应越小[174]。所以可根据熵技术对指标权重进行修正，从而使权重的确定更具有合理性。计算熵权值的过程如下〔设有 m 个评价对象、n 个评价指标，其形成的原始指标数据矩阵为 $X=(X_{ij})_{m\times n}$〕。

第一步，将各个指标值的数据做归一化处理，计算各项指标下第 i 个评价对象指标值的比重；

$$P_{ij} = X_{ij} / \sum_{i=1}^{m} X_{ij} \qquad (6.5)$$

第二步，计算第 j 项指标的熵值；

$$e_j = -k \sum_{i=1}^{m} P_{ij} \ln P_{ij}, k = \frac{1}{\ln m}(k > 0, 0 \leqslant e_i \leqslant 1) \qquad (6.6)$$

第三步，计算第 j 项指标的差异系数；

$$g_j = 1 - e_j \qquad (6.7)$$

第四步，计算第 j 项指标的熵权值；

$$\beta_j = g_j / \sum_{k=1}^{n} g_k \qquad (6.8)$$

（2）中小企业电子商务评价指标熵权值的计算。现取 $m=4$（选择 4 个评价对象），由评委（政府官员及专家）对这四个评价对象的各个一级指标和二级指标进行打分（分值范围为 1～10）。对评委的评分进行加权平均，从而得到原始评价矩阵（X_{ij}）（表 6.10）。然后根据上述步骤分别计算出各个一级指标和二级指标的熵权值。

表 6.10　四个评价对象原始评价矩阵

指标	一	二	三	四	五	六	七	八	九	十	十一	十二
企业 1	8	8	8	6	7	7	7	5	7	9	8	8
企业 2	9	7	8	6	7	9	8	6	8	9	9	9
企业 3	7	6	9	9	9	5	6	6	6	6	6	7
企业 4	8	5	10	8	6	7	6	5	7	7	7	7

表 6.11 为计算 β_1 的过程及数据。其中第一列为专家对四个企业的一级指标"电子商务财务维度收益"的评价分值，表中第二列为根据上述第一步计算出的归一化后的评价数据，表中第三列为根据上述第二步计算出的中间结果 $P_{ij} \ln P_{ij}$、累加值 $\sum_{i=1}^{4} P_{ij} \ln P_{ij}$ 及熵值 E_i，表中第三列最后一行为根据上述第三

步计算出的差异系数。

同理可得，g＝（0.002825, 0.010759, 0.003196, 0.0115070, 0.007941, 0.014929, 0.005353, 0.002985, 0.010759, 0.010320, 0.008064, 0.00407），sum (g_i)＝0.092707，根据式（6.7），可以得到 12 项二级指标的熵权值分别为：β＝（0.030474, 0.116054, 0.034471, 0.124127, 0.085665, 0.161030, 0.057743, 0.0321972, 0.116054, 0.111317, 0.086989, 0.043879）

表 6.11 β_1 的计算过程及数据

原始评价数据 $X_{ij}(j=1, i=1\sim4)$	归一化后的评价数据 $P_{ij}(j=1, i=1\sim4)$	$P_{ij}\ln P_{ij}(j=1, i=1\sim4)$
8	0.25	－0.34657
9	0.28125	－0.35677
7	0.21875	－0.33246
8	0.25	－0.34657
$\sum\limits_{i=1}^{4} X_{ij}=32$		$\sum\limits_{i=1}^{4} P_{ij}\ln P_{ij}=-1.38238$
		$e_1=0.997175$
		$g_1=0.002825$

（3）中小企业电子商务评价指标综合权重的计算。将上节已经得到的 12 项二级指标原始权值 λ_i，用客观熵权权重 β_i 进行调整（即归一化的差异系数），则可得到综合权重为 ω_i。

$$\omega_i = \lambda_i\beta_i / \sum_{i=1}^{n} \lambda_i\beta_i \qquad (6.9)$$

表 6.12 为计算各一级指标综合权重 $\omega_1\sim\omega_{12}$ 的过程及数据。

表 6.12 一级指标综合权重 $\omega_1\sim\omega_{12}$ 的计算过程及数据

λ_i （原始权重）	β_i （熵权值）	$\lambda_i\beta_i$	$\omega_i = \lambda_i\beta_i / \sum\limits_{i=1}^{n} \lambda_i\beta_i$ （综合权重）
0.360	0.0305	0.0110	0.1419
0.273	0.1161	0.0317	0.4097
0.025	0.0345	0.0009	0.0111
0.094	0.1241	0.0117	0.1509
0.033	0.0857	0.0028	0.0366
0.019	0.1610	0.0031	0.0396
0.005	0.0577	0.0003	0.0037
0.041	0.0322	0.0013	0.0171
0.083	0.1161	0.0096	0.1246
0.004	0.1113	0.0004	0.0058
0.043	0.0870	0.0037	0.0484
0.019	0.0439	0.0008	0.0108
		$\sum\limits_{i=1}^{n} \lambda_i\beta_i = 0.0773$	

6.1.3.2 基于灰色关联度分析的评价方法

（1）灰色关联度分析的基本理论及方法。我国学者邓聚龙教授1982年创立的灰色系统理论，以"部分信息已知，部分信息未知"的"小样本"、"贫信息"不确定性系统为研究对象，主要利用已知信息的生成和开发来确定系统的未知信息，使系统由"灰"变"白"，从而实现对系统运行行为、演化规律的满意描述和认识。

本书认为，中小企业电子商务的效果评价是一个灰色系统。首先，因为影响中小企业电子商务的效果评价因素众多且相互关联；其次，所选取的评价指标，基本上是定性的，无法从统计资料中获得。因此，该系统具有信息不完全的"灰色"特征。鉴于此，运用灰色系统理论对此系统进行评价优选比较适宜，而且完全可行。

灰色关联度分析是该理论最基本的方法之一，其最大优点在于它对数据量多少没有太高的要求，且无需服从典型分布，在系统数据资料较少的情况下，也能得出比较满意的结果，具有较强的实用性[173]。关联度是指2个系统或2个因素间关联性大小的量度。它描述了系统发展过程中相对变化的情况，如果两者在相对变化上基本一致，则认为两者关联度大；反之，则关联度小[173]。

这里将传统方法计算出的关联度系数，用经过熵权值修正过的综合权重值进行加权，得到加权关联度，从而得出较为客观的综合评价结果，大大提高了灰色关联分析法的评价精度。

其分析过程如下。

第一步，收集原始数据，做无量纲化处理，其方法有初值化处理、均值化处理和归一化处理等；

第二步，把理想指标值（对于优质指标取最大值，而对劣质指标取最小值）无量纲处理后的数值构成的序列 $X_0(j)$ $(j=1, 2, \cdots, m)$ 作为参考序列；

第三步，求两极最大差与最小差；

$$\Delta\max = \max_i \max_k |X_0(k) - X_i(k)| \tag{6.10}$$

$$\Delta\min = \min_i \min_k |X_0(k) - X_i(k)| \tag{6.11}$$

第四步，对每个指标求关联系数；

$$\xi_{ik} = \frac{\Delta\min + \rho\Delta\max}{\Delta_{oi}(k) + \rho\Delta\max}, \quad (\Delta_{oi}(k) = |X_0(k) - X_i(k)|, \ \rho\ 为分辨系数，一般取\rho=0.5) \tag{6.12}$$

第五步，计算每个企业的加权关联度；

第六步，根据加权关联度的大小排序。

$$R_i = \frac{1}{N}\sum_{k=1}^{N}(\xi_{ik} * \omega_i) \ (i=1,2,\cdots,n) \tag{6.13}$$

（2）计算实例。针对表6.10的原始评价数据，因为是按照统一的标准进行统一打分而得到的，因此不需要作无量纲化处理，上述第一步略去。

根据上述第二步取各指标的最佳值作为参考数列：X_0 = {9，8，10，9，9，9，8，6，8，9，9，9}。

根据上述第三步，求得两极最大差与最小差 $\Delta min = 0$，$\Delta max = 4$。

根据上述第四步，求得每个企业每个指标的关联系数，见表 6.13。

表 6.13 关联系数的计算结果

指标	一	二	三	四	五	六	七	八	九	十	十一	十二
企业 1	0.67	1.00	0.50	0.40	0.50	0.50	0.67	0.67	0.67	1.00	0.67	0.67
企业 2	1.00	0.67	0.50	0.40	0.50	1.00	1.00	1.00	1.00	1.00	1.00	1.00
企业 3	0.50	0.50	0.67	1.00	1.00	0.33	0.50	1.00	0.50	0.40	0.40	0.50
企业 4	0.67	0.40	1.00	0.67	0.40	0.50	0.50	0.67	0.40	0.50	0.50	0.50

根据上述第五步加权灰色关联度公式计算出每个企业每个指标的加权关联度，见表 6.14。

表 6.14 加权关联度的计算结果

指标	一	二	三	四	五	六
企业 1	0.0946	0.4097	0.0056	0.0604	0.0183	0.0198
企业 2	0.1419	0.2731	0.0056	0.0604	0.0183	0.0396
企业 3	0.0710	0.2049	0.0074	0.1509	0.0366	0.0132
企业 4	0.0946	0.1639	0.0111	0.1006	0.0146	0.0198
指标	七	八	九	十	十一	十二
企业 1	0.0025	0.0114	0.0831	0.0058	0.0323	0.0072
企业 2	0.0037	0.0171	0.1246	0.0058	0.0484	0.0108
企业 3	0.0019	0.0171	0.0623	0.0023	0.0023	0.0054
企业 4	0.0019	0.0114	0.0498	0.0029	0.0242	0.0054

根据表 6.14 结果，可以求出每个企业的总加权关联度 R_i = (0.0625，0.0624，0.0479，0.0417)，排序可得 $R_1 > R_2 > R_3 > R_4$。

通过综合评价各指标可以看出，企业 1 和企业 2 的得分相当，企业 3 和企业 4 的得分相当。即企业 1 和企业 2 的电子商务实施效果相当，企业 3 和企业 4 的电子商务实施效果相当，总体上企业 1 和企业 2 的电子商务实施效果要高于企业 3 和企业 4 的电子商务实施效果（图 6.3）。

当评价对象数量较多时，除了可对企业的总加权关联度进行排序外，还可以根据企业的总加权关联度得分用统计软件做聚类分析，得到企业电子商务实施效果的优劣级别。

另外，还可以用同样的方法分别对企业电子商务实施效果的每一个维度评价做灰色关联度分析，分别得到企业电子商务实施效果的各个维度的灰色关联度排名及优劣级别。

6.1.4 两种电子商务效果评价方法的比较

前面分析了两种中小企业电子商务效果评价方法，即综合模糊评判方法及灰

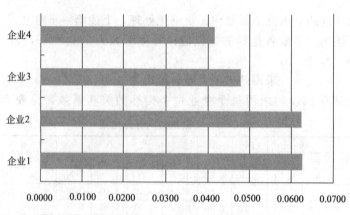

图 6.3　企业的总加权关联度

色关联度分析方法。这两种方法在应用范围、应用过程等方面都是不同的。

　　中小企业电子商务效果评估的大多数指标具有模糊性，因此适合运用综合模糊评判的方法。综合模糊评判方法适用于单个企业在其电子商务实施了一定时间后进行，目的是检验前个阶段电子商务的实施效果，并为下阶段电子商务的实施提供参考依据。具体过程是先由企业经理及相关部门主管、部分客户代表对各个维度的指标进行打分，再根据公式计算隶属度并计算一、二级综合模糊评判向量。其计算结果对于具体企业还有一个不同阶段纵向比较的作用。

　　有时也需同时评价多个中小企业的电子商务实施效果，其一般是由相关政府部门组织的，目的是了解多个企业当前电子商务的实施状况，其结果也可以帮助具体企业进行横向多个企业之间的比较。因为不同的企业有不同的企业经理及相关部门主管、客户代表，根据他们打分而得的综合模糊评判结果在多个企业之间的可比性较弱，因而综合模糊评判方法不适合多企业电子商务效果评价。灰色关联度分析的应用过程是由相关政府部门邀请领导、专家、客户代表等同时对多个企业进行个维度指标的打分，然后再根据公式计算各个企业的关联度，其计算结果在多个企业之间的可比性较强。

　　表 6.15 列出了这两种评价方法的主要区别。

表 6.15　两种中小企业电子商务效果评价方法的比较

项　　目	综合模糊评判方法	灰色关联度分析方法
应用范围	单个企业	多个企业
评价目的	检验前个阶段电子商务的实施效果，为下阶段电子商务的实施提供参考依据	了解多个企业当前电子商务的实施状况
结果比较性质	企业自身不同阶段的纵向比较	横向多个企业之间的比较
组织者	企业相关部门	政府相关部门
参与打分者	企业的经理及相关部门主管、部分客户代表对单个企业打分	领导、专家、客户代表等同时对多个企业打分
指标权重计算方法	因子载荷系数与 AHP 相结合计算原始权重	先计算原始权重，再用客观熵权权重进行调整，得到综合权重

6.2　中小企业电子商务采纳决策方法研究

本节要研究的问题是，中小企业如何决策是否要采纳某项电子商务应用？在第 3 章中已经指出，中小企业电子商务方面的资金投入主要在加入综合性第三方平台、加入行业网站、自身网站建设、购买竞价排名这四类模式上。中小企业难有实力在每个方面都投入大量的资金。对于每个企业而言，这四类模式的重要性是各不相同的。本节研究每个企业决策层如何根据具体情况对此作决策排序，以便合理地分配资金及人力投入。

本节在前面章节的基础上，分析中小企业电子商务采纳决策属性，构建了中小企业电子商务采纳决策指标体系；然后根据这些属性的特点，提出应用 EOWA/LHA 算子及投影寻踪分类模型两种方法对中小企业电子商务应用进行采纳决策。本书一方面拓展了 EOWA/LHA 算子及投影寻踪分类模型的应用领域，另一方面为中小企业提供了具体的切实可行的电子商务采纳决策方法的指导。

6.2.1　中小企业电子商务采纳决策指标

在第 4 章中借鉴了部分学者的研究思路，基于相关理论，提出了我国中小企业电子商务的采纳决策因素：直接因素包括由管理者支持、来自外部的压力、实施适用性的信念这三个方面，而组织保障、技术可行性、人员匹配和支撑环境这四个方面对中小企业电子商务的采纳有间接影响。在第 5 章中，通过结构方程模型对相关假设进行了验证。另外数据分析结果显示，电子商务财务维度效果评价及客户维度的效果评价均对电子商务的采纳程度有显著的正相关。最终确定中小企业电子商务采纳决策包含 9 个属性，见表 6.16。

表 6.16　中小企业电子商务采纳决策指标的属性

属　性	解　　释
来自外部的压力	来自竞争对手、供应商及客户的采纳该电子商务应用的压力程度
支撑环境	实施该电子商务应用在政府支持、法律、信用等方面具备理想的支撑环境
管理者支持	管理者支持实施该项电子商务应用
组织保障	本企业具备实施该项电子商务应用的组织保障
技术可行性	实施该项电子商务应用在本企业具备技术上的可行性
人员匹配	本企业配备了实施该项电子商务应用的相关人员
实施适用性	本企业在地域、行业、产品等方面适合实施该项电子商务应用
效益	实施该项电子商务应用能给本企业带来经济效益和社会效益
客户满意度	实施该项电子商务应用能提高企业服务质量

企业决策者需要针对加入综合性第三方平台、加入行业网站、自身网站建设、购买竞价排名这四个决策对象，分别对以上 9 个属性进行评价，根据评价结果判断是否要采纳电子商务，哪种电子商务应用要优先考虑。

这里所提出的上述决策属性有以下两个特点。

（1）属性的权重是未知的。因为这些属性是通过不同的方法总结出的，并且不在同一个层面上，有的是直接的，有的是间接的，因而不适合应用 AHP 等方法来确定各个属性的权重。

（2）由于电子商务应用的复杂性及决策者思维的模糊性，上述属性值无法用精确的数值给出，是语言型的，即用优、良、差等语言形式给出。

多目标多属性的决策方法有很多，如简单加权法、接近理想点法（TOP-SIS）、目标规划法、多属性效用法、数据包络分析法（DEA）等，此外还包括上节用到的层次分析法。但基于上述决策属性的特点，很多方法不一定适合用来对中小企业电子商务采纳作决策。下面分别提出于 EOWA/LHA 算子和基于投影寻踪模型两种中小企业电子商务采纳决策方法。

6.2.2 基于 EOWA/LHA 算子的中小企业电子商务采纳决策方法

6.2.2.1 EOWA/LHA 算子简介

基于拓展的有序加权平均（EOWA）算子和语言混合集结（LHA）算子是针对客观事物的复杂性和人类思维的模糊性提出的，用来解决方案以语言形式给出的多属性决策问题。使用语言形式给出属性值在实际应用过程中有着便于操作的优点，具有广泛的适用范围。

决策者在用语言对各指标做出评价时，可以根据实际需要的评价等级数量，事先设定语言评估标度 $S = \{s_a | \alpha = -L, \cdots, L\}$。$S$ 中的语言评估标度术语个数一般为奇数，如语言评估标度可取 $S = \{S_{-1}, S_0, S_1\} = \{低，中，高\}$ 等。

下面定义语言评估表的运算法则。

设 $s_\alpha, s_\beta \in \bar{S}, y \in [0, 1]$

$$s_\alpha \oplus s_\beta = s_{\alpha + \beta}, \quad y s_\alpha = s_{y\alpha}$$

设 EOWA：$S^n \to \bar{S}$，

$$\text{EOWA}_w(s_{a_1}, s_{a_2}, \cdots, s_{a_n}) = w_1 s_{\beta_1} \oplus w_2 s_{\beta_2} \oplus \cdots \oplus w_n s_{\beta_n} = s_\beta$$

其中 $\bar{\beta} = \sum_{j=1}^{n} w_j \beta_j, \boldsymbol{w} = (w_1, w_2, \cdots, w_n), w_j \in [0, 1](j \in \mathbf{N}), \sum_{j=1}^{n} w_j = 1$。(6.14)

若式（6.14）是与 EOWA 相关联的加权向量，且 $s_{\beta j}$ 是一组语言数据（$s_{a_1}, s_{a_2}, \cdots, s_{a_n}$）中第 j 最大的元素，则称函数 EOWA 是拓展的有序加权平均（EOWA）算子[175]。

EOWA 算子具有许多优良性质，如置换不变性、齐次性、单调性、介值性等。该算子可广泛用于集结语言信息，方便决策。

EOWA 算子只对语言数据所在的位置进行加权，具有一定的片面性。而随着社会经济飞速发展，人们面临的环境的不确定性越来越高，使得很多决策问题日益复杂，往往需要多个决策者的共同参与，群决策理论方法为之提供了一种很好的手段[176]。语言混合算子（LHA）可结合用于群决策中。

设 LHA：$S^n \rightarrow \bar{S}$，

$$\mathrm{LHA}_{w,\omega}(s_{a_1}, s_{a_2}, \cdots, s_{a_n}) = w_1 s_{\beta_1} \oplus w_2 s_{\beta_2} \oplus \cdots \oplus w_n s_{\beta_n} = s_\beta$$

其中 $\boldsymbol{w} = (\boldsymbol{w}_1, \boldsymbol{w}_2, \cdots, \boldsymbol{w}_n)$。 (6.15)

其中 $\boldsymbol{w} = (\boldsymbol{w}_1, \boldsymbol{w}_2, \cdots, \boldsymbol{w}_n)$ 是与 LHA 相关联的加权向量（位置向量），$w_j \in [0, 1]$ $(j \in \mathbf{N})$，$\sum\limits_{j=1}^{n} w_j = 1$。$s_{\beta_j}$ 是加权数组 $(\bar{s}_{a_1}, \bar{s}_{a_2}, \cdots, \bar{s}_{a_n})$ 中第 j 最大的元素，这里 $\bar{s}_{ai} = n\omega_i s_{a_i}$ $(i \in \mathbf{N})$，$\boldsymbol{\omega} = (\omega_1, \omega_2, \cdots, \omega_n)$ 是数组 s_{a_i} $(i \in \mathbf{N})$ 的加权向量，$\omega_j \in [0,1]$ $(j \in \mathbf{N})$，$\sum\limits_{j=1}^{n} \omega_j = 1$，且 n 是平衡因子。

6.2.2.2 基于 EOWA/LHA 算子的中小企业电子商务采纳决策方法

假定：λ 是决策者的加权量，w 是 EOWA 算子的加权向量（位置向量），w' 是 LHA 算子的加权向量（位置向量）。

第一步：企业决策者 d_k 给出针对 m 种电子商务应用 $x_i (i=1, \cdots, m)$ 在属性 $u_j (j=1, \cdots, n)$ 下的语言评估 $r_{ij}^{(k)}$，并得到评估矩阵 $\boldsymbol{R}^{(k)} = (r_{ij}^{(k)}) n \times m$。

第二步：对每个决策者 d_k 利用 EOWA 算子式

$$z_i^{(k)}(\boldsymbol{w}) = \mathrm{EOWA}_w(r_{i1}^{(k)}, r_{i2}^{(k)}, \cdots, r_{in}^{(k)}) = w_1 r_{i1}^{(k)} \oplus w_2 r_{i2}^{(k)} \cdots \oplus w_n r_{in}^{(k)} \quad i=1, \cdots, m, k=1, \cdots, t$$

(6.16)

对评估矩阵 $\boldsymbol{R}^{(k)}$ 中第 i 行的语言评估信息进行集结，得到决策者 d_k 给出的第 i 种应用的综合属性评估值。

第三步：利用 LHA 算子式(6.15)对 t 位决策者给出的决策方案的综合属性评估值 $z_i^{(k)}$ $(k=1, \cdots, t)$ 进行集结，得到决策方案的群体综合属性评估值。即首先利用 λ、t 以及 $z_i^{(k)}$ 求解 $t\lambda k z_i^{(k)}(\boldsymbol{w})$，然后求得第 i 种应用的群体综合属性值 $z_i(\lambda, \boldsymbol{w}')$。

第四步：利用 $z_i(\lambda, \boldsymbol{w}')$ 对应用方案进行分析与排序，如果所有方案的综合评价结果均在"较好"以下，则该企业目前尚不宜采纳电子商务应用。

6.2.2.3 算例

现有三位决策者应用表 6.16 的决策指标对加入综合性第三方平台、加入行业网站、自身网站建设、购买竞价排名这四类电子商务模式进行评价。假定语言评估标度为 $S = \{s_{-5}, \cdots, s_5\} = \{$极差，很差，差，较差，稍差，一般，稍好，较好，好，很好，极好$\}$，假定三位决策者的加权向量 $\lambda = \{0.3, 0.4, 0.3\}$。有关原始资料如表 6.17～表 6.19 所示。假定 9 个属性的 EOWA 算子的加权向量（位置向量）$\boldsymbol{w} = (0.07, 0.08, 0.1, 0.15, 0.2, 0.15, 0.1, 0.08, 0.07)$，假定 3 个决策者的 LHA 算子的加权向量（位置向量）$\boldsymbol{w}' = (0.2, 0.6, 0.2)$。

表 6.17　决策矩阵 R_1

应用序号	指标 1	指标 2	指标 3	指标 4	指标 5	指标 6	指标 7	指标 8	指标 9
应用 1	s_3	s_2	s_4	s_3	s_1	s_1	s_{-1}	s_3	s_3
应用 2	s_5	s_3	s_3	s_5	s_5	s_3	s_3	s_4	s_5
应用 3	s_3	s_3	s_0	s_3	s_4	s_3	s_1	s_2	s_1
应用 4	s_2	s_5	s_3	s_1	s_3	s_3	s_3	s_3	s_3

表 6.18　决策矩阵 R_2

应用序号	指标 1	指标 2	指标 3	指标 4	指标 5	指标 6	指标 7	指标 8	指标 9
应用 1	s_2	s_2	s_4	s_3	s_1		s_{-1}	s_3	s_3
应用 2	s_{-1}	s_3	s_2	s_5	s_3		s_3	s_{-1}	s_2
应用 3	s_3	s_3	s_0	s_3	s_4	s_{-1}	s_2	s_3	s_1
应用 4	s_2	s_5		s_1	s_3		s_3	s_0	s_3

表 6.19　决策矩阵 R_3

应用序号	指标 1	指标 2	指标 3	指标 4	指标 5	指标 6	指标 7	指标 8	指标 9
应用 1	s_2	s_2		s_3	s_2	s_1	s_3	s_3	s_3
应用 2	s_5	s_3		s_4	s_3	s_3	s_4	s_{-1}	s_2
应用 3	s_3	s_3		s_3	s_4	s_0	s_2	s_2	s_4
应用 4	s_5	s_5		s_3	s_3	s_3	s_3	s_0	s_3

（1）根据上述第二步，对每个决策者 d_k 利用 EOWA 算子对评估矩阵中第 i 行的语言评估信息进行集结，得

$$z_1^{(1)}(\pmb{w})=0.07\times s_4 \oplus 0.08\times s_3 \oplus 0.1\times s_3 \oplus 0.15\times s_3 \oplus 0.2\times s_2 \oplus 0.15\times s_2$$
$$\oplus 0.1\times s_2 \oplus 0.08\times s_1 \oplus 0.07\times s_{-1}=s_{2.03}$$

$$z_1^{(1)}(\pmb{w})=s_{2.03} \qquad z_1^{(2)}(\pmb{w})=s_{2.18} \qquad z_1^{(3)}(\pmb{w})=s_{2.68}$$
$$z_2^{(1)}(\pmb{w})=s_4 \qquad z_2^{(2)}(\pmb{w})=s_{2.29} \qquad z_2^{(3)}(\pmb{w})=s_{2.86}$$
$$z_3^{(1)}(\pmb{w})=s_{2.5} \qquad z_3^{(2)}(\pmb{w})=s_{1.86} \qquad z_3^{(3)}(\pmb{w})=s_{2.25}$$
$$z_4^{(1)}(\pmb{w})=s_{2.92} \qquad z_4^{(2)}(\pmb{w})=s_{2.90} \qquad z_4^{(3)}(\pmb{w})=s_{3.71}$$

（2）根据上述第三步，利用 LHA 算子对 3 位决策者给出的决策方案的综合属性评估值 $z_i^{(k)}$（$k=1,\cdots,t$）进行集结，得到决策方案的群体综合属性评估值。

$$3\lambda_1 z_1^{(1)}(\pmb{w'})=s_{2.436} \qquad 3\lambda_2 z_2^{(2)}(\pmb{w})=s_{2.616} \qquad 3\lambda_3 z_1^{(3)}(\pmb{w})=s_{2.412}$$
$$3\lambda_1 z_2^{(1)}(\pmb{w})=s_{4.8} \qquad 3\lambda_2 z_2^{(2)}(\pmb{w})=s_{2.748} \qquad 3\lambda_3 z_2^{(3)}(\pmb{w})=s_{2.574}$$
$$3\lambda_1 z_3^{(1)}(\pmb{w})=s_3 \qquad 3\lambda_2 z_3^{(2)}(\pmb{w})=s_{2.232} \qquad 3\lambda_3 z_3^{(3)}(\pmb{w})=s_{2.205}$$
$$3\lambda_1 z_4^{(1)}(\pmb{w})=s_{3.504} \qquad 3\lambda_2 z_4^{(2)}(\pmb{w})=s_{3.48} \qquad 3\lambda_3 z_4^{(3)}(\pmb{w})=s_{3.339}$$

$$z_1(\pmb{\lambda},\pmb{w'})=0.2\times s_{2.616}\oplus 0.6\times s_{2.436}\oplus 0.2\times s_{2.412}=s_{2.467}$$
$$z_2(\pmb{\lambda},\pmb{w'})=0.2\times s_{4.8}\oplus 0.6\times s_{2.748}\oplus 0.2\times s_{2.574}=s_{3.124}$$
$$z_3(\pmb{\lambda},\pmb{w'})=0.2\times s_3\oplus 0.6\times s_{2.232}\oplus 0.2\times s_{2.205}=s_{2.344}$$
$$z_4(\pmb{\lambda},\pmb{w'})=0.2\times s_{3.504}\oplus 0.6\times s_{3.48}\oplus 0.2\times s_{3.339}=s_{3.457}$$

（3）分析结果，可知决策者对四种应用模式的综合评价均在"较好"以上，因此该企业总体尚可以开始采纳电子商务应用。

（4）利用 z_i（λ，w'）（$i=1$，2，3，4）对所有应用模式进行排序，得 $X_4 > X_2 > X_1 > X_3$。即对"购买竞价排名"的综合评价最高（$s_{3.457}$），表明企业决策者最看重企业知名度的提高，对"加入行业网站"的综合评价也不错（$s_{3.124}$），对"自身网站建设"的综合评价尚可（$s_{2.467}$），而对"加入综合性第三方平台"的综合评价最低（$s_{2.344}$）。企业可以参照此优先顺序考虑人力、物力及资金的投入比例。

6.2.3 基于投影寻踪模型的中小企业电子商务采纳决策方法

6.2.3.1 投影寻踪技术

投影寻踪（Projection Pursuit，PP）是一种新兴的、有价值的高新技术，是统计学、应用数学和计算机技术的交叉学科，属当今前沿领域。它通过把高维数据投影到低维子空间，寻找能反映原高维数据数据结构或特征的投影，达到研究分析高维数据的目的。它具有稳健性好、抗干扰性强和准确度高等优点，可以在许多领域，诸如预测、模式识别、图像处理等领域广泛应用。目前，投影寻踪模型也广泛用于多目标决策及多因素影响问题的综合评价中[177]。

利用投影寻踪方法解决实际问题的关键是构造能够找到最佳投影方向的有效算法。而遗传算法（Genetic Algorithm，GA）是一种全局优化算法，可以结合由目标函数反映的高维数据结构特性，在优化区域内直接寻找最优解，给出一种确定投影方向的新途径[177]。

遗传算法是模拟生物的自然选择和群体遗传机制的数值优化方法，它把一簇随机生成的可行解作为父代群体，把适应度函数（目标函数或它的某种变形）作为父代个体适应环境能力的度量，经选择、杂交生成子代个体，后者再经变异，优胜劣汰，如此反复迭代，使个体的适应能力不断提高，优秀个体不断向最优点逼近[177]。

运用遗传算法优化参变量的关键有两个：首先，要求待优化的变量有明确的值域，另外，要求有确定的目标函数。如果将投影方向参数作为有范围的一类参数，当目标函数确定后，就可以采用遗传算法的思路优化投影寻踪中投影方向参数[177]。

标准遗传算法（Simple Genetic Algorithm，SGA）中需要设置的参数主要有编码长度 e、群体规模 n、杂交概率 P_c 和变异概率 P_m 等，这些参数的设置对SGA 的运行性能影响很大[177]。

应用投影寻踪技术，可以将影响问题的多因素指标通过投影寻踪聚类分析得到其综合指标特性的投影特征值，建立投影特征值与因变量的一一对应关系。投影寻踪聚类分析是用于多因素影响问题的综合评价，投影寻踪分类（Projection Pursuit Classification，PPC）即依据模型运算样本群的投影特征值对样本进行合理分类。

6.2.3.2 基于 SGA 的 PPC 建模过程

第一步，样本数据归一化处理。为消除各指标的量纲和统一指标值的变化范围，利用线性归一化处理，将样本数据的各指标值区间归一在 0 和 1 之间。

对于越大越优的指标：$X(i,j)=\dfrac{X^*(i,j)-X_{\min(j)}}{X_{\max(j)}-X_{\min(j)}}$ （6.17）

对于越大越优的指标：$X(i,j)=\dfrac{X_{\max(i,j)}-X^*(j)}{X_{\max(j)}-X_{\min(j)}}$ （6.18）

式中，$X_{\max(j)}$，$X_{\min(j)}$ 分别为第 j 个指标值的最大值和最小值，$X(i, j)$ 为指标特征值归一化的序列。

第二步，构造投影指标函数 $Q(a)$。PP 方法就是把 p 维数据 $\{X(i,j)|j=1,2,\cdots,p\}$ 综合成以 $\boldsymbol{a}=\{a(1),a(2),a(3),\cdots,a(p)\}$（$\boldsymbol{a}$ 为单位长度向量）为投影方向的一维投影值 $z(i)$，表达式如下。

$$z(i)=\sum_{j=1}^{p}a(j)x(i,j)\quad i=1,2,\cdots,n \tag{6.19}$$

综合投影指标值时，要求投影值 $z(i)$ 的散布特征为：局部投影点尽可能密集，最好凝聚成若干个点团，而在整体上投影点团之间尽可能散开。因此，投影指标函数可以表示为

$$Q(\boldsymbol{a})=S_z \cdot D_z \tag{6.20}$$

其中 S_z 为投影值 $z(i)$ 的标准差，即

$$S_z=\sqrt{\dfrac{\sum\limits_{i=1}^{n}(z(i)-E(z))^2}{n-1}} \tag{6.21}$$

其中 $E(z)$ 为序列 $\{z(i)\,|\,i=1, 2, \cdots, n\}$ 的平均值，D_z 为投影值 $z(i)$ 的局部密度，即

$$D_z=\sum_{i=1}^{n}\sum_{j=1}^{n}(R-r(i,j)) \cdot u(R-r(i,j)) \tag{6.22}$$

$$r(i,j)=|z(i)-z(j)| \tag{6.23}$$

其中，R 为局部密度的窗口半径，$r(i, j)$ 表示样本之间的距离，$u(t)$ 为一单位阶跃函数，当 $t \geqslant 0$ 时，其值为 1，否则，其值为 0。

上述参数中，R 的取值难度较大，选取时既要考虑使包含在以 R 为半径的窗口内的投影值的平均个数不能太少，以避免滑动平均偏差太大，又不能使它随着 n 的增大而增加太高。其可根据实验来确定，一般可取值 αS_z，α 可依据投影点 $z(i)$ 在区域间的分布情况适当调整为 0.1、0.01、0.001 等[178]。

第三步，优化投影目标函数，确定最佳投影方向。当各指标值的样本给定时，投影指标函数 $Q(a)$ 只随着投影方向 a 的变化而变化，不同的投影方向反映着不同的数据结构特征。最佳投影方向就是最大的可能暴露高维数据某类特征结构的投影方向，其可通过求解投影指标函数最大化问题来估计最佳投影方向，即最大化目标函数，其公式为

$$\text{Max}(Q(\boldsymbol{a}))=S_z \cdot D_z \tag{6.24}$$

约束条件为

$$s \cdot t \cdot \sum_{j=1}^{p} a^2(j) = 1 \tag{6.25}$$

第四步，优序排列。由第三步求得的最佳投影方向 a^* 和各样本的投影值 $z^*(i)$。将 $z^*(i)$ 值从大到小排序，则可将样本从优到劣进行排序。

6.2.3.3 基于 PPC 和 SGA 的中小企业电子商务采纳决策方法

本书将基于 SGA 的 PPC 模型有机地结合起来，通过 SGA 优化 PPC 模型中的投影方向参数，完成高维数据向低维空间的转换，实现将样本的多个决策指标转化成一个综合指标，然后按投影值进行排序与识别，对中小企业电子商务进性综合决策，为中小企业决策者提供一种可量化并带有预测性的决策方法。

本书采用 MATLAB R2007b 软件编程处理数据。MATLAB 是矩阵实验室（Matrix Laboratory）的简称，是用于算法开发、数据可视化、数据分析以及数值计算的高级技术计算语言和交互式环境。MATLAB 对许多专门的领域都开发了功能强大的模块集和工具箱。目前，MATLAB 已经把工具箱延伸到了科学研究和工程应用的诸多领域。这里采用 MATLAB 中的遗传算法工具箱来对中小企业电子商务采纳决策问题寻优。

步骤一：将表 6.17～表 6.19 的决策矩阵中的语言型决策数据 s_α 转化 0～10 的数值型数据

$$X_{ij} = \alpha + 5 \quad (i=1, \cdots, 4, \ j=1, \cdots, 9) \tag{6.26}$$

然后用

$$\sum_{k=1}^{3} \lambda_k X_{ij}^{(k)} \tag{6.27}$$

作加权平均，λ_k 为每个决策者的权重（$\lambda = \{0.3, 0.4, 0.3\}$），得到表 6.20 所示的加权决策矩阵。

表 6.20　某企业电子商务应用综合决策矩阵

应用序号	指标 1	指标 2	指标 3	指标 4	指标 5	指标 6	指标 7	指标 8	指标 9
应用 1	8.70	8.00	8.00	7.70	7.30	7.30	7.00	6.30	4.60
应用 2	10.00	8.90	8.90	8.60	8.30	7.60	7.30	6.10	5.20
应用 3	8.90	9.00	8.00	7.60	7.30	7.00	6.30	5.30	4.60
应用 4	8.80	9.40	9.40	8.60	8.30	8.00	7.60	7.00	5.30

步骤二：将原始数据归一化处理，如图 6.4，得到归一化后的数据 A。

步骤三：在 MATLAB 中编制目标函数 myfun1.m 文件和约束函数 cons.m 文件，对数据建立投影寻踪分类模型。为转化为求极小值并保证函数值为正，在原目标函数取反的基础上加上一个常数 100，图 6.5 为目标函数 myfun1.m 的流

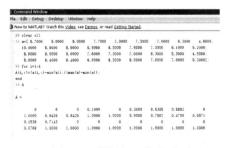

图 6.4　数据归一化处理

程图，原始代码见附录 D。

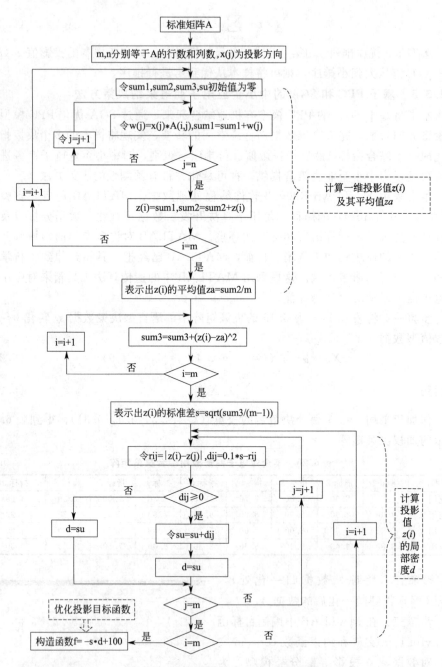

图 6.5　目标函数 myfun1. m 的流程图

约束函数如下：

function［c，ceq］＝cons（x）

c= [];

ceq= [1−sum (x. ^2)];

步骤四：调用 MATLAB 的遗传算法工具箱 gatool，在参数设置窗口中完成相关参数设置。在 gatool 中定义待优化的问题。为了得到遗传算法的最好结果，一般需要以不同的参数试验，选择针对问题的最佳参数。经过对多种参数进行组合试验，发现参数的改变对计算结果影响较小，计算结果相对稳定。

最终选定种群大小 $n=400$，交叉概率 $p_c=0.8$，变异概率 $p_m=0.1$，优秀个体数目选定为 20 个，采用两点交叉，其他采用工具箱默认设置，如图 6.6、图 6.7 所示。

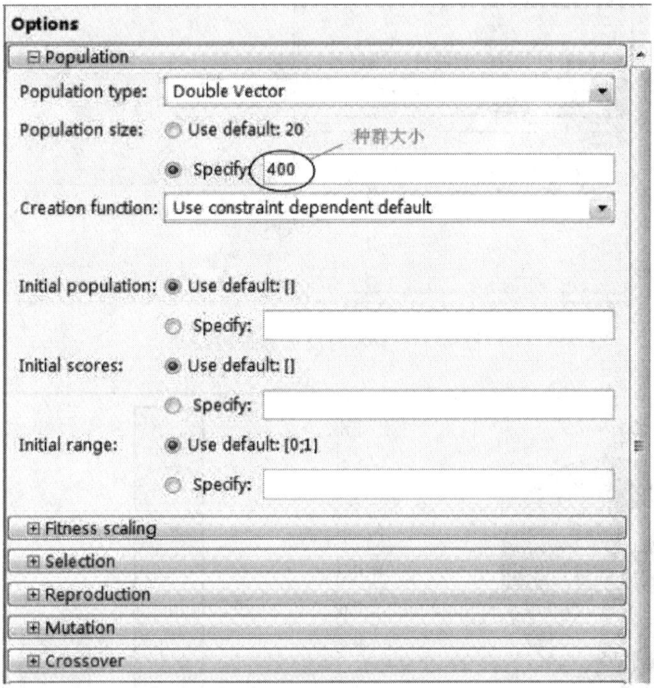

图 6.6　参数的设定

步骤五：点击 Start 按钮，运行得出原目标函数的最大投影指标函数值为 0.331，最佳投影方向为 $a^*=$（0.5660，0.4710，0.0390，0.1940，0.3050，−0.3440，0.3700，0.1750，0.1990）。根据最大投影方向，可以进一步分析各个决策指标对综合决策结果的影响程度，如图 6.8(a) 所示。

步骤六：由上一步求得的最佳投影方向 a^*，得四个样本的最佳投影值为 $z^*(i)=$（0.2184，1.7240，0.4235，1.4525），如图 6.8(b)，将 $z^*(i)$ 从大到小排列，可得样本的优劣排序，即样本 2>样本 4>样本3>样本 1。

决策结果 $X_2>X_4>X_3>X_1$ 与上一节所得到的结果 $X_4>X_2>X_1>X_3$ 略有不同，但总体上是一致的。对"购买竞价排名"和"加入行业网站"的综合评价

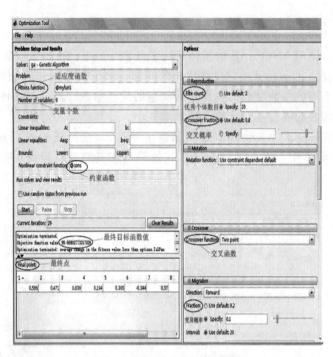

图 6.7 参数的设定和最终结果

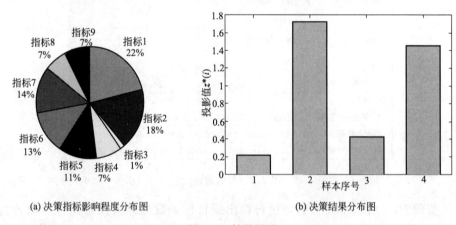

(a) 决策指标影响程度分布图　　　　　　(b) 决策结果分布图

图 6.8 结果图示

总体上显然要高于对"自身网站建设"和"加入综合性第三方平台"的综合评价，一方面表明该企业决策者较看重企业知名度的提高，另一方面说明该企业所在行业普遍电子商务发展趋势良好，行业网站为企业带来了真正的收益。

　　加入综合性第三方平台、加入行业网站、自身网站建设、购买竞价排名这四类电子商务模式从理论上讲应该同时应用。但是因为中小企业在多个方面的条件限制，可以适当地从中加以取舍或者按一定的优先顺序加以考虑人力、物力及资金的投入比例。

中小企业发展电子商务的对策研究

第 5 章的实证分析结果表明，电子商务实施成功因素包含环境因素、组织因素、技术因素三个方面，即三者均是中小企业电子商务成功实施的重要因素。环境因素实际上反映了政府层面所需要的对策措施，组织因素反映了企业层面所需要的对策措施，技术因素则是技术层面所需要的对策措施。因此本章在第 5 章实证分析结果的基础上，分别从政府层面、企业层面及技术层面来阐述中小企业发展电子商务的对策。

7.1 政府层面的对策措施

本节从宏观层面阐述政府如何为中小企业电子商务的发展提供良好的支撑环境。第 5 章的实证分析结果显示，政府所提供的支撑环境对中小企业电子商务的管理者支持、实施适用性及外界压力均具有显著的正相关，从而影响到中小企业电子商务的采纳决策与成功实施，即政府在中小企业电子商务发展中起到至关重要的作用，中小企业电子商务发展过程中需要政府的扶持和推动。如图 7.1 所示，中小企业决策层在政府扶持、法律健全、交易安全、信用保障、网络基础五个方面的打分中"一般"均占半数以上，对发展电子商务的政府环境的总体评价一般，政府在这方面的工作还有待进一步提高。

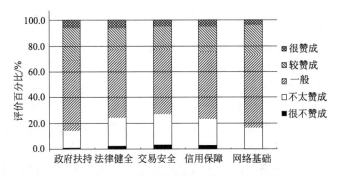

图 7.1　中小企业对电子商务发展的支撑环境的评价

第 5 章的验证性因子分析结果显示，题项"政府扶持"、"法律健全"、"交易安全"、"网络基础"、"信用体系"在变量"支撑环境"中的因子载荷量分别为 0.67、

0.82、0.85、0.81、0.69，反映出政府扶持、完善的法律体系、信用体系、交易安全体系、网络基础设施，均是中小企业电子商务支撑环境的重要组成部分。

7.1.1　政府对中小企业发展电子商务的扶持

政府对中小企业发展电子商务的扶持在很大程度上可以提高中小企业决策层开展电子商务的信心。

（1）加强对中小企业发展电子商务的宏观调控。中小企业由于自身条件的限制，往往缺乏发展电子商务的积极性。在这种情况下，政府要化消极因素为积极因素，借鉴发达国家的成熟经验，强化对企业发展电子商务的宏观调控。政府要完善中小企业发展电子商务的优惠政策，可以设立中小企业电子商务发展专项基金，对中小企业电子商务项目给予贷款贴息；金融部门可以为中小企业发展电子商务提供低息贷款或无息贷款；税务部门可以对中小企业开展电子商务活动实行免税[179]。

（2）政府要提供开展电子商务的技术服务。为了促进中小企业对因特网和电子商务的全面理解，提高中小企业驾驭电子商务的能力，政府要建立向全社会开放的包括政策信息、技术信息、市场信息在内的中小企业信息网络和信息发布渠道，提高中小企业的信息获知能力。积极引导和利用国内外资源，依托高等院校、科研院所的成果优势，建立一大批电子商务服务公司，开展网络托管、租赁设备、代建网站、系统管理等方面的工作，切实为中小企业开展电子商务活动提供技术支持。各级政府要充分利用现有高等院校、培训中心等办学力量，加强对中小企业电子商务的知识普及和人才培训。

（3）政府可以利用示范效应全面推广中小企业电子商务的解决方案。政府可以通过形成和发挥行业协会和大企业的市场优势与电子商务领头羊的作用，积极促进基于因特网的产业群和价值增值链。

7.1.2　建立健全的法律体系

电子商务的法律法规包含交易合同的法律问题、电子支付中的法律问题、电子商务交易安全的法律保障、电子商务中的知识产权保护与隐私权保护问题等。我国政府高度重视电子商务的立法工作，2004 年以后我国开始了具有实质意义的电子商务立法，先后颁布了一批电子商务的法律法规，特别是解决了电子商务签名的法律效力这一核心问题。然而，与发达国家相比，我国的电子商务立法工作还很滞后，有关电子商务市场准入、交易主体的行为规则以及电子交易中必需涉及的电子合同、电子发票、电子税单等的法律效力还没有作出规定[180]。

目前，国际上电子商务的立法活动进展很快，政府有必要跟踪国外电子商务立法的发展情况，进一步研究国外利用法律调整电子商务交易的经验，对照我国电子商务的应用状况，提出符合我国实际情况并与国际电子商务立法基调吻合的法律法规，为电子商务的发展提供必要的法律保证。

7.1.3　完善信用体系

电子商务的特点强化了对社会商业信用的要求，"信用"作为商务活动中一个最基本的原则，在电子商务上就更加需要体现。当前信用体系的不健全使中小企业决策层对电子商务的风险估计有所增大，从而制约了中小企业电子商务的发展和推广。

在我国，由于市场培育尚未成熟，中小企业信誉相对较弱，因此在建设电子商务信用体系过程中，许多方面都需要政府直接参与。①为了保障我国电子商务的健康发展，由政府组建或者授权的担任电子签名的安全认证机构是必要的。②政府应该建立科学的信用等级评价体系，并与企业共同建立信用评价激励机制，激励个人和企业参与网上信用评价。③建立全国范围的商业信用信息网络及建立信息交换制度，实现资信机构的信用信息全国互联。④政府部门应建立信息监管机构，对企业网站和企业发布的产品信息进行严格监管。⑤支持社会信用中介行业的发展，我国政府应该借鉴国外的做法，加强第三方中介机构在培育电子商务贸易信用环境中的作用。

7.1.4　建立交易安全体系

要保障电子商务的交易安全，需要应用先进的安全技术，如数字证书授权（CA）、密钥管理（KM）等。政府的作用除了建立相关的法律法规外，还要协调技术部门和管理部门尽快建立网上认证体系和支付体系，成立数字证书授权中心和密钥管理中心，以实现网上交易身份的确定，并对网上交易者商用密码进行独占性管理，为电子商务交易提供安全保障。

7.1.5　加强网络基础设施建设

从图 7.1 中可以看出，中小企业对网络技术设施的评价总体上要高于其他方面，说明政府对网络基础设施建设的投入与成效较大。政府要进一步加大对电子商务基础设施建设的投入，除了网络基础设施建设外，还要重视公共信息服务平台的建设，并降低中小企业接入因特网的费用。另外，需要加大投入进行边远地区的网络基础设施建设。

7.2　企业层面的对策措施

本节从微观层面阐述企业层面的中小企业发展电子商务的对策。在第 5 章中分析结果显示，组织规模作为"组织保障"的因子，因其因子载荷量过小而删去，说明组织规模的大小并不是影响中小企业电子商务发展的重要因素，规模小的中小企业，也完全可以获得电子商务的成功。数据显示，中小企业要取得电子商务发展的成功，其重要因素包括：长远战略规划、管理者支持、人员匹配，并制定适合企业的具体策略等。

7.2.1 战略规划

本次调查问卷结果显示，"本企业有实施电子商务的战略规划"作为"组织保障"的因子，其因子标准化载荷系数为 0.77，而打分值 1～5 的百分比分别为 10.1%、40.3%、39.5%、9.0%、1.1%，说明中小企业电子商务的战略规划状况总体在一般之下，广大中小企业还未从战略高度来制定发展中小企业的长期规划。

7.2.1.1 电子商务长远战略规划的重要意义和作用

（1）电子商务长远战略规划是企业电子商务战略管理的需要。电子商务要求整个生产经营方式价值链的改变，是利用信息技术实现商业模式的创新与变革。它不是传统业务的简单电子化，纯技术的实现可以外包，而经营模式的策划、信息资源的管理是外部人员无法替代的。企业必须以自身的实力从战略的高度规划电子商务的实施与运作。如果没有一个清晰的战略管理思想，没有全面深入的实施规划，就不能获得收益。

（2）电子商务长远战略规划可以促进企业基础管理信息化和经营管理现代化。电子商务是一个复杂的系统工程，包含内部业务流程的整合以及内外部信息资源的整合集成。对于中小企业而言，电子商务可以促进企业资源管理、客户关系管理和供应链管理，从而实现经营管理思想和商务模式的转移。

（3）电子商务长远战略规划可以调动企业员工关注与投入电子商务的积极性。调查问卷结果显示，"电子商务在本企业得到广泛理解"作为"组织保障"的因子，其因子标准化载荷系数为 0.73，而打分值 1～5 的百分比分别为 6.1%、28.4%、45.3%、18.7%、1.5%，说明电子商务在中小企业还未得到全体员工的广泛理解。电子商务规划从目标到实际运用过程的全盘谋略和策划，涉及管理者、技术人员、各个业务部门的工作人员，可以调动全体员工参与电子商务的实施与运作。

7.2.1.2 中小企业电子商务发展目标

中小企业要确定自身发展电子商务的目标，而不能盲目的跟风而上。

中小企业发展电子商务有以下目标：①宣传与推广，通过电子商务网站宣传企业及其产品；②交流与沟通，通过电子商务网站与客户进行交流与沟通，实施网上售后服务；③提供网上在线信息咨询和技术支持；④实现网上的商务交易，这已经进入电子商务的中高级阶段；⑤通过发展电子商务，提高企业内部业务流程的信息化水平；⑥通过发展电子商务，提高企业对外业务的信息化水平。表7.1 为此调查问卷中关于中小企业电子商务发展目标的调查结果，结果显示大多数中小企业仍处于电子商务发展的初级阶段。

表 7.1 中小企业电子商务发展目标的问卷调查结果

目　　标	数量（个）	百分比（%）	个案百分比（%）
宣传与推广	201	25.3	72.6
交流与沟通	165	20.8	59.6
在线咨询	116	14.6	41.9

续表

目　　标	数量（个）	百分比（%）	个案百分比（%）
网上交易	86	10.8	31.0
内部信息化	101	12.7	36.5
对外信息化	99	12.5	35.7
无	25	3.2	9.0
总计	793	100.0	286.3

以上目标针对一个中小企业而言，并非一定要同时具备。中小企业要根据自身特点、经济实力、管理水平、技术力量等情况来确定适合本企业具体实际的目标。

7.2.1.3　市场调研与分析

中小企业制定发展电子商务的具体规划，必须在市场调研与分析的基础上。

（1）对自身商务需求的研究分析。电子商务的实施具体可以分为网上采购与网上销售两大类，网上采购主要针对原材料采购以及办公用品、低值易耗品等，而网上销售又分为 B2B 与 B2C。对于中小企业而言，不可能同时面面俱到，可以抓住自身商务的薄弱环节，寻求能够在网上开展的、能够较快获益的业务，并根据商品特色、行业特点确定电子商务模式。比如：有的商品适合网上直销，可以从 B2C 着手；有的行业是生产原材料的，就适合做 B2B。

（2）对目标客户、供应商和竞争对手的调查分析。本次调查问卷结果显示，目标客户、供应商和竞争对手作为"外界压力"的因子，其因子标准化载荷系数均较高，说明这三者对企业开展电子商务具有则较为重要的影响。只有较全面地了解掌握目标客户、供应商和竞争对手的电子商务情况，才可更准确地制定本企业的电子商务发展规划。目标客户分为两种，个人目标客户、公司目标客户。对于个人目标客户可以通过网上问卷调查等方法了解其购物倾向、年龄分布、区域分布等；对于公司客户可以定期跟踪与分析，聘请专门的咨询公司或实地进行调查研究。要了竞争对手其电子商务的战略和所开展的主要网上业务，研究对手的网站构架与运行效果。通过与供应商的沟通，可以了解供应商实施电子商务的情况即对本企业的电子商务要求。

7.2.1.4　可行性分析

企业在具体实施电子商务前要做可行性分析，包含经济可行性与技术可行性两个方面。

（1）经济可行性。调查问卷结果显示，"本企业有财政能力发展电子商务"作为"组织保障"的因子，其因子标准化载荷系数为 0.75，而打分值 1～5 的百分比分别为 6.8%、31.7%、46.4%、14.0%、1.1%，说明多数中小企业仍在发展电子商务的资金投入上有限制。企业开展电子商务一般有以下成本：购置设备、网络接入、网站制作与开发、日常维护、加入第三方电子商务平台的年费、加入竞价排名的年费等。而其收益除包含增加销售额、提高交易量、广告等直接收益外，还有间接收益和品牌收益，如减少交易成本、提升企业知名度等。企业开展电子商务并非一定要投入较大的资金，在项目预算上可以考虑适合其经济实力的、具有较高性价比的设备。

（2）技术可行性。第5章中经探索性因子分析，得出的"技术可行性"因子及标准化载荷系数为：企业信息化基础好（0.55），与本企业的原有信息系统能够匹配（0.50），电子商务的相关技术已经较为成熟、风险小（0.78），电子商务技术操作便利（0.83），公司现有的软硬件设施能适应电子商务的技术需求（0.56）。数据显示，企业信息化基础、与本企业的原有信息系统能够匹配、现有技术硬件水平的重要性相对要小，而技术的成熟度、风险大小和技术操作的便利性对中小企业而言更为重要。电子商务可选择的技术有很多，有的虽然比较先进，但是不够成熟、风险也大、操作不够便利，就不适合中小企业应用。企业要根据当前信息技术发展状况和本企业的实际情况规划网站的软硬件平台和解决方案。

7.2.2 管理者支持

第5章研究表明，管理者支持对中小企业电子商务的采纳决策和成功实施均有重要的影响作用。本次调查数据显示（图7.2），中小企业管理者总体上对发展电子商务还是较为支持的。

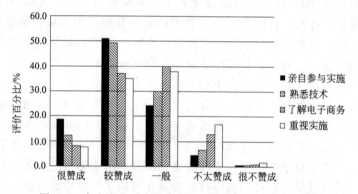

图7.2 中小企业对电子商务发展的管理者支持的评价

可以看出中小企业管理者中了解电子商务、熟悉相关技术的情况，以及重视并亲自参与电子商务具体实施的情况，均是比较理想的，这一点与预先估计的不太一致。分析其原因，一是中小企业管理者的总体文化素质正在提高，新一代的企业管理者已经具备较高的文化学历；二是计算机及网络技术不断发展普及，企业管理者的年龄也在向年轻化发展；三是电子商务确实发展迅速，广大中小企业管理者已经逐渐了解其所能带来的收益。

但仍有部分中小企业管理者对企业电子商务不够重视。一些管理者文化学历不够高或年龄偏大，不熟悉相关技术，因而对企业实施电子商务有畏难情绪，认为这是大企业的事情，以为电子商务就是要花大力气、大投资；过于担心预期的收益，认为中小企业无实力也无必要发展电子商务。这些管理者首先要加强相关新技术的学习，政府部门应通过各种渠道对公众和企业进行宣传和引导，有必要开设针对中小企业管理者的包括信息技术及电子商务知识的培训班，提高其对电子商务这样的新生事物的认知度，鼓励管理者改变观念，提高他们参与电子商务的热情。在提高认识之后，企业管理者要加大对电子商务项目的资金和人员方面的支持，并要亲自参与电子商务的规划制定和具体实施。电子商务的实施涉及多部门的协调与配合，只有企业管理者亲自参与，才能保障电子商务项目的顺利实施。

7.2.3　人员匹配

人才缺乏的问题使中小企业决策层在开展电子商务问题上望而却步，也是中小企业电子商务能否成功的因素之一。中小企业有必要通过从外部引进及内部培训等措施，培养发展电子商务的相关人才。

7.2.3.1　企业电子商务的人才需求结构

很多中小企业决策者往往有个误区，认为电子商务人才就是计算机技术方面的人才，只要企业具备懂电脑的技术人员就能做好电子商务，这是片面的认识。电子商务是一门涉及经济管理和计算机技术的新兴专业，电子商务人才是一种既懂理论又重实际，既要技术又需操作能力的复合型人才。电子商务人才是多方面、多学科的，包含技术、管理、商务的全方位的人才。

（1）技术型人才。企业发展电子商务，必须进行网络建设，这就需要精通网络技术的网络设计师及系统开发人员；电子商务网站的制作，既需要擅长页面设计、美工设计的开发人员、网页制作人员，也需要熟悉网络编程的软件开发人员。另外还需要有熟练掌握有关操作技能的后台操作人员和日常维护与更新人员。

（2）管理型人才。电子商务人才除了具备相关技术外，还要求拥有管理、社会、法律、营销和物流等多方面的知识和经验，具有系统应用、创新以及把握经济和社会发展脉搏等三个层次的能力。例如，要精通企业采购流程、分销渠道、客户管理、销售模式等，并能够利用互联网进行采购、交易等应用。

（3）商务型人才。这类人才分为两个层次：高层次的要熟悉网络营销常用方法，具有电子商务全程运营管理的经验，能够制定网站短、中、长期发展计划，能够整体监督网站与频道的运营、流量提升与盈利。低层次的可以负责公司产品在网络上的推广，负责维护并回复电子商务平台的客户询盘等。

7.2.3.2　人才引进

本次调查中电子商务人才引进的数据调查结果（表 7.2）表明，超过一半的中小企业尚无引进电子商务相关人才的计划。引进电子商务人才具有两种途径，第一种途径是从高校应届毕业生中招聘。我国已经有 300 多所大学开设了电子商务专业，每年有大量电子商务专业毕业生走出校园。大学毕业生在校期间学习了大量电子商务相关的基本理论知识，而且年富力强富有朝气。但是，电子商务人才培养模式仍旧在摸索之中，大学毕业生能直接在企业电子商务中发挥作用的比例非常小，需要经过一段时期的实践积累。第二种途径是从社会上招聘有一定行业背景和营销经验的复合型人才，这类人才可遇而不可求，企业必须采取一系列激励措施吸引他们并留住他们。

表7.2　本次调查中电子商务人才引进的数据调查结果

项　目	数量（个）	合法百分比（%）	累计百分比（%）
无	151	54.3	54.3
计划进行	69	24.8	79.1
正在进行	58	20.9	100.0
总计	278	100.0	

7.2.3.3　培训

企业电子商务人才除了从企业外部引进外，还有一种方法就是通过培训从企业内部人员中产生。

本次调查中现有人员有关电子商务的培训的数据调查结果（表7.3）表明，近一半的中小企业尚无培训相关人才的计划，说明这方面还很不够，需要加强。虽然企业原有销售人员和管理人员转变过来成为电子商务人才的占了很大的比例，但企业高层管理人员、一般管理人员甚至是普通工人，也有必要进行计算机知识、网络知识、电子商务知识方面的培训。因此，整个企业有必要建立学习型组织，汲取一定的电子商务知识并加深理解。

表7.3　本次调查中现有人员有关电子商务的培训的数据调查结果

项　目	数量（个）	合法百分比（%）	累计百分比（%）
无	138	49.6	49.6
计划进行	67	24.1	73.7
正在进行	73	26.3	100.0
合计	278	100.0	

7.2.4　制定适合企业的具体策略

第5章中经探索性因子分析，单独出一个因子——"实施的适用性"，其因子及标准化载荷系数为：企业加入的第三方电子商务平台质量好（0.73）、本行业适合开展电子商务（0.95）、本企业所生产的产品有标准化的特点（0.94）、本企业所在地区方便开展电子商务（0.75）。

中小企业要主动采取适合本企业发展的电子商务策略，在尝试的应用发展中寻求适合本企业发展的电子商务的最优方式。

（1）当前第三方电子商务平台很多，但质量参差不齐。企业要选择适合自己的、质量高且价格合理的第三方电子商务平台。

（2）调研发现，有的产品价值较高、有的产品需要客户使用体验，这类产品就不太适合在网上直接销售，只能做宣传推广。而对于标准化程度较高的产品（如纸张、CD光盘套等），以及信息内涵及产业价值链信息强度高的企业适合走网上销售之路。

（3）当前国内行业间电子商务的发展情况也极不平衡。有些行业（如服装、电子等）电子商务发展迅速，供应商、客户就会对本企业提出电子商务的要求，企业的竞争对手可能因发展电子商务而获益，那么企业就有发展电子商务的必要性，否则会丧失竞争力。有的行业可能并不适合快速发展电子商务，企业就不能冒进。

（4）发展电子商务还要分析本地区的特点。如果整个地区信息化观念陈旧、网络基础落后或者物流水平发展缓慢，那就不适合过快地发展电子商务。

7.2.5 企业电子商务安全管理

电子商务不容忽视的是随之带来的安全问题，比如：交易密码被盗、病毒泛滥、黑客入侵等。电子商务安全是影响中小企业决策层决定是否发展电子商务的重要因素之一。而加强电子商务问题，三分在技术，七分在管理。如何加强中小企业企业商务的安全管理，已成为当务之急。

7.2.5.1 企业电子商务安全管理的原则

（1）整体性。一个较好的安全系统往往是多种方法和措施正确结合应用的结果。因此要运用系统工程的观点、方法去分析影响网络安全的各种因素，包括人员、设备、数据、线路等环节，全面分析它们在网络安全中的影响和作用，然后从系统上、整体上着眼针对具体因素着手采取措施。

（2）有效管理。电子商务安全中的任何一个环节都离不开人的作用，因此有效的管理格外重要。管理学中的注重成果、把握整体、专注要点、利用优点等管理原则在电子商务的安全方案中同样适用。管理者在进行管理分工时既要着眼全局，又要专注少数真正重要的东西，利用自身优点，实现有效管理。

（3）合理折中。由于中小企业面临资金、技术、人员等各方面制约，因此要对需求、风险、代价进行平衡分析，寻求适合该企业的最佳结合点。绝对安全对任何网络来说都是很难做到的，过多或过于复杂的安全机制可能会降低网络性能，反而不适合企业的真正需要。

（4）长期性。安全系统的建设是一个长期的，不断改进和创新的过程，中小企业的网络可靠性还需要在长期关注中不断完善。特别是对于系统的长期维护是保证企业信息安全和电子商务安全建设的重要基础。

7.2.5.2 企业电子商务安全三维模型

作者提出从作用层次 L、时间关系 T 及保障体系 S 这三个层面构成了企业电子商务安全的三维模型（图 7.3）。

（1）企业电子商务安全的安全层次结构（层次维 L）。从企业电子商务安全的作用层面来看，可以分为物理安全、系统安全、数据安全和信息内容安全四层。物理安全主要体现在通信

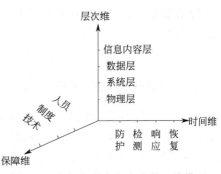

图 7.3　企业电子商务安全的三维模型

线路的可靠性、防灾害能力、防干扰能力，设备的运行环境（温度、湿度、烟尘），不间断电源保障等；系统安全指的是计算机与网络设备运行过程中的稳定性运行状态，因而又可为称之为运行安全，包括操作系统的安全、网络方面的安全；数据安全是指对信息在数据处理、存储、检索、传输、显示等过程中的保护，使之不被非法冒充、窃取、篡改、抵赖；信息内容安全是指对信息在网络内流动中的选择性阻断，以保证信息流动的可控能力，在此，被阻断的对象主要是各种不良的、有害的信息。

（2）PPDRR 模型（时间维 T）。PPDRR 模型是典型的、动态的、自适应的安全模型，包括策略（Policy）、防护（Protection）、检测（Detection）、响应（Response）和恢复（Recovery）五个主要部分。

信息安全策略是一个组织整个信息安全体系的基础，反映出这个组织对现实安全威胁和未来安全风险的预期，反映出组织内部业务人员和技术人员安全风险的认识与应对。防护是安全的第一步，但采取丰富的安全防护措施并不意味着安全性就得到了可靠保障，因此要采取有效的手段对网络进行实时检测，使安全防护从单纯的被动防护演进到积极的主动防御。响应指在遭遇攻击和紧急事件时及时采取措施。恢复指系统受到安全危害与损失后，能迅速恢复系统功能和数据。这个模型中，防护、检测、响应和恢复在安全策略的指导下构成一个完整的、动态的安全循环，是基于时间关系的。

（3）三大保障（保障维 S）。企业商务安全保障体系由人员保障、管理制度保障、技术手段保障三个要素组成。安全领导小组、安全工作小组和安全工作执行人员分别从决策、监督和具体执行三个层面为企业商务安全工作提供了完整的人员保障，良好的企业商务安全离不开规范严谨的管理制度（如《数据安全规范管理办法》、《安全应急处置预案》、《密码安全管理办法》等），同时还需要使用一系列先进的技术工具和手段。

7.3 技术层面的对策措施

电子商务毕竟是结合计算机技术、网络通信技术的新兴事物，第 5 章的实证分析结果显示，"技术因素"对中小企业电子商务的采纳决策及成功实施均具有显著的正相关，是影响到中小企业电子商务的采纳决策与成功实施的重要因素。本节从超微观层面阐述中小企业发展电子商务在技术方面的对策。

7.3.1 信息化基础设施的构建

第 5 章中得出的"企业信息化基础"题项相对"技术可行性"因子的标准化载荷系数为 0.55，说明企业信息化基础对电子商务成功实施的影响作用虽然不是特别大，但还是具有一定的影响，毕竟这是企业实施电子商务的基础。因此中小企业有必要考虑用较少的资金投入来构建必要的信息化基础设施。

7.3.1.1　网络接入方式

目前，国内中小企业还有一部分没有建设网络，而在已建网络的企业当中，网络的状况也参差不齐，网络速度、网络的利用率、网络的日常运行和优化程度都或多或少地存在问题。目前采用和存在的接入方式主要有：Modem 拨号、ADSL、专线宽带等。中小企业接入 Internet 时，在关注接入速度的同时，更多会考虑价格。

（1）Modem 拨号。即利用普通的电话网络，再加上调制解调器 Modem 实现网络接入。这种网络接入方式虽然价格低廉，但因为其速度限制很大，一般不适合企业的网络接入。

（2）ADSL（非对称数字用户线）。它是目前较为常用的接入方式，具有以下特点：①较高的数据传输性，上行最高可达 640Kb/s，下行最高可达 9Mb/s；②安全且独享的带宽；③语音和数据不干扰；④设备安装简单方便；⑤价格低廉，由于 ADSL 技术有效利用现有电话线路，因此大大降低了接入成本。因此，如果企业规模不大，而且经济实力有限，ADSL 是一种比较理想的网络接入方式。

（3）专线宽带接入。这种方式速率较快，网络稳定性强。但企业需要租用光纤专线，并且需要购置较为昂贵的网络设备。

借助因特网技术，中小企业可建立起适合自身规模的"内联网"，以便有效地进行供应链管理、客户关系管理等，并采取一定的安全措施，使之与因特网隔离。

7.3.1.2　域名注册

企业必须为其商务网站注册域名。首先要确定企业需要注册的域名及后缀，对于盈利性的企业或商业组织，后缀一般为"com"。

（1）域名的命名规则。域名中只能包含 26 个英文字母、0～9 数字或"-"连字符，英文字母不区分大小写。

（2）域名的选择。企业域名的选择要与企业相关信息一致，如单位名称的中英文缩写、企业的产品注册商标、与企业广告语一致的中英文内容等。

（3）企业域名的注册要注意域名抢注与域名冲突的问题。如果发生冲突，一种方法是换个名字，或是在申请的域名上加一个下划线，也可以加一些字母或者选择其他可用的域名；另一种方法是通过法律手段解决。

域名确定后，要选择规模较大、资质较强的域名注册商来注册域名，且需要注意以下细节：域名注册费、续费的价格、注册年限，避免以后有争议；付费后域名多长时间能够注册成功等。

注册之后要及时续费。为避免域名过期导致要高价赎回，或是解析暂停影响网站访问的情况，按时续费是非常重要的。

7.3.1.3　IT 设备采购

中小企业实施电子商务，需要购置一定数量的 IT 设备，如电脑、网络设备、打印机等。中小企业采购 IT 设备需要遵循的是方便、实惠原则。除了产品性价比要考虑之外，一定还要考虑到后期的运营维护问题，选择一家有技术实力，在企业当地经营的商家，这将为后期的维护带来很大的方便。

（1）满足企业实际要求。中小企业的实际要求是进行网络产品采购的主要依据，在选用网络产品时，应以适用性和满足应用要求为原则。

（2）恰当的投资比例。许多中小型企业在做规划时，只注重硬件的投入，将软件摆在次要的位置，对于应用开发方面更是无暇顾及。结果在网络建设好后，网上的应用根本不能满足企业的实际要求。不少企业的信息主管在资金运用上前重后轻，大量的经费都用于前期的网络建设上，到了开发应用阶段时已经拿不出资金了。因此，在系统规划设计阶段，要将整个企业的计算机应用统一为整体来考虑。

（3）可扩展性和兼容性。由于计算机发展速度非常快，这就要求作为基础架构的网络系统，必须有一定的超前性、灵活的扩展性和兼容性，在未来升级的时候能够充分保护现有投资。

（4）强有力的技术支持。网络产品的技术含量高、维护复杂，售后服务是必需的，各种技术支持、培训、热线服务、产品维修升级等都是企业日后正常使用的重要保证。中小型用户没有力量设立专门的技术支持部门，这样售后服务就成为企业的技术支持。企业在选择产品的同时必须对产品的代理商或者集成商的实力、服务进行综合考虑，包括代理商或集成商的技术实力、代理级别、保修年限等方面。

7.3.2 B2B 电子商务平台的选择

第 5 章中得出的"第三方电子商务平台质量"题项相对"实施适应性"因子的标准化载荷系数为 0.73，说明第三方电子商务平台质量对中小企业电子商务成功实施的影响作用还是较大的。因此中小企业有必要考虑选择性价比较高的第三方电子商务平台。

7.3.2.1 综合性 B2B 电子商务平台

综合 B2B 网站涉及面广，种类齐全。

阿里巴巴（www.alibaba.com）是国内甚至全球首屈一指的 B2B 电子商务服务商。其主要服务是为中国供应商会员服务与诚信通会员服务，分别针对外贸与内贸。

环球资源网（www.globalsources.com）是一家领导业界的 B2B 媒体公司，为专业买家提供采购资讯，并为供应商提供综合的市场推广服务。它已具有 30 多年的历史，以外贸见长。

慧聪网（www.hc360.com）是国内仅次于阿里巴巴的 B2B 电子商务服务商，以商情广告与资信见长，另外还涉足搜索、网站制作、行业市场研究等方面。

在国际贸易方面比较出色的还有中国制造网（www.made-in-china.com）、EC21（www.ec21.com）等。其中，在中国制造网上做推广的大多是中小企业。

在其他国内综合类 B2B 方面，中国产品平台、万国商业网、买麦网、全球制造网等平台也在慢慢崛起。

对于中小企业而言，没有必要加入多个综合性 B2B 平台，需要从中加以选择。要尽量选择那些在行业里历史悠久的平台商，要关注买家群的数量和质量，要考察服务商提供服务的多样性，并应看重性价比。

7.3.2.2　垂直型 B2B 电子商务平台

垂直型 B2B 电子商务平台又称为行业网站，是针对某一个行业的 B2B 网站，更专业、更细化。

行业垂直类网站总体可分为 20 几个大类，而在这些网站中，大部分的网站都分布在浙江，杭州是行业垂直电子商务最发达的地区，有一半以上分布在这个地区，另外还有一些分布在北京、上海、成都、大连等地。其中中国化工网、中国服装网、中国食品产业网、全球纺织网、全球五金网、建材第一网等行业网站在行业和领域中逐渐成为主导行业态势的电子商务平台。

对于中小企业而言，考虑加入哪些行业网站时，要分析所在行业有哪些行业网站，每个行业网站的功能、结构、认证方式的优劣，每个行业网站的收费策略，每个行业网站的用户数、浏览量、询盘量、交易量等，总之要保证较高的性价比。

7.3.3　网站构建模式的选择

第 5 章中得出的"客户对商务网站的满意程度"题项相对"顾客维度评价"因子的标准化载荷系数为 0.77，说明商务网站具有较大的作用。因此中小企业要选择一种适合自己企业特点的、又有一定性价比的商务网站构建模式。中小企业一般经济实力不强，难以像大企业那样在网站建设方面投入大量的资金，可以采用虚拟主机、租用公共服务平台等模式节省资金投入。

7.3.3.1　虚拟主机模式

这种模式由 ISP 提供主机存储空间、Internet 接入、IP 地址、域名等服务，还提供网站技术支持。企业租用申请成功后可得到账户信息，把自行开发的网站上传到主机，并有完整的权限管理和维护主机的某个存储目录。用户可以用独立的域名访问商务网站。

这种模式性能价格比高，投入较少。企业只要定期向服务商交纳较少费用，就能解决机房环境、带宽租用、软硬件环境、网站空间等多项问题。同时，对企业技术人员的要求较低，只需要掌握网站开发方面的技术，无须较多掌握硬件设备、网络控制及安全方面的技术。当前能够提供虚拟主机服务的信息服务商有很多，已有一些好的服务商能够提供良好的硬软件资源、通信线路和对系统的维护管理。

这种模式的劣势是使每个企业的商务网站存储空间有限制，不支持较大访问量，可能出现服务器速度慢或者不稳定的情况。

虚拟主机模式适合经济实力一般、自身技术力量较弱、对网站性能要求不是太高的中小企业。

7.3.3.2　租用公共服务平台

租用公共服务平台的模式是商务网站公共服务平台提供商提供成熟的公共服务平台（包括硬件、软件）给企业，企业用户申请账号后，无须自行制作、开发网站，整个网站完全依托服务商平台，用户只需进行产品、用户、订单等信息的管理与维护。

这种模式总体成本在所有网站模式中是最低的，企业无须考虑任何网站技术方面的问题。当前有一些商务公共服务平台比较成熟，能提供物流、结算等全面配套交易的服务，如淘宝商城、中国制造网等，这些公共服务平台一般访问量大，人气很高，可以吸引大量买方访问，增加交易机会。

这种模式的劣势是企业对网站控制和管理权限较低，企业租用现成的商务网站平台，网站的功能无法为本企业定制，更无法扩充和升级。

这种模式适合各方面实力较弱、暂无自己的网站、电子商务刚刚起步的小型企业，经过一段时期的发展，这类企业还是应该考虑更强的网站构建模式。

7.3.3.3 ASP 外包

应用服务提供商（Application Service Provider，ASP）外包方式，是指从所需的硬件平台到应用软件、企业内部资源管理和业务流程的处理均由特定的供应商提供，并由供应商进行维护、管理及更新，企业（即 ASP 的用户）通过租赁、租用等方式获得服务。ASP 服务内容包括：①虚拟主机或主机托管，包括 Web 站点托管、电子邮件服务器等；②应用软件租用，包括电子商务网站所需的 WEB 服务器软件、数据库软件等可扩充的商业软件；③技术支持，指提供统一的技术支持教材、手册以及 FAQ（经常询问的问题）文档，并可以通过电话、Internet 等媒介实现应用服务的技术支持；④对应用服务的安全 Internet 访问和网络租用，包括路由器、交换机、防火墙等；⑤应用软件定制开发，指根据客户特定需求，ASP 可以在现有的模板上对软件进行一定程度的修改，以符合特殊需要[12]。

ASP 的优势有以下几点：①一般 ASP 公司能够提供标准化、规范化的服务；②企业能够削减开支，控制成本，特别对于那些没有能力投入大量资金、人力从硬件基础开始构建企业信息框架的企业；③外包推动企业注重核心业务，专注于自己的核心竞争力；④来自外包商的专业技术人员可以将企业信息技术部门从日常维护管理这样的负担性职能中解放出来，减少系统维护和管理的风险；⑤借助外包商改善企业自身的技术服务[13]。

ASP 外包尤其适合有发展电子商务的迫切需求，而自身技术力量又较为薄弱的企业。

7.3.3.4 SaaS

SaaS 是 Software-as-a-service（软件在线服务）的简称，它是一种基于互联网提供软件服务的应用模式。随着互联网技术的发展和应用软件的成熟，SaaS 作为一种创新的软件应用模式在逐渐兴起。

SaaS 提供商为企业搭建信息化所需要的所有网络基础设施及软件、硬件运作平台，并负责所有前期的实施、后期的维护等一系列服务，企业无须购买软硬件、建设机房、招聘 IT 人员，即可通过互联网使用信息系统。就像打开自来水龙头就能用水一样，企业根据实际需要，向 SaaS 提供商租赁软件服务。

对于广大中小型企业来说，SaaS 正在逐渐成为采用先进技术实施信息化的较好途径。

7.3.4 常用的安全技术手段

（1）加密技术。是采用数学方法对原始信息进行再组织，使其成为不可读的代码，接受者只能输入相应的密钥之后才能阅读原始内容，通过这样的途径可保护数据不被非法阅读者阅读。目前在中小企业中使用的加密技术主要有以下两种。

①对称密钥加密，指收发双方采用相同的密钥进行加密和解密，如美国数据加密标准（DES），其密钥保密，算法公开，至今仍找不到除穷举外的其他解密方法，所以被认为是一种加密的好办法。

②非对称密钥加密，对信息的加密和解密采用不同的密钥，加密密钥可公开，解密密钥用户自己秘密保存，加密公钥和解密私钥的形成与数学相关，且成对出现，不能通过加密公钥计算出解密私钥。

（2）身份认证技术。进行身份认证一方面验证信息的发送者是真正的非冒充的；另一方面可验证信息的完整性，即验证信息在传输过程中是否被篡改、重放或延迟。身份认证技术涉及两个重要的协议，SSL 和 SET 协议。SSL（Secure Socket Layer）向基于 TCP/IP 的安全/服务器应用程序提供了客户端与服务器的鉴别、数据完整性以及信息机密性等安全措施。它采用对称或非对称加密技术，通过数字证书验证身份，并采用防止伪造的数字签名。但 SSL 协议有利于商家不利于客户，不能协调各方的安全传输和信任关系。SET（Secure Electronic Transaction）是针对在 Internet 上进行在线交易时保证在线支付的安全而设计的开放规范。它可以对交易双方进行身份验证和信用担保，并能使订单信息和个人账户信息相隔离，以保障持卡人的账户信息。SET 解决了网上交易存在的客户与银行之间、客户与商家之间、商家与银行之间的多方认证问题。

（3）防火墙技术。防火墙是设置在企业内部网络和外部网之间的一道屏障。它能有效地控制内网和外网之间的访问数据传送，从而达到保护内部网络的信息不受外部非授权用户的访问和过滤不良信息的目的。防火墙能记录下经过防火墙的访问，做出日志的记录，发现可疑情况适当报警。防火墙主要分为：数据包过滤防火墙、应用级网关防火墙和代理服务型防火墙。

（4）病毒防治技术。计算机病毒具有传染性、欺骗性、潜伏性和破坏性。其代码能通过计算机、存储器、存储介质进行传播和扩散，强行修改计算机程序。目前适合中小企业的防治技术主要有以下两点。

第一，软件预防。这是病毒预防系统的第一道防线，所安装的杀毒软件能应付大多数计算机病毒，并能防止程序直接写入磁盘引导区，防止执行文件被修改。这也是大多数中小企业采取的病毒防治策略。

第二，"免疫"处理。大部分病毒在感染时，除将病毒程序放入宿主程序之外还放入了病毒的感染标志。杀毒软件给被保护程序添加被感染标志，这样当病毒发现有感染标志的程序时就不会对其再次感染，从而欺骗病毒达到保护计算机的目的。

（5）入侵检测技术。入侵检测是对于面向计算机资源和网络资源的恶意行为的识别和响应（包括安全审计、监视识别和响应）。入侵检测系统（IDS）采用概率统计、专家系统、神经网络、模糊匹配、行为分析等方法，弥补防火墙的不足，为网络安全提供实时的入侵检测，以及采取相应的防护手段，如记录证据、跟踪入侵、恢复与断开网络连接等。

（6）VPN（Virtual Private Network）虚拟专用网技术。指在公共网络中建立一个专用网络，数据可以通过建立好的虚拟通道在公共网络上传播。它可以帮助远程用户、公司分支机构、商业合作伙伴及供应商同公司内部网建立可信的安全连接，保证数据的安全传输。使用 VPN 技术，企业不需要租用长途专线建设专网，不需要大量的网络维护人员和设备，从而实现低成本。近几年推出的动态 VPN 解决方案可支持 VPN 网络的任意一方用动态 IP 地址来组建 VPN 网络，甚至使用内网 IP 地址也能组建 VPN，这将大大降低运营成本，从而解决了中小企业的 VPN 组网难题。

7.4　中小企业电子商务发展路径

中小企业电子商务的发展可以划分为四个阶段：信息展示阶段、网上交互阶段、网上交易阶段、信息集成阶段。这四个阶段整体呈向前趋势，即后一个阶段在运作成本、技术要求、复杂性方面都要高于前一阶段。见图 7.4，方框内为各个阶段的主要特点。

图 7.4　中小企业电子商务发展阶段原始模型

7.4.1　信息展示阶段

很多中小企业的电子商务的第一步就是在网站上向潜在的用户发布单向信息，包括企业的产品、服务、联系方法及其他相关信息。这个阶段的另一个重要特征是没有与企业内部的和外部的运作事务进行集成，其主要目标是吸引新的顾客。

在这个阶段，大部分中小企业为了提高网上知名度，还开始两项工作：①加入百度、谷歌等搜索引擎进行网站推广工作；②加入阿里巴巴、环球资源网等第三方电子商务平台。

7.4.2　网上交互阶段

这个阶段的主要特征是实现企业与供应商和分销商（B2B）及企业与顾客（B2C）之间的双向交流与通信，包括接受顾客的网上订货、接受顾客关于产品质量的、服务的意见反馈，向供应商进行原材料的网上订购等。在这个阶段，信息内容更为详细，并为用户提供功能强大的搜索引擎。这个阶段中的所有双向交互都不包含货币交易。

7.4.3　网上交易阶段

这个阶段与前一阶段最大的不同是 B2B 或 B2C 中交易双方实现了货币交易。此阶段还允许虚拟组织的参与，参与者可以在一个公共利益范围内共享信息。中小企业之间的协作也是非常重要的，可以共同商议降低成本获得更好效益。此阶段还包括网上拍卖，买卖双方在网站上通过规范的定价和订单操作流程进行交易。

7.4.4　信息集成阶段

此阶段完成了所有商务交易的全部集成，达到了电子商务发展的最高阶段，是与顾客和供应商之间的最高水平的协作，同时也是包含价值链的 B2B 和 B2C 的完全集成。此时，电子商务系统已经与客户关系管理（CRM）、供应链管理（SCM）完全交融，从而使企业的信息化建设达到最高水平。

7.4.5　修正的中小企业电子商务发展阶段

决策层成员对发展电子商务的行为意向是非常重要的，在电子商务整个发展阶段主要表现为两点，一点是最初期是否要发展电子商务，二是在每个阶段发展的快慢。

（1）前电子商务阶段。可以在中小企业电子商务发展阶段模型中增加一个前电子商务阶段，这个阶段又分为两个阶段：第 00 阶段和第 0 阶段。第 00 阶段是指决策层尚没有发展电子商务的意向，而第 0 阶段是指决策层已经有了发展电子商务的初步意向。一般来说，中小企业不从第 00 阶段直接跳到第 1 阶段，只能先从第 00 阶段过渡到第 0 阶段，再从第 00 阶段到第一阶段，而处于第 0 阶段的中小企业一般在较短时间内会进入第一阶段，即第一阶段将第 0 阶段的行为意向变为行为事实。

有的企业可以不经过第 00 阶段直接进入第 0 阶段，即决策层能较快达成发展电子商务的一致意向。这类企业有可能是决策成成员年富力强、思想活跃，对信息行业及电子商务技术比较了解，也有可能是行业内竞争激烈，同行、供应商电子商务应用广泛，客户的网上订货需求也很高，因而决策成成员有压力需要尽快发展电子商务。

也有的企业决策层成员暂时没有发展电子商务的意向，原因是多方面的，决策层成员的自身素质的不足、同行之间的观望策略、所在行业发展电子商务的风险较高等。这类企业发展电子商务的阻力较大，要经过较长时期的观望等待，需要所在行业发展电子商务的大环境的改善、决策层成员自身素质的提高、所在企业自身实力的加强等才能有改变。

（2）各发展阶段之间的跳跃性关系。决策层成员对发展电子商务的行为意向对企业电子商务的发展速度和质量也是有影响的。如果决策层成员发展电子商务的魄力很大，就会在资金投入、机构改革、技术人员招募、制度建设方面加大力

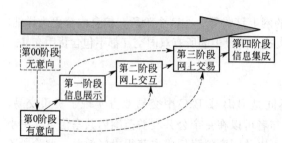

图 7.5　中小企业电子商务发展阶段修正模型

度，从而使整个电子商务的发展呈跳跃性，如直接从第 0 阶段进入第二阶段甚至第三阶段，或者从第一阶段跳至第三阶段。当然这也要根据企业的具体情况，不能简单冒进。使用第三方电子商务平台是实现跳跃式发展的有效途径，第三方电子商务平台（如阿里巴巴等）功能完善、技术成熟，企业可以在平台上进行信息展示、网上交互、网上交易等，且风险也小。如果决策层成员对发展电子商务的行为意向较为谨慎，那么企业电子商务的发展就按部就班。图 7.5 为中小企业电子商务发展阶段的修正模型，其中虚线为跳跃阶段。

7.5　中小企业电子商务的发展前景

7.5.1　"十二五"电子商务发展规划

中华人民共和国商务部于 2011 年 10 月发布了《"十二五"电子商务发展指导意见》（下简称意见）。意见中指出"十二五"期间我国电子商务的主要目标是：到 2015 年，电子商务法规标准体系基本形成，协同、高效的电子商务管理与服务体制基本建立，规范、诚信的电子商务交易环境逐步完善；电子商务成为企业拓展市场、推动"中国制造"转型升级的有效手段、消费者方便安全消费的重要渠道；电子商务服务业规模化、规范化发展，成为我国现代商贸流通体系建设的重要组成部分。到 2015 年，我国规模以上企业应用电子商务比率达 80% 以上；应用电子商务完成进出口贸易额占我国当年进出口贸易总额的 10% 以上；网络零售额相当于社会消费品零售总额的 9% 以上。意见中还谈到具体工作任务包括：完善电子商务发展环境；重点鼓励发展电子商务服务业；深化普及电子商务应用。

同时，意见中提出：引导鼓励中小企业应用第三方电子商务服务平台开拓国内外市场；鼓励第三方电子商务服务平台与有条件的省（自治区、直辖市）建立区域性电子商务服务平台；鼓励各地结合产业发展特色，建设行业电子商务服务平台，带动产业集群发展；鼓励第三方移动电子商务服务平台建设；鼓励中小企业应用跨境电子商务平台拓展海外市场，减少渠道环节，树立中国品牌形象，开展国际合作，解决跨境电子商务中存在的问题。

意见中还提出：充分发挥政府投入的带动引导作用，加大对电子商务发展的支持力度，设立电子商务发展专项资金，向电子商务科研创新、模式创新、产学研成果转化、中小企业电子商务应用、中小电子商务企业融资、农村商务信息服务、电子商务公共服务提供资金支持。

7.5.2 多种电子商务模式的融合

诚如马云所说的："十年之后中国将没有电子商务，理由是电子商务将彻底地融入到所有企业的血液当中，成为企业日常运作的一部分。"各种电子商务模式在移动互联网的催化下，在"后工业时代"必将走向融合，多维一体的电子商务时代就是未来的趋势。这不仅是 B2B 与 C2C（个人对个人的电子商务）、B2C 互相融合，而且还与搜索引擎、门户网站、即时通信、社区博客、电信运营商、手机电脑等终端厂商，甚至是传统行业的企业融合，达到互相依存、互相带动的效果[181]。

7.5.3 平台化——未来电子商务的趋势

2011 年 10 月闹得沸沸扬扬的淘宝商城新规事件，让我们看到注重建立诚信、健康的电子商务平台是大势所趋，但如何制定规则、如何引导，仍然值得探讨。中小企业如何选择适合自己的电子商务平台，是否可以自建属于自己风格的电子商务平台，提高自身主导性，从而保护卖家自身的合法权益，应该仔细斟酌。中小企业在选择电子商务平台时，除了选择传统的电子商务平台如淘宝以外，也可以根据企业自身需求自主构建适合企业发展的电子商务平台，中小企业可选择两者不同风格的电子商务平台，一方面可以保证忠诚老客户的利益，另一方可以多渠道吸引更多的新客户，这样才能会让中小企业的风险降到最低[182]。

淘宝新规效应暴露出我国电子商务领域的法制、管理体系还不完善，随着中国电子商务步入转型期，能够为用户提供自主平台建设的企业将会从中更加受益。而这些电子商务平台化公司的介入，将会为中小企业电子商务发展提供更加快捷、安全、专业化的选择，从而真正地降低中小企业的风险、提高效益[182]。

7.5.4 开拓移动商务应用思路及模式

随着 3G 移动通信网络的全面建设，移动商务技术条件日渐成熟，移动商务越来越受到企业的关注。移动商务（M-Commerce）作为新技术环境与新市场条件下的一种新型商务形态，是指通过移动通信网络进行数据传输并且利用移动信息终端参与各种商业活动的一种新的商务模式。移动商务具备以下特征与优势：更为自由便捷的通信环境，更广泛的消费者的覆盖，更准确，个性化的信息互动。通过移动商务可以帮助中小企业及时了解市场信息进而增强营销能力和客户拓展能力，获取更多贸易机会。移动网络的开放性和移动终端的移动性为提高外销员的工作效率带来了诸多便利，洽谈、谈判、信息搜寻均可以借助移动商务平台接入互联网随时随地进行。同时，因为信息的流动和传输更迅速便捷，信息流处理手段的进步将会进一步优化物和资金流，使交易的各个环节和诸要素结合成一个协同的整体，移动商务相比电子商务能更大程度的节约交易成本，缩短流程时间[183]。

7.5.5 云服务平台的运用

2006 年 8 月 9 日，Google 首席执行官埃里克·施密特在搜索引擎大会首次提出云计算（Cloud Computing）的概念。狭义云计算指 IT 基础设施的交付和使用模式，指通过网络以按需、易扩展的方式获得所需资源；广义云计算指服务的交付和使用模式，指通过网络以按需、易扩展的方式获得所需服务，这种服务可以是 IT 和软件、互联网相关，也可是其他服务。云计算的核心思想，是将大量用网络连接的计算资源统一管理和调度，构成一个计算资源池向用户按需服务。提供资源的网络被称为"云"。"云"中的资源在使用者看来是可以无限扩展的，并且可以随时获取、按需使用、随时扩展、按使用付费。

云计算可以认为包括以下几个层次的服务：基础设施即服务（IaaS），平台即服务（PaaS）和软件即服务（SaaS）。IaaS（Infrastructure-as-a-Service）指消费者通过 Internet 可以从完善的计算机基础设施获得服务，PaaS（Platform-as-a-Service）实际上是指将软件研发的平台作为一种服务，也是 SaaS 模式的一种应用。但是，PaaS 的出现可以加快 SaaS 的发展，尤其是加快 SaaS 应用的开发速度。SaaS（Software-as-a-Service）是一种通过 Internet 提供软件的模式，用户无须购买软件，而是向提供商租用基于 Web 的软件，来管理企业经营活动。对于传统的软件，SaaS 解决方案有明显的优势，包括较低的前期成本、便于维护、快速展开使用等。在应用了 SaaS 的电子商务系统中，电子商务系统服务商将负责企业所有电子商务网站维护和升级，其中包括新网购功能开发、新安全技术应用、服务器软硬件设备更新等。企业不用再聘用技术团队维护电子商务网站，也不必再支付额外费用，企业需要哪项功能，只要在电子商务系统平台中选择、应用即可[184]。

电子商务平台应用云计算，将使企业网站不仅是交易平台，而是涵盖营销、管理全部的电子商务流程的平台，是电子商务交易平台和电子商务服务平台的组合，用户通过这一平台可以省掉软硬件维护等方面的困扰。它将帮助企业做好电子商务的后台管理、在线营销与交易过程服务。对于在当前经济形势下希望降低计算成本、提高效率的小企业来说，它们发现基于互联网的软件和服务具有的许多优点，越来越有吸引力[184]。

目前一些互联网服务商已经开始向中小企业提供云计算服务。国内领先的互联网应用服务提供商——万网 2011 年宣布成功登云，将旗下几乎所有应用产品全部转型为云服务，并正式宣布将六项行业内公认的收费业务转为免费服务，包括免费 5M 带宽、2G 免费空间、免费正版微软操作系统、免费云主机数据快照与备份服务、免费域名信息隐私保护、免费域名品牌体检服务。粗略估算，以上六项服务免费后，最多可为用户每年节省近十万元成本。万网产品与直销副总裁张本伟指出，万网自 2011 年年初启动登云计划后，已经有近万家中小企业用户选择了万网云主机，其中 20％为快速增长的电子商务和团购网站，33％为中小企业官方网站，还有大量的论坛和信息门户类网站也落户万网云计算[185]。阿里云计算依托阿里巴巴集团在电子商务领域的宝贵经验积累，致力于提供完整的云计算基础服务。其推出的网站云计算服务将云计算的资源与互联网上的主流建站软件程序相结合，帮助中小互联网创业者降低创业门槛，着手打造互联网创业者及周边商业应用群体的生态链。

在未来的电子商务中，云计算将会成为一种随时随地，并根据需要而提供的服务，就像水、电一样成为公共基础服务设施。有专业人士预测，到 2020 年全球云计算市场规模将比现在增长五倍多，从 406 亿美元增长到 2410 亿美元以上，中小企业对于云计算的需求会逐年上升。可以预见的是，随着云计算日趋走向成熟，小型企业出于越来越多的技术需求会更加依赖于云计算，而其成本和复杂性也会逐渐地降低[186]。

7.5.6 物联网相关技术在电子商务中的应用

2010 年，我国政府工作报告对"物联网"所做的注释是："物联网是通过传感设备按照约定的协议，把各种网络连接起来进行信息交换和通信，以实现智能化识别、定位、跟踪、监控和管理的一种网络"。简单地说就像电脑插上网卡和上网设备一样，要让所有的物品（家电、设备、货物等）都能通过射频识别（RFID）技术和其他技术联系在一个庞大的网络中，从而实现对物品的监控和管理。它不仅是一种技术，也是云计算理念在社会各个领域的延伸和拓展，是一种移动化动态资源管理的理念[187]。

从技术上来讲，物联网主要通过各种信息传感设备，如 RFID 技术、传感器、红外感应器、全球定位系统、气体感应器、扫描器等各种装置与技术，实时采集任何需要连接、监控、互动的物体或过程，采集其需要的各种信息，基于互联网结合形成一个巨大网络，方便识别、管理和控制[188]。

物联网各种相关技术在电子商务中的整体应用主要体现在以下几个方面。

首先，在商品管理方面，可建立商品追踪系统。通过编码技术或 IP 技术对产品进行唯一标识，一方面可以使企业随时监控商品状态，有效管理商品质量。另一方面可以使用户有效地辨别商品，更加清楚了解商品的具体来源、生产加工运输过程，增加用户信任度，进一步提高用户消费的积极性[188]。

其次，在库存管理方面，可以通过采用 RFID 技术、传感器技术等对库存商品信息进行实时感知与传输，形成自动化库存，并自动实现与销售平台商品数据的同步。大大降低管理成本，增加营销效率，减少用户订单的确认时间，改善消费体验[188]。

再次，在物流领域。采用物联网和 GPS 技术结合的方式，将配送商品模块化，让消费者、网上零售商和物流公司三方实时获悉配送商品的路线以及配送车辆的实时状态[186]。

最后，在产品质量方面。通过建立产品的溯源系统和产品唯一的识别标识，不仅可以使用户真正了解商品的质量和具体来源，还可以降低用户被骗的风险，进一步提高用户消费的积极性[186]。

2011 年亚太经济合作组织（APEC）中小企业峰会于 2011 年 8 月 29 日至 31 日在成都举办，本届峰会锁定"成长的力量"这一主题，深入解读当前形势下，中小企业如何抓紧机遇、坚持创新、快速成长，实现产业升级的发展之道。商务部电子商务和信息化司副巡视员聂林海出席了本次峰会并发表演讲，他认为，中小企业的发展遇到了很多的瓶颈，特别是再融资方面。中小企业的发展可以和大中型企业站在同一起跑线上的只有电子商务，中小企业一定要借助现有的为中小企业服务的电子商务平台，快速地进入电子商务领域发展自己，争取发展的机遇，把自己培养壮大，为国民经济作出贡献[189]。

附录 A   关于中小企业标准的解释

工业。中小型企业须符合以下条件：职工人数 2000 人以下，或销售额 30000 万元以下，或资产总额为 40000 万元以下。其中，中型企业须同时满足职工人数 300 人及以上，销售额 3000 万元及以上，资产总额 4000 万元及以上；其余为小型企业。

建筑业。中小型企业须符合以下条件：职工人数 3000 人以下，或销售额 30000 万元以下，或资产总额 40000 万元以下。其中，中型企业须同时满足职工人数 600 人及以上，销售额 3000 万元及以上，资产总额 4000 万元及以上；其余为小型企业。

批发和零售业。批发业中小型企业须符合以下条件：职工人数 200 人以下，或销售额 30000 万元以下。其中，中型企业须同时满足职工人数 100 人及以上，销售额 3000 万元及以上；其余为小型企业。零售业中小型企业须符合以下条件：职工人数 500 人以下，或销售额 15000 万元以下。其中，中型企业须同时满足职工人数 100 人及以上，销售额 1000 万元及以上；其余为小型企业。

交通运输和邮政业。交通运输业中小型企业须符合以下条件：职工人数 3000 人以下，或销售额 3000 万元以下。其中，中型企业须同时满足职工人数 500 人及以上，销售额 3000 万元及以上；其余为小型企业。邮政业中小型企业须符合以下条件：职工人数 1000 人以下，或销售额 30000 万元以下。其中，中型企业须同时满足职工人数 400 人及以上，销售额 3000 万元及以上；其余为小型企业。

住宿和餐饮业。中小型企业须符合以下条件：职工人数 800 人以下，或销售额 15000 万元以下。其中，中型企业须同时满足职工人数 400 人及以上，销售额 3000 万元及以上；其余为小型企业。

附录 B 预调研企业名单

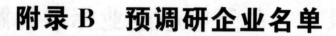

序号	企业名单
1	江苏天地钢结构工程集团
2	江苏集群软件技术有限公司
3	江苏国豪医药集团有限公司
4	徐州彭城重型机械有限公司
5	徐州天正车业有限公司
6	徐州经纬贸易有限公司
7	徐州友谊美容化妆品有限公司
8	江苏小康食品有限公司
9	徐州同德发展工贸有限公司
10	徐州华日化学工业有限公司
11	徐州佳丰食品有限公司
12	江苏斯尔克化纺织股份有限公司
13	徐州中山电器公司
14	徐州世奇医疗保健有限公司
15	徐州西关化工厂
16	徐州中收农机汽车销售有限公司
17	徐州恒力实业有限公司
18	徐州铸本混凝土有限公司
19	徐州万事达系统集成有限公司
20	徐州四方锅炉有限公司
21	徐州三原技术产业有限公司
22	徐州汉方理财投资顾问有限公司
23	徐州蓝海计算机网有限公司

附录 C 中小企业电子商务发展调查问卷

尊敬的领导：您好！

为了解目前中小企业电子商务发展状况及企业领导对电子商务发展问题的看法，现组织本次调查。在此，对所有参加调查工作的企业和人员表示衷心的感谢！

对调查问卷的几点说明：

（1）调查为匿名方式，调查资料仅用于统计分析，保证不会对外泄露。

（2）问卷网上下载地址 http：//metc. ujs. edu. cn/fy/wenjuan. doc；

（3）考虑到问卷的时效性和时间一致性，请在 2009 年 12 月 31 日前将问卷寄回。

地址：江苏镇江学府路 301 号　　江苏大学校本部・工商管理学院・＊＊＊212013

联系电话：137＊＊＊＊1980　　E-mail：f＊＊@ujs. edu. cn

（4）请企业主要负责人填写问卷；

（5）请您按照您的真实想法，在下列问题的相应答案上划"√"或填写即可。

再次谢谢您的配合！

江苏大学工商管理学院

江苏省中小企业发展研究基地

二〇〇九年十一月

第一部分　企业基本信息

1. 贵企业所属行业：

□食品制造业	□纺织服装业	□化工制造业
□医药制造业	□橡胶、塑料制品业	□非金属矿物制品业
□金属冶炼及压延加工业	□金属制品业	□通用设备制造业
□专用设备制造业	□交通运输设备制造业	□工艺品制造业
□电子、电气制造业	□仪器仪表制造业	□其他(请注明)＿＿＿＿

2. 贵企业的经济性质为(请按照工商局企业登记注册类型填写):

□国有企业	□集体企业	□股份合作企业	□联营企业
□有限责任公司	□股份有限公司	□私营企业	□其他内资企业
□与港澳台商合资经营企业	□与港澳台商合作经营企业	□港澳台商独资经营企业	□港澳台商投资股份有限公司
□中外合资经营企业	□中外合作经营企业	□外资企业	□外商投资股份有限公司

3. 贵企业的员工数为:

□300 人以下	□300~499 人	□500~999 人
□1000~1499 人	□1500~1999 人	□2000 人及以上

4. 贵企业的资产规模为(以注册资本为准):

□4000 万以下	□4000 万元~1 亿元	□1 亿元~2 亿元
□2 亿元~3 亿元	□3 亿元~4 亿元	□4 亿元及以上

5. 贵企业的年销售额为:

□3000 万元以下	□3000 万元~5000 万元	□5000 万元~1 亿元
□1 亿元~2 亿元	□2 亿元~3 亿元	□3 亿元以上

第二部分　企业信息化及电子商务发展状况

1. 贵企业内部网建设状况:

□已经全面建成	□正在建设	□已经计划	□尚未计划

2. 贵企业 Internet 接入情况:

□尚未接入	□宽带租用(包括 ISDN、ADSL 等)	□光纤专线接入	□其他

3. 贵企业的信息化工作进行了多少时间?

□不到 1 年	□1~2 年	□3~4 年	□5 年及以上

4. 贵企业运行了哪些信息系统或软件(可多选)?

□财务管理	□人事管理(或人力资源管理)	□库存管理
□办公自动化(OA)	□供应链管理(SCM)	□生产或销售管理
□客户关系管理(CRM)	□制造资源计划(MRP 或 ERP)	□其他

5. 贵企业开展过哪些电子商务活动(可多选)?

□尚未开展任何电子商务活动,并且尚无计划或意向

□尚未开展任何电子商务活动,但已有计划或意向

□已经利用网站进行企业宣传,发布商品信息

□已经利用网站提供售后服务,接受用户咨询或反馈意见

□利用电子商务与供应商洽谈条件,签订合同进行网上采购(无网上支付)

□利用电子商务与供应商洽谈条件,签订合同进行网上采购(有网上支付)

□利用电子商务与客户进行网上交易(无网上支付)

□利用电子商务与客户进行网上交易(有网上支付)

□实现电子商务与内部信息化建设的集成

续表

6. 贵企业网站内容(包括在其他平台发布的信息)的更新情况:

☐及时更新　　　☐定期更新(☐一周内 ☐一月内 ☐半年内 ☐一年内 ☐一年以上)

☐不定期更新　　☐没有更新

7. 贵企业网站内容(包括在其他平台发布的信息)的更新负责人:

☐由专人负责信息的更新　　　☐没有专人负责,谁有空谁更新　　　☐外包给有关公司

8. 贵企业是否已经加入以下综合性 B2B 平台(可多选)?

☐阿里巴巴　　　　☐慧聪网　　　　☐环球资源网　　　☐中国海商网

☐中国制造网　　　☐网盛生意宝　　☐淘宝商城　　　　☐无

☐金银岛网交所　　☐敦煌网　　　　☐其他＿＿＿＿＿＿＿

9. 贵企业所加入的所在行业的 B2B 行业网站数目为多少?

☐0　　　　　　　　　☐1　　　　　　　　　☐2

☐3　　　　　　　　　☐4　　　　　　　　　☐5 及以上

10. 贵企业是否已经加入以下搜索引擎,包括竞价排名(可多选)?

☐百度　　　　　　☐谷歌　　　　　　☐新浪　　　　　　☐无

☐网易　　　　　　☐搜狐　　　　　　☐其他

11. 如果企业已经通过互联网开展贸易活动,则网上贸易额(包括通过网上信息获取的贸易机会)占企业贸易额的比重:

☐10%以下　　　　　☐10%～19%　　　　☐20%～29%

☐30%～39%　　　　☐40%～49%　　　　☐50%及以上

第三部分　企业电子商务采纳-决策因素

请谈谈你对下列观点的赞同程度,在相应栏目中打"√"。

序号	观点	非常赞同	较赞同	一般	不太赞同	很不赞同
一、关于外部压力						
1	行业内很多竞争对手正在实施电子商务					
2	行业内已经出现了实施电子商务非常成功的竞争者					
3	本企业的很多供应商正在实施电子商务					
4	如果本企业不使用电子商务,将会得不到很多供应商的良好服务					
5	本企业的很多客户正在实施电子商务					
6	如果不使用电子商务,将会失去很多客户					
二、关于支撑环境						
1	政府主管部门对中小企业采用电子商务非常支持					
2	当前具有完善的电子商务法律法规					
3	当前电子商务交易是安全的					
4	网络速度和质量能够保证					
5	当前电子商务信用体系是完善的					

序号	观点	非常赞同	较赞同	一般	不太赞同	很不赞同
三、关于管理者支持						
1	管理者具有创新精神					
2	管理者亲自参与电子商务的实施					
3	管理者熟悉计算机及信息技术					
4	管理者了解电子商务能带来的益处					
5	管理者高度重视电子商务的实施					
四、关于组织保障						
1	本企业有财政能力发展电子商务					
2	本企业有实施电子商务的战略规划					
3	电子商务在本企业得到广泛理解					
五、关于技术条件						
1	企业信息化基础好					
2	企业内部具有信息系统和电子商务专家					
3	公司员工具有较高的计算机技能					
4	本企业有针对员工使用电子商务的技术培训					
5	与本企业的原有信息系统能够匹配					
六、关于可感知的易用性						
1	电子商务的相关技术已经较为成熟、风险小					
2	电子商务技术操作便利					
3	企业加入的第三方电子商务平台质量好					
4	本行业适合开展电子商务					
5	本企业所生产的产品有标准化的特点					
6	本企业所在地区方便开展电子商务					
7	公司现有的软硬件设施,能适应电子商务的技术需求					

第四部分　企业电子商务采纳程度

请您根据贵企业电子商务采纳程度,在相应栏目中打"√"。

序号	电子商务实施程度	很高	较高	一般	较低	很低
1	本企业有采纳电子商务的意图					
2	企业网站上宣传企业、产品及服务					
3	加入第三方综合平台或行业网站					
4	网站推广(包括竞价排名等)					
5	网上支付					

第五部分　中小企业电子商务效果评价因素

序号	观　点	非常赞同	较赞同	一般	不太赞同	很不赞同
请谈谈你对下列观点的赞同程度,在相应栏目中打"√"。						
一、关于财务维度的评价						
1	电子商务提高了企业竞争力					
2	电子商务增加了贸易机会(增加了销售额)					
3	电子商务增加了客户					
4	电子商务降低了交易成本					
5	电子商务提高了企业的知名度					
6	电子商务提升了企业的形象					
二、关于客户维度的评价						
1	电子商务改善了客户或贸易伙伴服务					
2	客户或贸易伙伴对电子商务支付方式满意程度					
3	客户或贸易伙伴对电子商务物流配送满意程度					
4	客户或贸易伙伴对网站信息内容(内容丰富全面、及时更新)满意程度					
三、关于组织维度的评价						
1	电子商务提高了企业的信息化水平					
2	电子商务提高了员工的劳动生产率					
3	电子商务提高员工熟悉掌握 IT 技术的能力					
4	电子商务改善了组织内的交流和管理水平					

第六部分　企业发展电子商务的对策措施

1. 贵企业发展电子商务的目标是(可多选):

□宣传与推广　　　□交流与沟通　　　□提供在线信息咨询和技术支持　□实现网上的商务交易

□提高企业内部业务流程的信息化水平　□提高企业对外业务的信息化水平　□尚无目标

2. 企业电子商务的一般发展趋势是:(1)网上宣传,发布商品信息;(2)利用网站提供交互功能;(3)实现网上交易无网上支付;(4)实现网上支付;(5)实现电子商务与内部信息化建设的集成。贵企业关于电子商务的规划是:

□(1)→(2)→(3)→(4)→(5)循序渐进

□第一步(1)(2),以后分步逐渐过渡到(3)→(4)→(5)

□第一步(1)(2)(3),以后分步逐渐过渡到(4)→(5)

□第一步(1)(2)(3)(4),再逐渐过渡到(5)

□(1)(2)(3)(4)(5)一次性完成

□尚无具体规划

3. 贵企业目前或规划关于电子商务的模式是:		
□B2B	□B2C	□尚无具体规划

4. 贵企业是否已经制定信息化及电子商务系统的有关制度:		
□正在进行	□计划进行	□尚无具体规划

5. 贵企业是否安排专人从事信息化及电子商务相关工作:			
□正在进行	□计划进行	□兼职	□尚无具体规划

6. 贵企业是否已经着手现有人员的有关电子商务技术的培训:		
□正在进行	□计划进行	□尚无具体规划

7. 贵企业是否已经着手电子商务人才的引进:		
□已经引进	□计划引进	□尚无具体规划

8. 贵企业是否已经制定计算机网络及电子商务系统安全的有关技术措施:		
□正在进行	□计划进行	□尚无具体规划

9. 贵企业是否已经与有关研发机构进行电子商务项目方面的合作:		
□正在进行	□计划进行	□尚无具体规划

10. 贵企业目前或规划网站构建模式是:
□自建网站,并自行购置硬件、软件及建设机房
□自建网站,并自行购置硬件软件,不建设机房,将主机托管给服务商
□自建网站,不购置硬件软件,不建设机房,在服务商租用虚拟主机
□所有电子商务事务均外包给公司
□不建网站,不购置硬件软件,不建设机房,只在第三方平台注册账号并发布各种信息
□尚无具体规划

针对中小企业电子商务发展问题,您还有哪些好的想法或者需要我们提供哪些帮助,请您畅所欲言:

_____

_____

（可附页）

为便于我们对问卷审核和汇总过程中遇到的问题及时向您咨询,请留下您的联系方式,移动或固定电话、邮箱均可。

_____

再次感谢您的支持与合作!

附录 D　中小企业电子商务采纳决策的投影寻踪模型的目标函数 myfun1.m

```
function f=myfun1 (x)
load A. txt
[m, n] =size (A);
sum1=0;
for i=1：m
  for j=1：n
    w (j) =x (j) .*A (i, j);
      sum1=sum1+w (j);
    end
    z (i) =sum1;
    sum1=0;
end
sum2=0;
for i=1：m
    sum2=sum2+z (i);
end
z1=sum2;
za=z1/m;
sum3=0;
for i=1：m
    sum3=sum3+ (w (i) -za) ^2;
end
s1=sum3;
s=sqrt (s1/ (m-1));
su=0;
for i=1：m
    for j=1：m
      rij=abs (z (i) -z (j));
      dij=0. 1*s-rij;
      if dij>=0
        su=su+dij;
        d=su;
      else
        d=su;
      end
  end
end
f=-s*d+100;
```

参 考 文 献

[1] 张文斌，徐文洁，张文军. 中小企业开展电子商务的理论与实践探讨 [J]. 商业时代，2007，22：80-81.

[2] 冯华，张淑梅. 中小企业发展电子商务的战略和策略 [J]. 山东师范大学学报：人文社会科学版，2004. 49（2）：27-30.

[3] 吴肖云. 电子商务——中小企业信息化的切入点 [J]. 中国管理信息化，2007，5：71-73.

[4] 喻红艳. 电子商务提升中小企业竞争力作用研究 [D]. 长沙：湖南大学经济与贸易学院，2007.

[5] 中国互联网络信息中心. 第二十八次中国互联网络发展状况统计报告 [R/OL]. http：//www. cnnic. net/dtygg/dtgg/201107/t20110719 _ 22132. html.

[6] 阿拉木斯. 电子商务政策性文件解读 [J]. 电子商务世界. 2005. 4：68-70

[7] 顾大伟. 营造良好政策环境、促进电子商务发展 [OL]. 国家发改委网站：http：//www. sdpc. gov. cn/zjgx/t20090922 _ 303733. htm.

[8] 艾瑞公司. 2008 年度中国互联网年度核心数据 [OL]. http：//www. ireseach. com. cn/pdf/2008 _ Q4. pdf.

[9] 商务部 "十二五" 电子商务发展指导意见. http：//www. jste. gov. cn/ywdd/100182990. htm.

[10] 孙健林，则夫. 试论电子商务对中小企业的影响 [J]. 南开管理评论，2000，2：42-44.

[11] 亿邦动力网. 《2007—2008 中国中小企业电子商务应用调查报告》. [R/OL]. http：//eb. mofcom. gov. cn/accessory/200903/1236147124972. pdf.

[12] 王辉. 我国中小企业的电子商务发展模式研究 [D]. 武汉：武汉理工大学，2005.

[13] 高怡新. 电子商务网站建设 [M]. 北京：人民邮电出版社，2005.

[14] 刘璞. 电子商务应用对企业营销绩效影响的实证研究——基于能力的视角 [D]. 天津：河北工业大学，2007.

[15] 乐奕平，王辉球. 我国中小企业电子商务发展新模式 [J]. 商业研究，2004，22：179-181.

[16] 鲍万英，李芝芸. 基于外包的中小企业电子商务发展趋势 [J]. 北方经济，2008，2（7）：46-47.

[17] 熊焰. 我国中小企业电子商务采纳动机实证研究 [J]. 研究与发展管理，2009，2（3）：105-112.

[18] 王飞. 基于价值创造过程的电子商务决策支持分析 [D]. 武汉：中国地质大学经济管理学院，2006.

[19] 蔡斌. 基本 B2B 和深度 B2B 电子商务采纳意图影响因素研究 [D]. 上海：复旦大学，2006.

[20] 马庆国，王凯，舒良超，积极情绪对用户信息技术采纳意向影响的实验研究——以电子商务推荐系统为例 [J]. 科学学研究，2009，10：1557-1563.

[21] 朱镇，赵晶. 企业电子商务采纳：组织行为与战略整合视角的实证研究 [J]. 研究与发展管理，2009，21（1）：79-87.

[22] 何哲军，朱茂然，王洪伟. 企业电子商务采纳与应用关键影响因素实证研究 [J]. 计算机工程与应用，2009，45（2）：191-196.

[23] Elizabeth E. Grand，Suzanne A. Nasco，Peter P. MykytynJr. Comparing theories to explain-commerce adoption [J]. Journal of Business Research，2011，64（3）：292-298.

[24] Nabeel Al-Qirim，The adoption of eCommerce communications and applications technologies in small businesses in New Zealand [J]. Electronic Commerce Research and Applications，2007，6：462-473.

[25] Elizabeth E. Grandona，J. Michael Pearson. Electronic commerce adoption：an empirical study of small and medium US businesses [J]. Information & Management，2004，42（1）：97-216.

[26] Ka-Young Oh，DougCruickshank，AlistairR. Anderson. The adoption of e-trade innovations by Korean small and medium sized firms [J]. Technovation，2009，29（2）：110-121.

中小企业电子商务采纳－实施－评价 影响因素及方法研究

［27］ Ya-Wen Yu，Hsiao-Cheng Yu，Holly Itoga，Tyng-Ruu Lin．Decision-making factors for effective industrial e-procurement ［J］．Technology in Society，2008，30：163-169．

［28］ 密甲成．企业参与电子市场的影响因素研究 ［J］．经济研究导刊，2008，10：40-42．

［29］ Jing Tan，Katherine Tyler，Andrea Manica．Business-to-business adoption of eCommerce in China ［J］．Information Management，2007，44：332-351．

［30］ Thompson S. H. Teo，SijieLin，Kee-hungLai．Adopters and non-adopters of e-procurement in Singapore：An empirical study ［J］．Omega，2009，37（5）：972-987．

［31］ Chian-Son Yu，Yu-HuiTao．Understanding business-level innovation technology adoption ［J］．Technovation，2009，29（2）：92-109．

［32］ Sherry M. B. Thatcher，William Foster，LingZhu．B2B e-commerce adoption decisions in Taiwan：The interaction of cultural and other institutional factors ［J］．Electronic Commerce Research and Applications，2006，5：92-104．

［33］ Suzanne Altobello Nasco，Elizabeth Grandón Toledo，Peter P. Mykytyn Jr．Predicting electronic commerce adoption in Chilean SMEs ［J］．Journal of Business Research，2008，61：697-705．

［34］ 李杰，赵兴华，王云峰．中外电子商务实施成功因素比较研究 ［J］．河北工业大学学报，2008，37（2）：39-43．

［35］ 王友．电子商务成功实施的评价及要素研究 ［D］．天津：河北工业大学，2007．

［36］ 任泽峰．中国中小企业 B2B 电子商务实施关键成功因素研究 ［D］．北京：北京交通大学，2007．

［37］ Tien-Chin Wang，Ying-Ling Lin．Accurately predicting the success of B2B e-commerce in small and medium enterprises ［J］．Expert Systems with Applications，2009，36：2750-2758．

［38］ Angappa Gunasekaran，Ronald E. McGaughey，Eric W. T. Ngai，Bharatendra K. Rai．E-Procurement adoption in the Southcoast SMEs ［J］．International Journal of Production Economics，2009，122：161-175．

［39］ K. Karjalainen，K. Kemppainen．The involvement of small-and medium-sized enterprises in public procurement：Impact of resource perceptions，electronic systems and enterprise size ［J］．Journal of Purchasing ＆ Supply Management，2008，14：230-240．

［40］ Tom R. Eikebrokk，Dag H. Olsen．An empirical investigation of competency factors affecting e-business success in European SMEs ［J］．Information ＆ Management，2007（44）：364-383．

［41］ Yu-Hui Tao，Chia-Ping Chen，Chia-Ren Chang．Unmet adoption expectation as the key to e-marketplace failure：A case of Taiwan's steel industry ［J］．Industrial Marketing Management，2007，36：1057-1067．

［42］ Juan Gabriel Cegarra-Navarro，Daniel Jime′nez Jime′nezb，Eusebio A′ngel Martı′nez-Conesa ．Implementing e-business through organizational learning：An empirical investigation in SMEs ［J］．International Journal of Information Management，2007，27：173-186．

［43］ Chi Shing Yiu，Kevin Grant，David Edgar．Factors affecting the adoption of Internet Banking in Hong Kong—implications for the banking sector ［J］．International Journal of Information Management，2007，27：336-351．

［44］ Echo Huang，Tzu-ChuanChou．Factors for web mining adoption of B2C firms：Taiwan experience ［J］．Electronic Commerce Research and Applications，2004，3：266-279．

［45］ Byung Gon Kim，Sangjae Lee．Factors affecting the implementation of electronic data interchange in Korea ［J］．Computers in Human Behavior，2008，24：263-283．

［46］ Sherah Kurnia，Basil Alzougool，Mazen Ali Saadat M. Alhashmi．Adoption of Electronic Commerce Technologies by SMEs in Malaysia．Proceedings of the 42nd Hawaii International Conference on System Sciences，2009．

[47] Abdolmotalleb Rezaei, AliAsadi, Ahmad Rezvanfar, Hajar Hassanshahi [J]. The International Information & Library Review: 2009, 41: 163-172.

[48] Wei Yin hong, Kevin Zhu. Migrating to internet-based e-commerce: Factors affecting e-commerce adoption and migration at the firm level [J]. Information & Management, 2006, 43: 204-221.

[49] 曲丹. 电子商务绩效评价体系设计 [D]. 大连: 东北财经大学, 2007.

[50] 何建民, 章蕾, 杨善林. 利用神经网络 BP 评价电子商务系统绩效的方法 [J]. 价值工程, 2008, 1: 4-7.

[51] 张倩倩. B2C 电子商务企业绩效综合评价研究 [D]. 北京: 中国石油大学, 2008.

[52] 刘凯. 电子商务环境下的 E_Service 质量评价研究 [D]. 上海: 华东师范大学, 2006.

[53] ShiBin Su, ZhenYu Liu. Analysis on Primary Impacting Factors of Coordinate Control among Enterprises in B2B EC. International Symposiumon on Engineering Information and Electronic Commerce. Ternopil, 2009.

[54] Liu Weibin. Research on Coordinate Control Influencing Factors Evaluation among Enterprises of B2B EC. IITA International Conference on Services Science, Management and Engineering. Zhangjiajie, 2009.

[55] DeLone, William H, McLean, Ephraim R. The DeLone and McLean model of inform success: A ten-year update [J]. Journal of Management Information Systems, 2003, 19 (4): 9-30.

[56] Judith Redoli, Rafael Mompob, Javier Garcia-Diez, Miguel Lopez-Coronado. A model for the assessment and development of Internet-based information and communication services in small and medium enterprises [J]. Technovation, 2008, 28: 424-435.

[57] Pather, S, Remenyi, Dan, Andre, de la Harpe. Evaluating e-commerce success-A case study [J]. The Electronic Journal of Information Systems Evaluation, 2006, 9 (1): 15-26.

[58] Shaaban Elahi, Alireza Hassanzadeh. A framework for evaluating electronic commerce adoption in Iranian companies [J]. International Journal of Information Management, 2009, 29: 27-36.

[59] Pedro Soto-Acosta, Angel L. Merono-Cerdan. Evaluating Internet technologies business effectiveness [J]. Telematics and Informatics, 2009, 26 (2): 211-221.

[60] Galaskiewiez, J., Klonhn, K. R. Positions. Roles and Dependencies in a Community Inter-organizational Systems [J]. Sociological Quarterly, 1984, 25: 527-550.

[61] Fishbein, M, Ajzen. Belief, attitude, intention and behavior: An introduction to theory and research [M]. Boston: Addison-Wesley, 1975.

[62] 于丹, 董大海, 刘瑞明, 原永丹, 理性行为理论及其拓展研究的现状与展望 [J]. 心理科学进展, 2008, 16 (5): 796-802.

[63] Conner M, Armitage C J. Extending the theory of planned behavior: A review and avenues for further research [J]. Journal of Applied Social Psychology, 1998, 28: 1430-1464.

[64] 冯秀珍, 岳文磊. 基于 TRA 理论的虚拟团队信息共享行为模型研究 [J]. 情报杂志, 2009, 28 (5): 14-18.

[65] 石舒娅, 徐剑力. 基于 TRA 模型的品牌来源国形象对汽车购买影响的实证研究 [J]. 上海汽车, 2009, 10: 25-28.

[66] Hansen T, Jensen J M, Solgaard H S. Predicting online grocery buying intention: a comparison of the theory of reasoned action and the theory of planned behavior [J]. International Journal of Information Management, 2004, 24 (6): 539-550.

[67] Chatterjee, D, Grewal, R, Sambamurthy, V. Shaping up for E-commeree: Institutional Enablers of the organizational Assimilation of Web Technologies [J]. MIS Quarterly, 2002, 26 (2): 65-89.

[68] Davis F. Perceived usefulness, perceived ease of use, and user accep tance of information technology

[J]. M IS Quarterly，1989，13（3）：319-341.

[69] 王萌，曹细玉. 技术接受模型的局限性分析及其拓展 [J]. 企业经济，2008，12：64-67.

[70] 陈渝，杨保建. 技术接受模型理论发展研究综述 [J]，科技进步与对策，2009，26（6）：168-171.

[71] Wixom B H，Todd P A. A theoretical integration of user satisfaction and technology acceptance [J]. Information Systems Research，2005，6（1）：85-102.

[72] Chau P Y K，Hu P J. Examining a model of information technology acceptance by individual professionals：An exploratory study [J]. Journal of Management Information Systems，2002，18（4）：191-229.

[73] Venkatesh V，Davis F D. A theoretical extension of the technology acceptance model：Four longitudinal field studies [J]. Management Science，2000，46：186-205.

[74] Agarwal R，Prasad J. Are individual differences germane to the accep tance of new information technologies [J]. Decision Sciences，1999，30（2）：361-392.

[75] 鲁耀斌，徐红梅. 技术接受模型的实证研究综述 [J]. 研究与发展管理，2006，18（3）：93-98.

[76] Venkatesh，Viswanath. Davis. Fred D. A theoretical extension of the technology acceptance model：four longitudinal field studies [J]. Management Science，2000，46（2）：186-204.

[77] 张楠，郭迅华，陈国青. 信息技术初期接受扩展模型及其实证研究 [J]. 系统工程理论与实践，2007，9：124-130.

[78] 王保林，徐博艺. B2B电子商务系统的技术接受模型及实证研究 [J]. 安徽农业科学，2008，36（10）：4295-4298.

[79] Ajzen I. The theory of planned behavior [J]. Organizational behavior and human decision processes，1991，50：179-2117.

[80] Ajzen I. From intentions to actions：A theory of planned behavior//J. Kuhl，J. Beckman. Action control：From cognition to behavior [M]. Heidelberg：springer，1985：11-39.

[81] 段文婷，江光荣. 计划行为理论述评 [J]. 心理科学进展，2008，16（2）：315-320.

[82] 莫寰. 中国文化背景下的创业意愿路径图——基于计划行为理论 [J]. 科研管理，2009，30（6）：128-135.

[83] 陈珩，基于计划行为理论的大学生舞弊行为探析 [J]. 吉首大学学报社会科学版，2009，30（4）：159-162.

[84] 单汨源，黄婧，彭丹旎. 基于TPB理论的项目成员知识共享行为研究 [J]. 科技管理研究，2009，7：443-446.

[85] 熊焰. 电子商务研究中的行为理论基础 [J]. 上海应用技术学院学报，2007，7（3）：201-204.

[86] 尹世久. 基于计划行为理论的消费者网上购物意愿研究 [J]. 消费经济，2008，8：35-39.

[87] Pavlou，Paul A.，Fygenson，Mendel. Understanding and predicting electronic commerce adoption：An extension of the theory of planned behavior [J]. Management Information Systems Research Center，2006，30（1）：115-143.

[88] Chin-Shan Lu，Kee-hung Lai，T. C. E. Cheng. Application of structural equation modeling to evaluate the intention of shippers to use Internet services in liner shipping [J]. European Journal of Operational Research，2007，180：845-867.

[89] Everett M. Rogers. Diffusion of Innovations [M]. 4th ed. NewYork：FreePress，1995.

[90] 埃弗雷特·M·罗杰斯著. 创新的扩散 [M] 辛欣译. 北京：中央编译出版社，2002.

[91] 翁丽贞. 基于创新扩散理论的ERP应用实证研究 [D]. 厦门：厦门大学，2006.

[92] 李艾. 电子商务技术扩散影响因素实证研究 [D]. 杭州：浙江大学，2005.

[93] D. Pontikakis，Y. Lin b，D. Demirbas. History matters in Greece：The adoption of Internet-enabled computers by small and medium sized enterprises [J]. Information Economics and Policy，2006，

18：332-358.

［94］ Hsiu-Fen Lina, Szu-Mei Lin. Determinants of e-business diffusion：A test of the technology diffusion perspective［J］. Technovation, 2008, 28：135-145.

［95］ Kuan K K Y, Chau P Y K. A perception based model for EDI adoption in small business using a technology organization-environment framework［J］. Information & Management, 2001, 38（8）：507-512.

［96］ 王文涛. 集群企业电子商务采纳影响因素研究［D］. 杭州：浙江大学，2006.

［97］ Iacovou, C. L., Benbast, Dexter, A. S. Electronic Data Inter-exchange and Small organizations：Adoption and Impact of Technology［J］, MIS Quarterly, 1995：465-485.

［98］ Zhu K., Kraemer. L. Xu. Electronic Business Adoption by European Firms：Across Country Assessment of the Faeilitators and Inhibitors［J］. European Journal of Information systems, 2003, 12：251-268.

［99］ Zhu K., Kraemer K. L.. Post-Adoption Variations in Usage and Value of E-Business by organizations：Cross-Country Evidence from the Retail Industry［J］. Information Systems Research, 2005, 16（1）.

［100］ Chen, M. Factors Affecting the Adoption and Diffusion of XML and Web Services Standards for E-business Systems［J］. International Journal of Human Computer Studies, 2003, 58：259-279.

［101］ 田野. 企业资源计划同化影响因素及其作用机制研究［D］. 杭州：浙江大学，2008.

［102］ Hajiha, Ali, Hajihashemi, Leila, Understanding electronic commerce adoption decision in Iranian small and medium enterprises：Integrating current theories, IEEE International Engineering Management Conference, 2008.

［103］ Dishaw-M. T., D. M. Strong. Extending the technology acceptance model with task-technology fit constructs［J］. In-formation & Management, 1999, 36（1）：9-20.

［104］ 孙杨. 基于创新扩散理论的消费者网上购物意向研究［D］. 杭州：浙江大学，2005.

［105］ 刘枚莲，黎志成. 面向电子商务的消费者行为影响因素的实证研究［J］. 管理评论，2006，18（2）：32-37.

［106］ Chian-Son Yua, Yu-Hui Taob. Understanding business-level innovation technology adoption［J］. Technovation, 2009, 29（2）：92-109.

［107］ Chi Shing Yiua, b, Kevin Grantc, David Edgarc. Factors affecting the adoption of Internet Banking in Hong Kong—implications for the banking sector［J］. International Journal of Information Management, 2007, 27：336-351.

［108］ Kpalan R. S, Norton D. P. The Balanced Scorecard：Translating Strategy into Action［M］. Boston：Harvard Business School Press. 1996.

［109］ 陈文豪. 基于平衡计分卡之汽车营销通路绩效改善策略及其实证研究—经稍商之讨论观点［D］. 合肥：中国科技大学，2006.

［110］ Kpalan R. S, Norton D. P. Using the Balanced scorecard as A Strategic Managerment System［J］. Harvard Business Review, 1996, 74（1）：75-85.

［111］ Kpalan R. S, Norton D. P. Putting the Balanced Scorecard to Work［J］. Harvard Business Review. 1993, 71（5）：134-140.

［112］ 张倩倩. B2C 电子商务企业绩效综合评价研究［D］. 北京：中国石油大学，2008.

［113］ 黄艳. 基于平衡计分卡的人力资源信息系统绩效评价研究［D］. 武汉：武汉科技大学，2009.

［114］ 何斌. 企业 IT 战略规划与管理研究［D］. 天津：天津大学，2005.

［115］ 陈文林. 几种电子商务绩效评价方法探析［J］. 内蒙古民族大学学报，2009，1：40-41.

［116］ 艾瑞网. 中国中小企业 B2B 电子商务研究简版报告（2007）［R/OL］. http：//report. iresearch.

cn//1128. html.

[117] 工业和信息化部中小企业司. 中国中小企业电子商务发展报告（2009）[M]. 北京：机械工业出版社，2010.

[118] 国家发展和改革委员会中小企业司，信息产业部信息化推进司，国务院信息化工作办公室推广应用组. 2007 全国中小企业信息化调查报告 [J]. 中国制造业信息化，2008，3：59-60.

[119] 彭欣. 第三方平台的电子商务分析 [J]. 中国管理信息化. 2006，9（6）：44-64.

[120] 中国 B2B 研究中心. 2008—2009 中国行业电子商务网站调查报告 [R/OL]. http：//b2b. toocle. com/detail—4521654. html.

[121] 中国 B2B 研究中心. 1997—2009 中国电子商务十二年调查报告 [R/OL]. http：//www. 100ec. cn/detail—4792717. html.

[122] J. Mehrtens, P. B. Cragg, A. M. Mills. A model of internet adoption by SMEs [J]. Information and Management，2001，39（3）：165-176.

[123] Abrahamson E, Rosenkopf L. Institutional and Competitive Bandwagons：Using Mathematical Modeling as a Tool to Explore Innovation Diffusion [J]. Academy of Management Review，1993，3：487-501.

[124] Zhu, K., Kraemer, K. L. E-commerce metrics for net-enhanced organizations：assessing the value of e-commerce to firm performance in the manufacturing sector [J]. Information Systems Research，2002，13（3）：275-295.

[125] EveD Rosenzweig. A contingent view of e-collaboration and performance in manufacturing [J]. Journal of Operations Management，2009，27：462-478.

[126] YongWang, PervaizK. Ahmed. The moderating effect of the business strategic orientation on eCommerce adoption：Evidence from UK family run SMEs [J]. Journal of Strategic Information Systems，2009，18：16-30.

[127] 潘红春，邵兵家. 中国电子商务研究回顾与展望——基于 2003～2008 年 CSSCI 期刊论文的分析 [J]. 情报，2009，28（11）：36-40.

[128] 薛伟贤，冯宗宪. 我国电子商务环境研究 [J]. 科学学研究，2002，20（4）：432-436.

[129] 傅剑波，黄尚勇，丛庆. 中小企业电子商务信用问题的解决途径 [J]. 成都大学学报，2006，2：29-30.

[130] Jarvenpaa, S. L., &Ives, B. Executive involvement and participation in the management of information technology [J]. MIS Quarterly，1991，15（2）：205-227.

[131] Chatterjee, D., Grewal, R., Sambamurthy. Shaping UP for E-eommerce：Institutional Enablers of the organizational Assimilation of Web Technologies [J]. MIS Quarterly，2001，26（2）：65-89.

[132] 黄京华，赵纯均，李静婷. 图书出版行业电子商务系统关键成功因素实证研究 [J]. 系统工程理论与实践，2006，2：27-36.

[133] CigdemA. Gumussoy, FethiCalisir. Understanding factors affecting e-reverse auction use：An integrative approach [J]. Computers in Human Behavior，2009，25：975-988.

[134] 彭欣，第三方平台的电子商务分析 [J]. 中国管理信息化，2006，6：44-46.

[135] 张腾. 第三方电子商务企业模式的创新分析 [J]. 皮革科学与工程，2009，10：75-78.

[136] 徐伟. 基于 BSC 的电子商务系统绩效评价研究 [J]. 中国管理信息化，2009，3：91-93.

[137] Li Jie, Zhao Xinghua, Wang Yunfeng. Comparative Analysis of Critical Success Factors for China-western E-Commerce Implementation, Proceedings of the 3rd Sino-US E-commerce advanced forum. Tianjin：International Academic Publishers，2006.

[138] 王瑞云，梁嘉骅. 企业电子商务进程中管理信息系统新发展探讨 [J]. 情报杂志，2005，4：

61-65.

[139] Davis F. D. Perceived usefulness, perceived ease of use and user acceptance of information technology [J]. MIS Quarterly, 1989, 13 (3): 319-339.

[140] Ka-Young Oh, Doug Cruickshank, Alistair R. Anderson . The adoption of e-trade innovations by Korean small and medium sized frms [J]. Technovation, 2009, 29: 110-121.

[141] 李艾, 陈明亮. 赢利性与潮流压力对新技术扩散影响的实证研究——以电子商务技术扩散为例 [J]. 研究与发展管理, 2005, 17 (2): 7-13.

[142] 郭训华. 中国企业信息化成长阶段分析与技术采纳特点研究 [D]. 北京: 清华大学, 2005.

[143] 苏灵, 吴媚. 中小企业投资决策特点及原因分析 [J]. 财会月刊 (综合), 2005, 9: 71-72.

[144] Elaine Ferneley, FrancesBell, Using bricolage to integrate business and information technology innovation in S MEs [J]. Technovation, 2006, 26: 232-241.

[145] 代宏坤, 信息技术采纳时间的决策模型及应用研究 [D]. 成都: 四川大学, 2005.

[146] 张彪. 创新技术采纳决策与扩散问题研究及应用 [D]. 武汉: 华中科技大学, 2008.

[147] 林嵩. 结构方程模型原理及 AMOS 应用 [M]. 武汉: 华中师范大学出版社, 2008.

[148] 吴明隆. SPSS 统计应用实务: 问卷分析与应用统计 [M]. 北京: 科学出版社. 2003.

[149] 李怀祖. 管理研究方法论. 第 2 版 [M]. 西安: 西安交通大学出版社, 2004.

[150] Luisa Andreu, JoaqunAldas, J. Enrique Bigne, Anna S. Mattila. An analysis of e-business adoption and its impact on relational quality in travel agency-supplier relationship [J]. Tourism Management, 2010, 31 (6): 777-787.

[151] o'Callaghan, R., Kaufmann, p. J., Konsynski, B. R. AdoPtion Correlates and Share Effects of Electronic Data Interehange Systems in Marketing Channels [J]. Journal of Marketting, 1992, 56 (2): 45.

[152] Wang S. C. Idividual organizational characteristics and Intention to Adopt e-commerce: a Study Based on Innovation Adoption Theory [D], Hong Kong: Chinese University of Hong Kong, 2001.

[153] Teo, H. H., Wei, K. K., Benbasat. Predicting Intention to Adopt Inter-organizational Linkages: An Institutional perspective [J]. MIS Quarterly, 2003, 27 (1): 19-49.

[154] Chwelos, P., Benasat, Dexter A. S. Researeh Report: Empirical Test of an EDI Adoption Model [J] Information Systems Research, 2001, 12 (3): 304-321.

[155] Kuan K. K. Y., Chau P. Y. K. A Peception-based Model for EDI Adoption in small Businesses Using a Technology-Organizatio-Environment Framework [J]. Information and Management, 2001, 38 (8): 507-521.

[156] Nelson M. L. The Adoption and Diffusion of Inter-organizational System Standards and Process Innovations [D]. Urbana, hampaign: university of Illinois at Urbana-Champaign, 2004.

[157] Arun Rai, Paul Brown, MarkKeil, XinlinTang. Assimilation patterns in the use of electronic procurement innovations: A cluster analysis [J]. Information & Management, 2006, 43: 336-343.

[158] Andrew White, Elizabeth Daniel, John Ward, Hugh Wilson, The adoption of consortium B2B e-marketplaces: An exploratory study [J]. Journal of Strategic Information Systems, 2007, 16: 71-103.

[159] Lee, Sangjae and Kim, Kyoung-jae. Factors affecting the implementation success of internet-based information systems [J]. Computers in Human Behavior, 2008, 24: 262-283.

[160] Eid, Riyad, Trueman, Ahmed, Abdel Moneim. A cross-industry review of B2B critical success factors [J]. Internet Research: Electronic Networking Applications and Policy. 2002, 12 (2): 110-123.

[161] Tsao, Hsiu-Yuan, Lin, Koong H C. An investigation of critical success factors in the adoption of B2B EC by Taiwanese companies [J]. The Journal of American Academy of Business, 2004, 9: 198-202.

[162] Sung, Tae Kyung. E-commerce critical success factors: East vs. West [J]. Technological Forecasting& Social Change, 2006, 73: 1161-1177.

[163] Louis-A. Lefebvre, Elisabeth Lefebvre, ElieElia, HaroldBoeck. Exploring B-to-B e-commerce adoption trajectories in manufacturing SMEs [J]. Technovation, 2005, 25: 1443-1145.

[164] Pedro Soto-Acosta, Angel L. Merono-Cerdan. Evaluating Internet technologies business effectiveness [J]. Telematics and Informatics, 2009, 26: 211-221.

[165] Tina Harrison, Kathryn Waite. A time-based assessment of the influences, uses and benefits of intermediary website adoption [J]. Information & Management, 2006, 43: 1002-1013.

[166] DeLone, William H and McLean, Ephraim R. Measuring e-commerce success: Applying the De-Lone &McLean information systems success model [J]. International Journal of Electronic Commerce, 2004. 9 (1): 31-47.

[167] 李纯青, 孙瑛, 郭承运. e-服务质量决定因素与测量模型研究 [J]. 运筹与管理, 2004, 13 (3): 132-136.

[168] KOF, ETHZurich, Austrian. Inter-and intra-firm diffusion of technology: The example of E-commerce An analysis based on Swiss firm-level data [J]. Research Policy, 2008, 37: 545-564.

[169] 邱皓政. 量化研究与统计分析-SPSS 中文视窗版数据分析范例解析 [M]. 重庆: 重庆大学出版社, 2009.

[170] 荣泰生. AMOS 与研究方法 [M]. 重庆: 重庆大学出版社, 2009.

[171] 赵焕臣. 层次分析法---一种简易的新决策方法 [M]. 北京: 科学出版社, 1986.

[172] 庞庆华. 图书馆网站的综合评价方法研究 [J]. 计算机工程与设计, 2007 年 4 月: 1852-1854.

[173] 张滢. 基于熵权和灰关联的第三方物流企业绩效评价 [J]. 中国流通经济, 2008, 1: 19-21.

[174] 马晓英, 张国海, 韩淑芬. 高校图书馆读者满意度的熵权模糊综合评判 [J]. 情报科学, 2007, 5: 715-719.

[175] 徐泽水. 不确定多属性决策方法及应用 [M]. 北京: 清华大学出版社, 2004.

[176] 刘晓峰, 邱菀华. 基于 EOWA 算子的风险投资项目风险群体语言评价 [J]. 企业经济, 2007, 5: 41-43.

[177] 付强, 赵小勇著. 投影寻踪模型原理及其应用 [M]. 北京: 北京科学出版社, 2006.

[178] 刘娜, 邵光成, 刘惠英. 基于遗传投影寻踪模型的高校人力资源管理综合评价 [J]. 科技进步与对策, 2007, 24 (2): 121-123.

[179] 高厚礼, 吴宗杰. 扶持中小企业电子商务创新发展的对策研究 [J]. 当代财经, 2003, 8: 78-81.

[180] 杨坚争. 电子商务法教程 [M]. 北京: 高等教育出版社, 2007.

[181] 中国电子商务研究中心. 中国电子商务未来的发展趋势分析 [OL]. http://www. 100ec. cn/detail——4846160. html.

[182] 紫甘蓝. 人为刀俎我为鱼肉从淘宝事件看电商未来 [OL]. http://tech. hexun. com/2011-10-24/134493334. html.

[183] 王锐, 章学拯. 上海外贸中小企业移动商务应用思路及模式分析 [J]. 对外经贸实务, 2010, 1: 97-98.

[184] 市场前瞻: 2010 电子商务的五大趋势 [OL]. http://www. enet. com. cn/article/2010/0330/A20100330632862. shtml.

[185] 中小企业云计算落地 [OL]. http://www. people. com. cn/h/2011/0721/c25408-945699955. html.

［186］ 云计算给中小企业一个发展契机 ［OL］. http：//www. chinacloud. cn/show. aspx? id＝7533&cid＝14.

［187］ 李华. 物联网下电子商务发展的关键问题探讨 ［J］. 中国商贸，2011，5：107-108.

［188］ 韩喜君. 物联网相关技术在电子商务中的应用 ［J］. 电子商务，2011，7：7-8.

［189］ 聂林海. 物流将成为电子商务企业的机遇 ［OL］. http：//bbs. admin5. com/thread-3189387-1-1. html.

中
小
企
业
电
子
商
务

采纳—实施—评价

影响因素及方法研究